Clássicos

GÓTICOS

EDITORA
NOVA
FRONTEIRA

O Fantasma da Ópera

Gaston Leroux

TRADUÇÃO Jorge Bastos

Título original: *Le Fantôme de l'Opéra*

Editora Nova Fronteira Participações S.A.
Rua Candelária, 60 – 7º andar – Centro – 20091-020
Rio de Janeiro – RJ – Brasil
Tel.: (21) 3882-8200 – Fax: (21) 3882-8212/8313

Ilustrações de capa e boxe: Stefano Marra

CIP-BRASIL. CATALOGAÇÃO NA PUBLICAÇÃO
SINDICATO NACIONAL DOS EDITORES DE LIVROS, RJ

L626f Leroux, Gaston, 1868-1927
O Fantasma da Ópera / Gaston Leroux; tradução Jorge Bastos. - 1. ed. - Rio de Janeiro: Nova Fronteira, 2019.
(Box Clássicos Góticos)

304 p.
Tradução de: Le Fantôme de l'Opéra
ISBN 978.85.209.4393-9

1. Ficção francesa. I. Bastos, Jorge. II. Título. III. Série.

19-55244 CDD: 813
CDU: 82-3(73)

Para o meu velho amigo Jo,
que, sem nada ter de fantasma, é,
como Érik, um Anjo da Música.

Com todo o afeto,
Gaston Leroux

Sumário

Introdução

Na qual o autor desta história bastante singular conta ao leitor como foi levado à certeza de que o Fantasma da Ópera realmente existiu*

O Fantasma da Ópera existiu. De forma alguma foi, como por muito tempo se achou, uma inspiração para artistas, uma superstição de diretores ou uma tolice imaginativa dos cérebros excitados dessas mocinhas do corpo de baile, das suas mães e de simples funcionários que direcionam os espectadores a seus lugares ou trabalham no vestiário e na portaria.

Sim, ele existiu em carne e osso, mesmo que em tudo assumisse a aparência de um fantasma de verdade, ou seja, de uma sombra.

Quando comecei a pesquisar os arquivos da Academia Nacional de Música, fiquei impressionado com a surpreendente coincidência entre os fenômenos atribuídos ao *Fantasma* e o mais misterioso, mais fantástico dos dramas, sendo levado então a essa ideia de talvez ser possível explicar racionalmente este por aquele. Os acontecimentos ocorreram há cerca de trinta anos apenas, e não seria difícil encontrar ainda hoje, no próprio teatro, senhores respeitáveis dos quais não se poderia pôr em dúvida a palavra e que relembram, como se tivessem ocorrido ontem, os episódios misteriosos e trágicos que acompanharam o rapto de Christine Daaé, o desaparecimento do visconde de Chagny e a morte do seu irmão mais velho, o conde Philippe, cujo corpo foi encontrado à beira do lago que fica nos subterrâneos da Ópera, lá para o lado da rua Scribe. Mas nenhuma dessas testemunhas achou até os dias de hoje

* Trata-se do palácio Garnier, inaugurado em janeiro de 1875 e que, até 1989, quando foi inaugurado outro prédio com funções similares na Bastilha (o Opéra-Bastille), era conhecido como Ópera de Paris. (N. T.)

que fosse preciso acrescentar a esses horríveis eventos a figura um tanto lendária do Fantasma da Ópera.

A verdade só muito lentamente penetrou em meu espírito alvoroçado, graças a uma investigação que o tempo todo deparava com fatos que, à primeira vista, pareciam até extraterrestres. Algumas vezes estive perto de abandonar tal estudo, em que me extenuava a perseguir — sem nunca delinear bem — uma vã imagem. Mas tive enfim a prova de que meus pressentimentos não me iludiam, e todos os meus esforços foram recompensados no dia em que me convenci de que o Fantasma da Ópera foi mais do que apenas uma sombra.

Naquele dia eu havia passado horas a fio na companhia de *Memórias de um diretor*, obra pouco profunda do exageradamente cético Moncharmin, que no tempo em que esteve na Ópera nada entendeu do comportamento tenebroso do Fantasma e que dele zombava a mais não poder, mas se tornou, no entanto, a primeira vítima de uma curiosa operação financeira, como veremos quando tratarmos da questão do "envelope mágico".

Preocupado, ao sair da biblioteca, encontrei o simpático administrador da nossa Academia Nacional, que conversava num corredor com um velhote animado e de boa aparência, a quem ele me apresentou todo satisfeito. Nosso administrador estava a par das minhas investigações e sabia o quanto eu havia procurado em vão descobrir o paradeiro do juiz Faure, encarregado do processo do famoso caso Chagny. Ninguém sabia onde se metera, se ainda estava vivo, e eis que, de volta do Canadá, onde havia morado nos últimos 15 anos, sua primeira investida em Paris foi pleitear um lugar na administração da Ópera. O tal velhote era simplesmente o próprio juiz Faure.

Passamos boa parte daquele fim de tarde juntos, e ele me contou todo o caso Chagny, tal como o havia entendido naquela época. Por falta de provas foi obrigado a aceitar a loucura do visconde e a morte acidental do irmão mais velho, mas continuava convencido de que um drama tremendo se passara entre os aristocratas em relação a Christine Daaé. Não soube me dizer que fim levaram Christine e o visconde. É claro que, quando mencionei o Fantasma, ele apenas riu.

Soubera das singulares manifestações que pareciam, na época, comprovar a existência de um ser excepcional que habitava um dos recantos mais misteriosos da Ópera e também estava familiarizado com a história do "envelope", mas nada havia naquilo que pudesse prender a atenção de um magistrado encarregado de instruir o processo do caso Chagny. Muito brevemente havia registrado o depoimento de uma testemunha que, por livre e espontânea vontade, se apresentara, afirmando ter encontrado o tal Fantasma. Esse fulano — a testemunha — outro não era senão aquele que *tout Paris* conhecia como "Persa", personagem familiar a todos que frequentavam a Ópera. O juiz o considerara um "lunático".

Vocês podem imaginar como incrivelmente me interessou essa história a respeito do Persa. Quis localizar, se ainda fosse possível, a preciosa e original testemunha. Dei sorte e o localizei num apartamentinho da rua de Rivoli, onde ele morava desde aquela época e onde morreria cinco anos depois da minha visita.

De início fiquei desconfiado, mas, quando o Persa me contou, com a inocência de uma criança, tudo o que pessoalmente sabia do Fantasma, e me repassou, bem embasado, provas da sua existência e, sobretudo, a estranha correspondência de Christine Daaé, correspondência que, de maneira tão contundente, esclarecia seu assustador destino, não pude mais ter dúvidas! Não, não! O Fantasma de forma alguma era um mito!

É óbvio que alegaram não ser aquela correspondência toda autêntica, podendo ter sido de cabo a rabo fabricada por alguém, dono de uma imaginação que provavelmente se alimentara de contos de fada, mas tive a oportunidade, felizmente, de encontrar a escrita de Christine fora do famoso pacote de cartas e, com isso, fazer um estudo comparativo que dirimiu qualquer dúvida.

Igualmente me informei sobre o Persa e identifiquei nele um homem correto, incapaz de inventar semelhante maquinação para despistar a polícia.

É essa a opinião de todos os grandes personagens que, de perto ou de longe, estiveram envolvidos no caso Chagny, foram amigos da família e aos quais expus todo meu material, assim como minhas deduções.

Recebi de todos os mais nobres incentivos e tomo a liberdade de transcrever, nesse sentido, algumas linhas a mim endereçadas pelo general D...

Cavalheiro,

Só posso fortemente encorajá-lo a publicar os resultados da sua investigação. Perfeitamente me lembro de que, semanas antes do desaparecimento da grande cantora Christine Daaé e do drama que enlutou todo o faubourg Saint-Germain, *no teatro muito se falou do Fantasma, e tais comentários cessaram apenas tempos depois desse caso, que ocupou todas as mentes. Mas se for possível, como acredito depois de ouvi-lo, explicar o drama pela existência do Fantasma, por favor, cavalheiro, volte a falar do Fantasma. Por mais misterioso que ele possa de início parecer, será mais inteligível do que a sombria história levantada por mal-intencionados de dois irmãos que até então se adoravam se trucidarem...*

Com toda minha estima...

Depois disso, tendo na cabeça os dados levantados, percorri ainda o vasto domínio do Fantasma, o formidável edifício que se tornara o seu império, e tudo que os meus olhos viram, tudo que minha mente havia descoberto corroborou perfeitamente os documentos do Persa. Mas um maravilhoso achado coroou o meu trabalho de maneira definitiva.

Todos se lembram de que recentemente, escavando o subsolo da Ópera para ali armazenar as vozes fonografadas de artistas, o enxadão de um trabalhador revelou um cadáver. De imediato vi prova de ser aquele cadáver o do Fantasma da Ópera! Fiz com que o administrador, com a própria mão, tocasse naquela prova, e pouco me importa agora que os jornais digam que tínhamos ali uma vítima da Comuna.

Os infelizes massacrados por ocasião da Comuna nos subterrâneos da Ópera não foram absolutamente enterrados naquela área. Posso dizer onde seus esqueletos estão, bem distante daquela cripta imensa, na qual se tinha armazenado, durante o cerco, todo tipo de víveres. Fui levado a essa pista justamente procurando os restos do Fantasma da Ópera, que eu nunca teria descoberto sem esse acaso da inumação de vozes vivas!

Voltaremos a falar desse cadáver e do que se deve fazer com ele. O principal agora é terminar essa tão necessária introdução, agradecendo a ajuda de comparsas demasiado modestos, como o comissário de polícia Mifroid (na época chamado para as primeiras constatações, por ocasião do desaparecimento de Christine Daaé), assim como o ex-secretário Rémy, o ex-administrador Mercier, o ex-diretor do coro Gabriel e, sobretudo, a senhora baronesa de Castelot-Barbezac, outrora conhecida como "pequena Meg" (algo de que ela não se envergonha), a mais charmosa estrela do nosso admirável corpo de baile, filha mais velha da ilustre sra. Giry — antiga "lanterninha" do camarote do Fantasma. Todos me auxiliaram da mais útil maneira, e é graças a eles que poderei, junto com o leitor, reviver em seus menores detalhes aquelas horas de amor e de medo.*

---

* Eu estaria sendo ingrato se não agradecesse, ao começar esta assustadora e verídica história, à atual direção da Ópera, que muito gentilmente apoiou minhas investigações, sobretudo ao sr. Messager. E também ao simpaticíssimo administrador, o sr. Gabion, e ao cordial arquiteto encarregado da conservação do edifício, que gentilmente me emprestou as obras de Charles Garnier, apesar de estar certo de que eu não as devolveria. Falta-me ainda reconhecer publicamente a generosidade do meu amigo e antigo colaborador, o sr. J.-L. Croze, que me deu acesso à sua admirável biblioteca de obras de teatro, emprestando-me edições únicas, pelas quais tinha muito apego. — G.L.

Capítulo I

Será o Fantasma?

Naquela noite, quando os srs. Debienne e Poligny, diretores demissionários da Ópera, produziam sua última noite de gala, marcando a despedida de ambos, o camarim da grande Sorelli, uma das primeiríssimas bailarinas, foi bruscamente invadido por seis jovens do corpo de baile, vindas do palco depois de terem "dançado" *Polieucto*. Elas entraram em tumulto, umas com risos exagerados e pouco naturais, outras com gritos de pavor.

Sorelli, que gostaria de estar um pouco a sós para "repassar" a fala com que logo mais homenagearia no salão os srs. Debienne e Poligny, viu com mau humor toda aquela desordem a seu redor. Virou-se para as mocinhas, preocupada com tanto alvoroço. Foi a jovem Jammes — nariz apreciado por Grévin, olhos de miosótis, faces de rosa, colo de lírio — que em três palavras explicou, com a voz tremendo de aflição:

— É o Fantasma!

E trancou a porta à chave. O camarim de Sorelli ostentava uma elegância oficial e ordinária. Um espelho móvel, um divã, um lavatório e armários formavam o mobiliário de praxe. Algumas gravuras nas paredes, lembranças da mãe, que participara dos belos dias da antiga Ópera da rua Le Peletier. Retratos de Vestris, Gardel, Dupont e Bigottini. Mas o camarim parecia um palácio para as jovenzinhas do corpo de baile, que dispunham de quartos comuns, onde passavam o tempo em cantorias, disputas internas, brigas com os cabeleireiros e camareiras, ou a oferecerem umas às outras copos de licor de cassis ou de cerveja, quando não de rum, até bater o primeiro sinal.

Sorelli era extremamente supersticiosa. Ouvindo a pequena Jammes mencionar o Fantasma, ela estremeceu e disse:

— Bobagem!

Mas, como era a primeira a acreditar nos fantasmas em geral e no da Ópera em particular, quis imediatamente ser informada.

— Vocês o viram?

— Tal como a vejo! — respondeu com um gemido a pequena Jammes, que, sem se aguentar mais de pé, despencou numa cadeira.

Então a pequena Giry — com a cor da ameixa nos olhos, do nanquim nos cabelos, a pele escura e frágil cobrindo seus ossinhos miúdos — acrescentou:

— Se for ele, é bem feio!

— Ah, sim! — confirmou o coro das dançarinas.

E puseram-se a falar todas ao mesmo tempo. O Fantasma se mostrara a elas como um senhor em traje de noite e surgindo bruscamente no corredor, sem que se pudesse saber de onde viera. Sua aparição foi tão repentina que era como se tivesse saído da parede.

— Como? — exclamou uma delas, que mais ou menos conseguira manter o sangue-frio. — Vocês veem o Fantasma em tudo.

Há alguns meses já, é verdade, não se falava de outra coisa na Ópera senão no Fantasma de preto que perambulava como uma sombra pelo prédio de cima a baixo, que não falava com ninguém e com o qual ninguém se atrevia a falar. Aliás, assim que era visto, ele desaparecia, sem que se pudesse perceber por onde ou como. Não fazia barulho ao andar, como se espera de um verdadeiro fantasma. De início provocou risadas, e zombava-se daquela alma penada que se vestia como um homem de boa situação social ou como um papa-defuntos, mas a lenda do Fantasma logo adquiriu proporções colossais no corpo de baile. Todas pretendiam ter mais ou menos encontrado o ser sobrenatural e sido vítimas dos seus malefícios. E as que mais alto riam de forma alguma eram as que se sentiam mais tranquilas. Quando o Fantasma não era visto, sua presença ou passagem era assinalada por acontecimentos engraçados ou funestos, dos quais a superstição quase geral o responsabilizavam. Se algum incidente houvesse a se deplorar, se uma colega fizesse uma brincadeira de mau gosto a uma das mocinhas do corpo de baile, se uma caixinha de pó de arroz desaparecesse, era tudo culpa do Fantasma da Ópera!

Na realidade, quem o havia visto? São muitos os trajes pretos na Ópera que não são fantasmas. Mas aquele tinha uma particularidade que nem todos os trajes pretos têm. A de vestir um esqueleto.

Pelo menos era o que diziam as meninas.

O esqueleto, é claro, tinha uma cabeça de caveira.

Podia-se levar a sério? Essa imaginação do esqueleto havia começado com a descrição que Joseph Buquet, maquinista-chefe, havia feito. Ele sim realmente o havia visto. Deparara — não se pode dizer "a um palmo do nariz", pois o Fantasma, justamente, não tinha um — com o misterioso personagem numa escadinha que, junto a uma rampa, desce diretamente aos "porões". Ele pôde vê-lo por um segundo — pois o Fantasma escapuliu — e guardou uma lembrança inesquecível daquela visão.

Repito o que Joseph Buquet disse do Fantasma a quem quisesse ouvir:

— Ele é incrivelmente magro, e o traje preto dança num arcabouço esquelético. Os olhos são tão profundos que não se distinguem as pupilas imóveis. Só se veem, com isso, dois buracos escuros, como numa caveira. A pele, esticada nos ossos como a membrana de um tambor, não é branca, mas desagradavelmente amarelada. O nariz é tão curto que não pode ser visto de perfil, e a sua *ausência* é algo horrível de *se ver*. Três ou quatro mechas compridas e castanhas no alto da cabeça e atrás das orelhas compõem toda a cabeleira.

Foi em vão que Joseph Buquet tentou seguir a estranha aparição. Ela desapareceu como por mágica, e ele não conseguiu nenhuma pista.

O maquinista-chefe era um homem sério, tranquilo e sem muita imaginação, e estava sóbrio. Foi ouvido com espanto e interesse. Imediatamente apareceram pessoas para contar também terem visto um traje preto com uma cabeça de caveira.

Os mais sensatos que tiveram conhecimento dessa história primeiro acharam que Joseph Buquet tinha sido vítima de uma brincadeira de algum dos seus subordinados. Em seguida, sucessivos incidentes estranhos e inexplicáveis aconteceram, afligindo os mais espertos.

Um tenente dos bombeiros é sempre um bravo. Nada teme, menos ainda o fogo!

Pois bem, o tenente dos bombeiros em questão,* que fora fazer uma inspeção nos subsolos e se aventurou, ao que tudo indica, um pouco mais adiante do que de hábito, de repente voltou ao estrado pálido, assustado, trêmulo, com os olhos saltando das órbitas, e quase desmaiou nos braços da mãe da pequena Jammes. E por quê? Por ter visto vir em sua direção, à altura da sua *cabeça, mas sem corpo, uma cabeça de fogo!* E, repito, um tenente do corpo de bombeiros não tem medo de fogo.

Esse tenente dos bombeiros se chamava Papin.

O corpo de baile caiu em grande abatimento. Para começar, a cabeça de fogo de forma alguma correspondia à descrição do Fantasma feita por Joseph Buquet. Pressionaram o bombeiro com mais perguntas, voltaram a interrogar o maquinista-chefe, e a partir daí as jovens se convenceram de que o Fantasma dispunha de diversas cabeças, podendo trocá-las quando bem entendesse. E, é claro, imediatamente imaginaram estar em grande perigo. Se um tenente dos bombeiros podia desmaiar, as dançarinas menores e as "ratinhas" menores ainda tinham desculpas suficientes para o pavor que as fazia fugir correndo toda vez que passavam diante de algum canto mais escuro ou por um corredor mal iluminado.

Por isso, para proteger na medida do possível o edifício, entregue a tão assustadoras forças, a própria Sorelli, no dia seguinte à história envolvendo o tenente dos bombeiros e tendo em volta todas as dançarinas, mas também a pirralhada, colocou em cima da mesa que fica no hall da portaria, na lateral que dá para o da administração, uma ferradura. Todos que entrassem na Ópera e não fossem espectadores deviam tocá-la antes de pisar no primeiro degrau da escada. E isso para não cair sob o império da força oculta que se apoderara do prédio, dos porões às torres!

Essa ferradura, bem como infelizmente toda essa história, não foi inventada por mim e pode ainda hoje ser vista na tal mesa do hall, diante da cabine do zelador, quando se entra na Ópera pelo átrio da administração.

---

* Contou-me o episódio, igualmente autêntico, o próprio sr. Pedro Gailhard, ex-diretor da Ópera.

Com isso se pode logo ter ideia do estado de espírito daquelas jovens na noite em que, na companhia delas, penetramos no camarim de Sorelli.

— É o Fantasma! — havia então exclamado a pequena Jammes.

E a ansiedade das dançarinas só fez crescer. Um aflitivo silêncio passou a reinar no camarim. Só se ouvia o som das respirações arfantes. Com todos os sinais do mais sincero pavor, Jammes afinal se precipitou até um ponto recuado da parede e murmurou apenas:

— Ouçam!

De fato, a todo mundo pareceu que se podia ouvir algo se arrastar atrás da porta. Nenhum barulho de passos. Algo como uma leve seda escorregando pela pedra. Depois, mais nada. Sorelli tentou se mostrar menos temerosa que as meninas. Foi até a porta e perguntou, com voz fraca:

— Quem está aí?

Ninguém respondeu.

Então, sentindo que todos os olhos acompanhavam os seus menores gestos, ela se esforçou para demonstrar coragem e falou bem alto:

— Tem alguém do outro lado da porta?

— Ah, sim! Sim, com certeza tem alguém atrás da porta! — repetiu a ameixinha seca que era Meg Giry, puxando heroicamente Sorelli pela saia de gaze... — Seja o que for, não abra! Por Deus do céu, não abra!

Mas Sorelli, armada com um estilete do qual nunca se separava, ousou girar a chave na fechadura e abrir a porta, enquanto as meninas recuavam até o lavatório e Meg Giry gemia:

— Mamãe! Quero a minha mãe!

Sorelli corajosamente procurou no corredor. Estava deserto. Um bico de gás, em sua prisão de vidro, lançava uma chaminha avermelhada e incerta nas trevas ambientes, sem conseguir dissipá-las. A dançarina fechou rapidamente a porta, com um suspiro.

— Nada — disse ela. — Ninguém!

— Mas nós o vimos! — afirmou mais uma vez Jammes, voltando com passinhos tímidos para perto de Sorelli. — Deve estar por perto, espiando. Eu é que não volto para me vestir. Vamos descer juntas ao *foyer* para a "homenagem" e voltar juntas.

A jovenzinha segurou com fé uma ponta de coral que deveria afastar forças malignas, e Sorelli discretamente desenhou, com a ponta rosada do polegar direito, uma cruz de santo André no anel de madeira que adornava o seu anular da mão esquerda.

Escreveu um cronista célebre: "Sorelli é uma bailarina grande, bonita, de rosto grave e voluptuoso, cintura flexível como um ramo de salgueiro. Frequentemente descrevem-na como 'bela criatura'. Seus cabelos louros, puros como o ouro, coroam a fronte amorenada sob a qual se incrustam olhos de esmeralda. A cabeça parece flutuar como a de uma garça, acima do pescoço comprido, elegante e nobre. Dançando, seu movimento de cintura é indescritível, dando a seu corpo todo uma palpitação de inefável languidez. Quando ergue os braços e pega impulso para começar uma pirueta, salientando com isso toda a silhueta do tronco, quando a inclinação do corpo realça os quadris dessa maravilhosa mulher, temos um quadro de fazer ferver o cérebro."

No tocante ao cérebro, parece haver unanimidade quanto a esse detalhe, ela não tinha nenhum. E ninguém a censurava por isso.

Ela disse ainda às mocinhas:

— Meninas, precisam se "recompor"!... Fantasma? Aparentemente ninguém o viu!...

— Nós sim! Nós vimos! Agora mesmo! — retomaram as garotas. — Tinha uma caveira e o traje como na noite em que Joseph Buquet o viu!

— E Gabriel também viu! — acrescentou Jammes. — Ontem mesmo! Ontem à tarde, em pleno dia...

— Gabriel, o maestro do coro?

— Isso... O quê, você não soube?

— E ele usava aquele traje em pleno dia?

— Quem, Gabriel?

— Não, o Fantasma!

— Claro, com o traje! — confirmou Jammes. — Foi Gabriel mesmo quem contou. Foi inclusive como ele o reconheceu. Vou contar. Gabriel estava na sala do regente da orquestra. De repente, a porta foi aberta. Era o Persa, que foi logo entrando. Todas sabemos que ele tem "olho gordo".

— Ah, tem mesmo! — apoiaram em coro as dançarinas e, ao evocarem a imagem do Persa, fizeram, com os dedos indicador e mindinho esticados, o médio e o anular dobrados na palma da mão e presos pelo polegar, o símbolo dos chifres do Maligno.

— E sabemos como Gabriel é supersticioso! — continuou Jammes. — Ele é sempre cordial com todos, mas, quando vê o Persa, ele disfarça e põe a mão no bolso, para segurar o molho de chaves... Assim que a porta se abriu e o Persa apareceu, Gabriel deu um pulo da poltrona em que estava até a fechadura do armário, para tocar em algo metálico! Com esse movimento precipitado, rasgou num prego um lado inteiro do paletó. Querendo sair às pressas, bateu com a testa num prendedor da cortina e ganhou um galo enorme. Em seguida, recuando de forma meio brusca, arranhou o braço no biombo ao lado do piano. Quis então se apoiar nele, mas foi tão desastrado que a tampa caiu e lhe esmagou os dedos da mão. Correu como um louco para fora da sala, só que se atrapalhou tanto para descer a escada que caiu de costas e assim desceu todos os degraus do primeiro andar. Eu passava nesse exato momento com mamãe e fomos logo ajudá-lo a se levantar. Estava todo machucado, com sangue no rosto, de dar medo. Mas ele imediatamente sorriu e desabafou: "Agradeço a Deus por escapar só com isso!" Perguntamos o que tinha acontecido, e ele contou o medo que teve. A causa de tudo foi que ele viu, atrás do Persa, o Fantasma! *O Fantasma da caveira*, tal como havia descrito Joseph Buquet.

Um burburinho tenso acompanhou o fim dessa história, com Jammes sem fôlego, de tão rápido que a contara, como se o Fantasma estivesse atrás dela. Depois houve mais um silêncio, interrompido a meia-voz pela pequena Giry, enquanto, nervosa, Sorelli polia as unhas.

— Joseph Buquet devia ter ficado calado — disse a ameixinha.

— E por quê? — perguntou alguém.

— Foi o que mamãe disse... — explicou Meg, mais baixinho ainda e olhando em volta como se receasse que outros ouvidos, além dos que se viam ali, pudessem escutar.

— E por quê?

— Psss! Mamãe diz que o Fantasma não gosta de ser incomodado!

— E de onde ela tirou isso?

— Ora... de... bom, nada...

Tanta reticência pareceu suspeita e atiçou mais ainda a curiosidade das meninas, que se juntaram em volta da pequena Giry implorando que contasse mais. Estavam todas coladas umas às outras, atentas num mesmo gesto de súplica e medo. Comunicavam entre si o pavor, com um prazer aflito que dava calafrios.

— Jurei não contar! — tentou ainda Meg, sem muita convicção.

Mas não teve descanso, e todas prometeram manter o segredo, fazendo com que Meg, doida para contar o que sabia, começasse, de olhos fixos na porta:

— Bom... é por causa do camarote...

— Qual camarote?

— O camarote do Fantasma!

— O Fantasma tem um camarote?

Diante da ideia de o Fantasma ter um camarote, as dançarinas não puderam conter a alegria funesta da surpresa. Com alguns suspiros, insistiram:

— Pelo amor de Deus, continue... continue!

— Mais baixo! — ordenou Meg. — É o primeiro camarote, o cinco. Vocês sabem, o primeiro camarote do lado do proscênio da esquerda.

— Não é possível!

— Estou dizendo... mamãe é quem cuida dele... Mas prometem não dizer nada?

— Prometemos, prometemos...

— Pois é o camarote do Fantasma... Há mais de um mês ninguém o ocupa, a não ser o Fantasma, é claro, e a administração deu ordem para que nunca o disponibilizem ao público...

— E o Fantasma fica lá mesmo?

— Pois sim...

— Alguém então fica lá?

— Pois não!... *O Fantasma vai,* mas não tem ninguém.

As jovens bailarinas trocaram olhares. Se o Fantasma estava no camarote, devia ser visto, já que usava um traje de noite e tinha uma caveira. Foi o que elas deram a entender a Meg, que explicou:

— Justamente! Não se vê o Fantasma! Não há traje nem cabeça!... Tudo que disseram sobre caveira e bola de fogo é conversa fiada! Não tem nada disso... É *ouvido* apenas quando está no camarote. Mamãe nunca o viu, mas ouviu. E ela sabe, pois dá a ele o programa!

Nesse momento, Sorelli achou que precisava dizer alguma coisa:

— Pequena Giry, você está de brincadeira.

A mocinha começou a chorar.

— Eu não devia ter falado... se mamãe souber... mas Joseph Buquet não tinha que se meter onde não é chamado... não vai ser bom para ele... mamãe ontem mesmo dizia isso...

Passadas fortes e apressadas foram ouvidas no corredor, e uma voz esbaforida chamou:

— Cécile! Cécile! Está aí?

— É mamãe! — assustou-se Jammes. — O que há?

E ela abriu a porta. A digna senhora, com o porte de um granadeiro prussiano, atravessou o camarim e se sentou com um gemido numa poltrona. Os olhos se agitavam, afoitos, iluminando lugubremente seu rosto de tijolo cozido.

— Uma desgraça! — disse ela. — Uma desgraça!

— O quê? O quê?

— Joseph Buquet...

— Diga. Joseph Buquet...

— Morreu!

O camarim se encheu de exclamações, de incredulidade alarmada, de pedidos assustados de esclarecimentos...

— Exatamente... acabam de descobri-lo enforcado no terceiro subsolo! *Mas o pior* — continuou, sem quase conseguir, a digna senhora —, *o pior de tudo é que os maquinistas que encontraram o corpo dizem que se podia ouvir, pairando sobre o cadáver, algo parecido com o canto dos mortos!*

— Foi o Fantasma! — não conseguiu deixar de dizer a pequena Giry, que imediatamente, tapando a boca com as mãos, completou: — Não, eu não disse nada, não disse nada!

Em volta, todas as colegas, apavoradas, repetiam em voz baixa:

— Sem dúvida! Foi o Fantasma!

Sorelli estava lívida...

— Não vou poder nunca fazer meu discurso — lamentou-se.

A mãe de Jammes deu sua opinião, esvaziando um copinho de licor esquecido numa mesa: isso tinha a ver com o Fantasma, provavelmente...

Verdade é que nunca se soube como morreu Joseph Buquet. A investigação, bastante sumária, não chegou a qualquer resultado, além do *suicídio natural*. Em *Memórias de um diretor*, o sr. Moncharmin, um dos dois novos diretores que sucederam aos srs. Debienne e Poligny, conta da seguinte maneira o caso do enforcado:

"Um incidente desagradável perturbou a pequena comemoração com que os srs. Debienne e Poligny quiseram marcar sua despedida. Eu estava na sala da direção quando de repente entrou Mercier, o administrador. Estava nervosíssimo e contou que acabavam de descobrir, enforcado no terceiro subsolo do palco, entre uma viga de sustentação e um cenário do *Rei de Lahore*, o corpo de um maquinista. Eu disse: 'Vamos tirá-lo de lá!', mas, no tempo que levei para descer às pressas a escada fixa e a outra, móvel, do subsolo, a corda do enforcado havia desaparecido!"

Um incidente que o sr. Moncharmin achou natural. Um homem se enforca com uma corda, vão retirá-lo e a corda desaparece. Tudo bem! O novo diretor encontrou uma explicação bem simples. Vejam só: *As bailarinas menores e as ratinhas tinham pegado, se precavendo contra o mau-olhado*. E ponto-final. Vocês podem já imaginar o corpo de baile descendo a escada móvel e pegando a corda do enforcado em tempo mais curto que o que se precisa para escrever. Não se pode levar a sério. Quando penso, por outro lado, no lugar exato em que o corpo foi encontrado — no terceiro subsolo do palco —, creio ter havido *certo* interesse no desaparecimento dessa corda, uma vez cumprida a sua função. Mais adiante veremos se estou errado em fazer tal conjectura.

Joseph Buquet era muito querido, e a sinistra notícia rapidamente percorreu a Ópera de cima a baixo. Os camarins se esvaziaram, e as pequenas bailarinas, em torno de Sorelli como carneirinhos assustados rodeando o pastor, tomaram o caminho do *foyer*, atravessando corredores e escadas mal iluminados com os passinhos miúdos das suas patinhas rosadas.

Capítulo II

A nova Margarida

No primeiro andar, Sorelli passou pelo conde de Chagny, que subia. O conde, em geral muito calmo, estava bastante agitado.

— Estava indo vê-la — disse ele, cumprimentando galantemente a bailarina. — Ah, Sorelli, que bela noite! E Christine Daaé, que triunfo!

— Não vejo como! — intrometeu-se Meg Giry. — Há seis meses ela não cantava nada! Mas deixe-nos seguir em frente, *meu caro conde* — disse a meninota, com uma reverência exagerada —, estamos atrás de notícias de um pobre coitado que encontraram enforcado.

Nesse instante passava com pressa o administrador, que bruscamente parou ao ouvir aquilo.

— O quê? As senhoritas já souberam? — interrompeu-as, com um tom bastante rude. — Pois não comentem… sobretudo, não deixem que isso chegue ao conhecimento dos srs. Debienne e Poligny! Estragaria a despedida deles.

Todo mundo se encaminhou para o *foyer* da dança, já lotado.

O conde de Chagny estava certo: nunca uma estreia se comparou àquela, os privilegiados que a ela assistiram ainda a relembram com entusiasmo a seus filhos e netos. Basta dizer que Gounod, Reyer, Saint-Saëns, Massenet, Guiraud e Delibes sucessivamente dirigiram a orquestra na execução das suas próprias obras. E puderam dispor de intérpretes diversos, entre os quais se podem destacar Faure e a divina Krauss, além de ter sido a noite em que se revelou ao *tout-Paris* Christine Daaé — de quem quero, neste livro, narrar o misterioso destino.

Gounoud apresentou *A marcha fúnebre para uma marionete*; Reyer, sua bela abertura de *Sigurd*; Saint-Saëns, *A dança macabra* e um *Devaneio oriental*; Massenet, uma *Marcha húngara* inédita; Guiraud, seu *Carnaval*; Delibes, *A valsa lenta de Sylvia* e os *pyzzicati* de *Coppélia*.

As srtas. Krauss e Denise Bloch cantaram: a primeira o bolero de *Vésperas sicilianas*, e a segunda o *brindisi* de *Lucrécia Bórgia*.

Mas quem realmente arrasou foi Christine Daaé, que começou por algumas passagens de *Romeu e Julieta*. Pela primeira vez a jovem artista cantava essa obra de Gounod, aliás inédita na Ópera e que a Ópera Cômica acabava de retomar, bastante tempo depois da sua criação no antigo Teatro Lírico, pela srta. Carvalho. Ah! Lamentemos por quem não ouviu Christine Daaé no papel de Julieta, por quem não acompanhou a sua graça pueril, não estremeceu com os tons da sua voz seráfica, não sentiu a própria alma alçar voo junto à da cantora, acima dos túmulos dos enamorados de Verona: "*Senhor, meu Deus, perdoai-nos!*"

Pois bem, tudo isso foi pouco se comparado às notas sobre-humanas ouvidas no ato da prisão e no trio final de *Fausto*, cantadas por ela no lugar de Carlotta, que não se sentia bem. Nunca se tinha ouvido, nunca se tinha visto algo assim!

Foi como "a nova Margarida" que Daaé se revelou, uma Margarida inacreditavelmente esplendorosa e de uma radiância até então insuspeita.

A sala em peso ovacionou com mil clamores sua inenarrável emoção, Christine aos prantos, desfalecendo nos braços dos colegas. Foi preciso acompanhá-la até o camarim. Ela parecia ter deixado em cena a própria alma. O grande crítico P. de St.-V. fixou a lembrança inesquecível desse minuto maravilhoso numa crônica justamente intitulada "A nova Margarida". Grande articulista que era, ele simplesmente viu que aquela bela e suave criança havia levado, naquela noite, ao palco da Ópera, um pouco mais do que a sua arte, ou seja, também seu coração. Amigo nenhum da Ópera ignorava que o coração de Christine se guardara puro como nos seus 15 anos, e P. de St.-V. declarou que "para entender o que aconteceu com Daaé é preciso imaginar que ela acabava de amar pela primeira vez!" E ainda dizia: "Talvez eu esteja sendo indiscreto, mas só o amor é capaz de realizar semelhante milagre, tão fulminante transformação. Havíamos ouvido há dois anos Christine Daaé no concurso do Conservatório, e ela já nos brindara com uma encantadora esperança. *De onde veio o sublime de hoje? Se não for do céu, nas asas do amor, serei levado a pensar que subiu do inferno, e Christine, como o mestre cantor Ofterdingen, fez pacto com o diabo!* Quem não ouviu Christine cantar o trio final de *Fausto* nada sabe de *Fausto*: a emoção da voz e o êxtase sagrado de uma alma pura não teriam podido ir além!"

Alguns *habitués*, porém, protestaram. Como lhes haviam por tanto tempo ocultado semelhante tesouro? Christine Daaé tinha sido, até então, um Siebel razoável aos pés de uma Margarida esplendidamente material representada por Carlotta. E precisamos da incompreensível e inexplicável ausência de Carlotta naquela noite de gala para que, improvisadamente, a pequena Daaé mostrasse seu talento, numa parte do programa reservada à diva espanhola! Como, à falta de Carlotta, os srs. Debienne e Poligny recorreram à Daaé? Tinham conhecimento da sua genialidade oculta? Se for o caso, por que a escondiam? E por que ela própria também o escondia? Coisa estranha, a cantora aparentemente não estava mais sob a tutela de nenhum professor. Várias vezes declarara que pretendia passar a se exercitar sozinha. Tudo parecia bastante inexplicável.

O conde de Chagny (Philippe-Georges-Marie) havia assistido de pé em seu camarote àquele delírio, aderindo à vibrante aclamação com ruidosos aplausos e gritos. Contava nessa ocasião 41 anos de idade, postura de grande senhor e uma bela aparência. Tinha altura acima da média e feições agradáveis, apesar de traços duros e olhos um tanto frios, demonstrando refinada cortesia com as mulheres e certa altivez com os homens, que não lhe perdoavam seus sucessos mundanos. Era dono de excelente coração e de uma correta consciência. Com a morte do velho conde Philibert, ele se tornara chefe de uma das mais ilustres e antigas famílias da França, com brasões que remetiam a Luís X. Os Chagny dispunham de uma fortuna vultosa, e quando o velho conde, viúvo, morreu, foi uma tarefa considerável para Philippe administrar tão pesado patrimônio. Suas duas irmãs e o irmão Raoul nem quiseram ouvir falar de partilha e mantiveram a integridade da herança, dependendo em tudo de Philippe, como se o direito do primogênito não tivesse deixado de existir. Quando as duas irmãs se casaram, no mesmo dia, retomaram as suas posses não como algo que lhes coubesse e sim como dote, exprimindo toda a gratidão.

A condessa de Chagny — em solteira, de Mœrogis de la Martynière — morrera ao dar à luz Raoul, vinte anos depois do irmão mais velho. À morte do velho conde, Raoul tinha 12 anos, e Philippe se ocupou ativamente da sua educação. Foi admiravelmente auxiliado nisso primeiro pelas irmãs e depois por uma velha tia, viúva de um homem do mar que vivia em Brest, e isso deu ao jovem o gosto pela Marinha. Ele embarcou no navio-escola *Borda*, saiu-se muito bem e com toda segurança deu a sua volta ao mundo. Graças a importantes apoios, ele acabava de ser designado para integrar a expedição oficial do *Requin*, com a missão de buscar, no gelo do polo Norte, sobreviventes da expedição do navio *d'Artois*, da qual não se tinha notícia há três anos. Nessa expectativa, ele gozava de uma longa licença de seis meses. As velhas aristocratas do *faubourg* nobre, vendo aquele belo rapazote que parecia tão frágil, temiam por ele, diante do rude trabalho que o aguardava.

A timidez do jovem marinheiro — e fico quase tentado a dizer sua inocência — era notável. Parecia recém-saído das mãos das mulheres que cuidavam dele. De fato, mimado pelas irmãs e pela velha tia, ele guardara dessa educação puramente feminina modos quase cândidos, com um encanto que nada, até então, pudera abalar. Tinha pouco mais de 21 anos, aparentando 18. Adornavam-lhe um pequeno bigode louro, belos olhos azuis e uma compleição feminina.

Philippe também mimava muito Raoul. Antes de tudo, tinha muito orgulho e previa satisfeito uma carreira gloriosa para o seu caçula na Marinha, onde um dos seus antepassados, o famoso Chagny de La Roche, alcançou o posto de almirante. Ele aproveitava aquele período da licença para mostrar ao rapaz uma Paris que ele mais ou menos desconhecia, naquilo que a cidade pode oferecer de distração luxuosa e prazer artístico.

O conde estimava que na idade de Raoul juízo demais deixa de ser "ajuizado". Tinha o mais velho uma personalidade bem equilibrada, sendo ponderado tanto no trabalho quanto nos prazeres, mantendo sempre uma atitude perfeita, incapaz de passar ao irmão um mau exemplo. Levava-o sempre consigo e o fez conhecer o mundo da dança. Bem sei que se comentava estar o conde "em bons termos" com Sorelli. Qual o problema? Que crime haveria no fato de um cavalheiro, que permanecera solteiro e consequentemente usufruía de toda a liberdade, sobretudo desde o casamento das irmãs, passar uma ou duas horas depois do jantar na companhia de uma bailarina que notoriamente não primava por uma inteligência das mais refinadas, mas tinha os mais belos olhos do mundo? Além disso, há lugares em que um verdadeiro parisiense, sobretudo na posição do conde de Chagny, precisa estar presente, e naquela época os bastidores da dança na Ópera eram um desses lugares.

Por outro lado, provavelmente Philippe não teria levado o irmão aos bastidores da Academia Nacional de Música se este último não fosse o primeiro a pedir várias vezes e com uma doce insistência, da qual o conde se lembraria mais tarde.

Depois de naquela noite aplaudir Daaé, Philippe olhou para o irmão e se assustou com sua palidez.

— Não vê que essa jovem está muito mal? — exclamou Raoul.

De fato, fora preciso amparar Christine Daaé no palco.

— Você é que está prestes a desmaiar — disse o conde, olhando bem o irmão. — Não está se sentindo bem?

Mas Raoul já se pusera de pé.

— Vamos! — chamou, cheio de emoção.

— Aonde, Raoul? — questionou o conde, espantado com o estado em que se encontrava o outro.

— Precisamos ir ver! É a primeira vez que ela canta assim!

O conde olhou com curiosidade o irmão, e um ligeiro sorriso de alívio se esboçou nos seus lábios.

— Ei!… — Mas ele imediatamente se corrigiu: — Vamos, vamos sim!

Parecia todo contente.

Logo chegaram à entrada, bastante cheia, dos frequentadores que tinham passe livre. Por não conseguir chegar ao palco, Raoul sem se dar conta rasgava as luvas de tão nervoso. Philippe generosamente evitou zombar daquela impaciência. Mas aquilo o esclareceu, descobriu então o motivo de Raoul parecer distraído quando ele lhe falava e por que procurava tanto levar todas as conversas para o tema da Ópera.

Chegaram ao palco.

Um sem-número de trajes pretos corria para o *foyer* da dança ou se dirigia aos camarins dos artistas. Aos gritos dos maquinistas se somavam os dos chefes de serviço. Figurantes do último quadro ainda se retiravam junto com outros que sequer tinham uma fala em cena, uma armação de cenário era desmontada, um pano de fundo descia da vara, um praticável era fixado a fortes marteladas, o eterno "caminho livre para quem é do teatro" repetido como ameaça para a sua cartola de seda ou de um empurrão mais forte nas suas costas: era o ambiente de praxe nos entreatos e que nunca deixava de impressionar um visitante inexperiente como o rapaz de bigodinho louro, olhos azuis e compleição feminina que atravessava, tão rápido quanto permitia a confusão reinante, aquele mesmo palco em que Christine Daaé acabava de triunfar e sob o qual Joseph Buquet acabava de morrer.

Nunca a confusão foi igual à daquela noite, mas nunca também Raoul se sentiu menos tímido. Ele afastava com ombros decididos tudo que estivesse à sua frente, pouco se importando com reclamações, sem tentar entender o que diziam os maquinistas atarefados. Apenas o movia o desejo de ver a dona daquela voz mágica que lhe roubara o coração. Pois perfeitamente sentia que o seu pobre coração, novo em folha, não lhe pertencia mais. Ele bem que tentava se defender, desde o dia em que reencontrou Christine, que havia conhecido em criança. Percebeu sentir por ela uma doce atração, que tentou de início racionalmente afastar, pois se prometera, dado o respeito que tinha por si mesmo e por sua fé, só se entregar àquela que seria a sua mulher e não poderia, é claro, pensar em se casar com uma cantora. Mas à suave emoção sucedeu uma sensação atroz. Sensação? Sentimento? Havia naquilo uma parte física e uma parte moral. O peito doía como se tivesse sido aberto para que o coração fosse arrancado. Ele sentia ali um vazio tremendo, uma ausência sensível que nunca mais se preencheria, não fosse com o coração de outrem! São realidades vividas por certas psicologias que, ao que dizem, só podem entender aqueles a quem o amor estranhamente fulmina "como um raio", como se diz em linguagem corrente.

O conde Philippe seguia o irmão com dificuldade. E continuava a sorrir.

No fundo do palco, depois da porta dupla que se abre para os degraus levando ao *foyer* e aqueles de acesso aos camarotes da esquerda do andar térreo, Raoul precisou parar diante do pequeno esquadrão de "ratinhas" que, descendo da sua toca, bloqueava a passagem pela qual o rapaz queria prosseguir. Não poucas zombarias saíram dos pequenos lábios maquiados, que ele não respondeu. Conseguiu afinal passar e mergulhou na obscuridade de um corredor que ecoava exclamações de admiradores entusiasmados. Um nome se sobrepunha a tudo: Daaé! Daaé! O conde, atrás de Raoul, pensava: "O danado conhece o caminho!", se perguntando como o teria descoberto. Nunca ele próprio conduzira Raoul até Christine. Era de se imaginar que o caçula tivesse ido por conta própria, enquanto o conde, em geral, conversava no *foyer* com Sorelli, que muitas vezes pedia que lhe fizesse companhia até o momento de entrar em cena e frequentemente tinha a tirânica mania de deixar com ele as meias de proteção com que descia do camarim e garantiam o lustre das sapatilhas de cetim, assim como a irretocável limpeza do *collant* cor da pele. Sorelli tinha uma desculpa para isso: havia perdido a mãe.

O conde, atrasando um pouco a visita que faria a Sorelli, tomou então a galeria que levava ao camarim de Daaé, constatando que aquele corredor nunca fora tão frequentado quanto naquela noite, com o teatro inteiro se agitando diante do desempenho da cantora e da sua consequente prostração. A bela jovem não recuperara ainda os sentidos, e procuravam o médico da casa, que justamente chegava, abrindo passagem entre os grupos, com Raoul nos seus calcanhares.

O clínico e o apaixonado chegaram então ao mesmo tempo ao leito de Christine, que recebeu de um os primeiros atendimentos e abriu os olhos nos braços do outro. O conde havia ficado, como tantos mais, junto à porta, onde o ar já faltava.

— Não acha, doutor, que esses senhores deveriam "liberar" um pouco o camarim? — perguntou Raoul, com surpreendente audácia. — Não se consegue mais respirar aqui.

— Está coberto de razão — concordou o médico, empurrando todos para fora, exceto Raoul e a camareira, que arregalou os olhos no mais completo espanto, pois nunca o tinha visto antes.

Mas não se atreveu a fazer perguntas.

Já o médico imaginou que, se o rapaz agia daquela maneira, certamente tinha o direito. Assim sendo, o visconde pôde permanecer no camarim contemplando Daaé, que renascia para a vida, enquanto até mesmo os diretores Debienne e Poligny, que tinham vindo expressar sua admiração pela jovem cantora, ficaram restritos ao corredor com os demais cavalheiros em trajes pretos. O conde de Chagny, também empurrado para fora, ria satisfeito:

— Mas que danado! Que danado!

E acrescentou para si mesmo: "Vá confiar nesses jovenzinhos com ares delicados!"

Philippe estava radiante e concluiu: "É um Chagny!", tomando então o rumo do camarim de Sorelli. No entanto, como foi dito, encontrou-a na escada, descendo para o *foyer* com seu pequeno bando de bailarinas e tremendo de medo.

Enquanto isso, ainda em seu leito, Christine Daaé dava um profundo suspiro, ao qual respondeu um gemido. Virou o rosto, viu Raoul e se surpreendeu. Em seguida viu o médico, o que a tranquilizou, e a camareira. Voltou-se de novo para Raoul e perguntou com uma voz que mais parecia um murmúrio:

— E o senhor, quem é?

— Senhorita — respondeu o rapaz, com um joelho no chão e beijando ardentemente a mão da diva —, *sou o menino que um dia foi buscar a sua echarpe no mar.*

Christine voltou a olhar para o médico, para a camareira, e os três caíram na risada. Muito vermelho, Raoul se ergueu.

— A senhorita não se lembra de mim, mas eu gostaria de lhe dizer algo em particular, algo muito importante.

— Quando eu estiver melhor, pode ser? — A sua voz tremia. — Mas o senhor é muito gentil...

— É preciso que se retire — disse o médico, com seu mais amável sorriso. — Deixe-me cuidar da senhorita.

— Não estou doente — reclamou bruscamente Christine, com uma energia tão estranha quanto inesperada.

Ela se pôs de pé, passando a mão pelas pálpebras com um gesto rápido.

— Agradeço, doutor, mas preciso ficar sozinha... Saiam todos, por favor... Deixem-me, estou muito nervosa hoje...

O médico quis se opor, mas, vendo a agitação da jovem, achou que o mais indicado naquele momento seria não contrariá-la. Retirou-se então com Raoul, que se viu desamparado no corredor. O doutor ainda comentou:

— Ela não é a mesma esta noite... em geral é tão dócil...

Despediu-se e foi embora.

Raoul ficou só. Toda aquela parte do teatro estava agora deserta. Haveria a cerimônia de despedida no *foyer* da dança. Ele achou que a cantora não deixaria de ir e esperou, sozinho e mudo. Afinal se resguardou à sombra de um vão de porta. Sentia ainda uma terrível dor no lugar do coração. E era disso que queria falar a Daaé, com urgência. A porta do camarim foi de repente aberta, e ele viu a camareira sair sozinha, carregando pacotes. Abordou-a quando passava e pediu notícias da cantora. Rindo, ela respondeu estar tudo bem, mas que a jovem não devia ser incomodada, pois queria estar só, ela acrescentou, seguindo já o seu caminho. Uma ideia atravessou o cérebro ardente de Raoul: Daaé evidentemente queria estar só, *para ele*!... Como dissera querer conversar em particular, a jovem arranjou um meio de dispensar o médico e a camareira. Mal conseguindo respirar, ele voltou a se aproximar do camarim, colou-se junto à porta para ouvir a resposta quando batesse. Mas sua mão voltou a cair ao longo do corpo. Acabava de perceber, no interior, *uma voz de homem*, que dizia, num tom estranhamente autoritário:

— Christine, é preciso que me ame!

Com evidente aflição, provavelmente em lágrimas, a voz trêmula de Christine respondeu:

— Como pode dizer isso? É somente por você que eu canto!

Raoul se apoiou na porta, tamanho o seu sofrimento. O coração, que ele imaginava desaparecido para sempre, voltou a bater em seu peito com pancadas violentas. O corredor inteiro parecia ecoá-las, a ponto de ensurdecê-lo. O alvoroço era tanto que certamente o ouviriam. Abririam a porta e o enxotariam para sua desgraça. Que situação para um Chagny! Ouvindo às escondidas! Ele pôs as mãos em cima do peito para abafá-lo. Mas um coração não é um focinho de cachorro, e mesmo um cachorro que late de forma insuportável, quando seguramos com as mãos o seu focinho, ainda rosna.

A voz masculina continuava:

— Você deve estar cansada.

— Estou morta. Dei a minha alma a você esta noite.

— É uma linda alma, minha querida — voltou a voz grave —, e muito agradeço. Jamais imperador algum recebeu maior presente! *Os anjos choraram esta noite.*

Depois dessas palavras, *os anjos choraram esta noite*, o visconde não ouviu mais.

Mas não foi embora e, temendo ser pego de surpresa, voltou para o seu canto escuro, aguardando que o homem saísse. Num mesmo momento, ele havia descoberto o amor e o ódio. Sabia estar amando. Queria conhecer quem passara a odiar. Para sua grande surpresa, a porta se abriu, e Christine Daaé, abrigada em peles e com o rosto sob um véu de renda, saiu sozinha. Fechou a porta, mas não à chave. Passou sem vê-lo, e ele não a seguiu, nem mesmo com os olhos, que continuavam presos ao camarim. Com o corredor novamente deserto, ele foi até a porta e entrou, fechando-a logo atrás. Viu-se na mais completa escuridão. O gás tinha sido apagado.

— Tem alguém aqui! — disse Raoul, com a voz firme. — Por que se esconde?

Suas costas estavam ainda apoiadas na porta fechada.

Escuridão e silêncio. Ele ouvia apenas o barulho da própria respiração. Provavelmente nem percebia que a indiscrição da sua atitude ia muito além do que se podia tolerar.

— Só sairá daqui quando eu permitir! — ameaçou o rapaz. — Se não responder, é um covarde. Mas vou desmascará-lo!

Riscou um fósforo. A chama iluminou o camarim. Estava vazio! Tomando o cuidado de passar o trinco na porta, Raoul acendeu castiçais e candeeiros. Entrou no toalete, abriu os armários, procurou, passou as mãos úmidas nas paredes. Nada!

— Ah! Será que estou ficando louco? — disse ele em voz alta.

Assim ficou por dez minutos, ouvindo o assobio do gás, na tranquilidade do camarim vazio. Apaixonado, sequer pensou em subtrair uma fita, com que guardaria para si o perfume da amada. Afinal se retirou, sem saber mais o que fazer nem para onde ir. Em certo momento do seu desvario sem rumo, uma brisa gelada o despertou. Estava junto a uma escada estreita pela qual desciam alguns homens carregando uma espécie de maca, coberta por um lençol branco.

— A saída, por favor — perguntou a um deles.

— Muito fácil! Bem em frente — foi a resposta. — A porta está aberta, mas nos deixe passar antes.

Ele automaticamente perguntou, indicando a maca:

— O que trazem aí?

O homem respondeu:

— O corpo de Joseph Buquet, encontrado no terceiro subsolo, enforcado entre uma viga de sustentação e um cenário do *Rei de Lahore*.

Raoul deu passagem, cumprimentou os homens e saiu.

Capítulo III

Pela primeira vez, Debienne e Poligny em segredo contam aos novos diretores da Ópera, Armand Moncharmin e Firmin Richard, o que realmente motivou a sua misteriosa saída da Academia Nacional de Música.

Enquanto isso, acontecia a cerimônia de despedida.

Contei que a magnífica festa se organizara por ocasião dos adeuses à Ópera dos srs. Debienne e Poligny, que quiseram sair de cena, como se diz hoje em dia, em grande estilo.

Para a realização desse programa ideal e conclusivo, eles tiveram o apoio de tudo com que Paris então contava, na sociedade e nas artes.

Toda essa gente afluíra ao *foyer* da dança, onde Sorelli aguardava os diretores demissionários com uma taça de champanhe na mão e um breve discurso, preparado na ponta da língua. Atrás dela, as jovens e mais velhas colegas do corpo de baile se juntaram, umas comentando em voz baixa os acontecimentos do dia, outras acenando discretamente a amigos, perdidos no barulhento amontoado de pessoas já em volta do bufê que se tinha armado num estrado inclinado, entre os quadros *Dança guerreira* e *Dança camponesa*, de G. Boulanger.

Algumas bailarinas já vestiam suas roupas de sair, mas a maioria tinha ainda o saiote de gaze fina; todas, porém, se esforçavam para manter o ar compenetrado. Apenas a pequena Jammes, na inquietação e na alegria das suas 15 primaveras, parecia ter se esquecido tanto do Fantasma quanto da morte de Joseph Buquet e não parava de tagarelar, de papaguear, de dar saltinhos e fazer brincadeiras, tanto que acabou sendo severamente chamada à atenção por Sorelli, já impaciente, assim que os srs. Debienne e Poligny apareceram nos degraus do *foyer*.

Todo mundo notou que os diretores demissionários pareciam descontraídos e bem-humorados, o que, não estivéssemos em Paris e sim no interior, chocaria, mas na capital isso era visto como prova de bom gosto. Nunca poderá dizer-se parisiense quem não souber pôr no rosto um disfarce de alegria para encobrir a dor e, por outro lado, uma máscara de tristeza, tédio ou indiferença que dissimule qualquer íntima satisfação. Se você souber que um amigo está mal, não tente consolá-lo, pois ele dirá não ser preciso; e, se foi algo muito bom que ocorreu, não o felicite, pois nada muito diferente poderia se esperar. O parisiense está num eterno baile de máscaras, e não seria naquele local que personagens tão "calejados" quanto os srs. Debienne e Poligny cometeriam o erro de demonstrar sua real decepção. Eles já sorriam com exagero para Sorelli, que começava o seu discurso, quando um grito da sempre incontrolável Jammes conseguiu apagar o sorriso deles, e de maneira tão brutal que a expressão desolada e de pavor, até então mascarada, apareceu aos olhos de todos:

— O Fantasma da Ópera!

Jammes lançou essa frase com um tom de indescritível terror, apontando na multidão de trajes pretos um rosto tão descolorido, tão lúgubre e tão feio, com as cavidades escuras das cavidades orbitais tão profundas que a caveira assim denunciada teve imediato e incrível sucesso.

— O Fantasma da Ópera! O Fantasma da Ópera!

Todos riam, se empurravam, levantavam uma taça para oferecer ao Fantasma da Ópera, mas ele havia desaparecido! Havia se misturado à multidão, e ninguém o encontrava. Enquanto isso, a pequena Giry soltava gritos agudos, e dois respeitáveis senhores tentavam acalmar a pequena Jammes.

Sorelli estava furiosa: não conseguiu terminar a sua fala. Debienne e Poligny a abraçaram, agradeceram e se foram, tão rápidos quanto o Fantasma. Ninguém estranhou, pois teriam que enfrentar a mesma cerimônia no andar de cima, no *foyer* do canto lírico, e depois os amigos mais íntimos ainda seriam recebidos no grande vestíbulo do gabinete diretório, onde os aguardava um jantar de verdade.

Aliás, somente lá os veremos com os novos diretores, os srs. Armand Moncharmin e Firmin Richard. Os quatro na verdade mal se conheciam, mas trocaram efusivas demonstrações de amizade e cumprimentos, de forma que a previsão dos convidados de uma noitada meio enfadonha imediatamente ganhou ares mais promissores. De fato, o jantar foi quase alegre, com oportunidade para muitos brindes. O digno representante do governo foi particularmente político, misturando a glória do passado aos sucessos futuros e fazendo com que grande cordialidade logo reinasse entre os comensais. A transmissão dos poderes se dera no dia anterior, da maneira mais simples, e as questões ainda pendentes entre a antiga e a nova diretoria se resolveram sob os auspícios do representante do governo, com tal vontade de bom entendimento que, na verdade, não chegava a surpreender, naquela noite memorável, ver quatro rostos tão sorridentes de diretores.

Debienne e Poligny já haviam passado às mãos de Armand Monchardin e Firmin Richard as duas minúsculas chaves-mestras que abriam todas as milhares de portas da Academia Nacional de Música. Essas pequenas chaves, objetos de curiosidade geral, passavam de mão em mão quando chamou a atenção de alguns, na ponta da mesa, a estranha, pálida e fantástica figura de olhos cavos que já se mostrara no *foyer* da dança e fora designada pela pequena Jammes como "o Fantasma da Ópera".

Ali estava ele, como o mais trivial convidado, só que não comia nem bebia.

Quem de início o observara com um sorriso acabava desviando o rosto, de tanto que a visão imediatamente trazia à lembrança os pensamentos mais funestos. Ninguém se animou a retomar a brincadeira do *foyer*, ninguém disse: "Ora vejam só, o Fantasma da Ópera!"

Ele se mantinha mudo e nem mesmo seus vizinhos de mesa podiam dizer em que momento exato ele se sentara ali, mas todos achavam que, se os mortos porventura se sentassem à mesa dos vivos, não teriam aparência mais macabra. Os amigos dos srs. Firmin Richard e Armand Moncharmin acharam ser o personagem descarnado íntimo dos srs. Debienne e Poligny, enquanto os amigos dos srs. Debienne e Poligny imaginaram que o cadáver pertencia à clientela dos srs. Richard e Moncharmin. Com isso não houve qualquer pedido de explicação, qualquer observação mais desagradável, qualquer brincadeira de mau gosto que pudesse incomodar o comensal do além-túmulo. Alguns convidados que estavam a par da história do Fantasma e da descrição dada pelo maquinista-chefe — não sabiam da morte de Joseph Buquet — intimamente achavam que o indivíduo no final da mesa podia passar pela realização viva do personagem, se considerarmos a incurável superstição do pessoal da Ópera. No entanto, segundo a tal descrição, o Fantasma não tinha nariz, e a figura ali presente sim, mas Moncharmin afirma, em suas *Memórias*, que o nariz do conviva era transparente: "O nariz era comprido, fino e transparente." Acrescento então que talvez fosse um nariz falso. Moncharmin pode tê-lo imaginado transparente, e o órgão talvez fosse apenas lustroso. Todo mundo sabe que a ciência fabrica admiráveis narizes falsos para os que foram privados de um, pela natureza ou por cirurgia. O Fantasma teria então participado do banquete dos diretores naquela noite de gala sem ser convidado? E podemos ter certeza de realmente se tratar do Fantasma da Ópera? Quem pode garantir? Menciono aqui esse incidente, mas de maneira alguma por novamente querer, ou pelo menos tentar, fazer com que o leitor imagine o Fantasma capaz de tão formidável audácia, e sim por considerar a coisa bem possível, nada mais.

E digo por quê. Ainda em suas *Memórias*, Armand Moncharmin expressamente diz, abrindo o capítulo XI: "Quando penso naquela primeira noite, não posso deixar de me lembrar da confidência que nos fizeram no gabinete nossos colegas Debienne e Poligny sobre a presença em nosso jantar do *fantasmático* personagem que nenhum de nós conhecia."

Conto exatamente o que se passou:

Os srs. Debienne e Poligny, no meio da mesa, não tinham ainda percebido o sujeito com cabeça de caveira, quando ele de repente disse:

— As *ratinhas* têm razão. A morte do infeliz Buquet talvez não tenha sido tão natural quanto parece.

Debienne e Poligny se assustaram.

— Buquet morreu? — sobressaltaram-se os dois, ao mesmo tempo.

— Morreu — respondeu tranquilamente o homem, ou aquela sombra... — Foi encontrado ainda há pouco no terceiro subsolo, enforcado entre a arquitrave e um cenário do *Rei de Lahore*.

Os dois diretores (ou melhor, ex-diretores) se levantaram, olhando fixo para o estranho interlocutor. Estavam extremamente nervosos, quer dizer, mais do que já ficariam ouvindo a notícia do enforcamento de um maquinista-chefe. Entreolharam-se, brancos como a toalha da mesa. Debienne fez sinal a Richard e Moncharmin, enquanto Poligny com poucas palavras pedia desculpas aos convidados, e os quatro passaram ao gabinete da diretoria. Deixo por conta de Moncharmin:

"Os srs. Debienne e Poligny pareciam cada vez mais agitados, e pareceu-nos que tinham algo a nos contar que os incomodava muito. Primeiro perguntaram se conhecíamos o indivíduo sentado na ponta da mesa e, diante da nossa negativa, se mostraram ainda mais perturbados. Tomaram as chaves-mestras de nossas mãos, consideraram-nas por um momento, hesitaram e afinal nos aconselharam a trocar as fechaduras, da forma mais sigilosa possível, de todos os cômodos e armários que quiséssemos manter bem fechados. Foi tão engraçado ouvir isso que levamos na brincadeira e perguntamos se havia ladrões na Ópera. Responderam haver algo pior, um *fantasma*. Retomamos a descontração, achando se tratar de zombaria, uma espécie de coroamento dos nossos festejos íntimos. A pedido deles, voltamos a falar "sério", resolvidos a entrar naquele jogo para fazer-lhes a vontade. Afirmaram que não nos teriam falado do Fantasma se não tivessem recebido ordem formal do próprio, para que nos mantivéssemos solícitos e o satisfizéssemos em tudo que pedisse. No entanto, aliviados por deixar o ambiente em que despoticamente reinava aquela sombra tirânica, eles foram protelando o momento de nos contar tão estranha aventura, para a qual as nossas formações céticas certamente não estavam preparadas. O anúncio da morte de Joseph Buquet, no entanto, brutalmente os fez se lembrarem de que, toda vez que não seguiam as diretrizes do Fantasma, algum acontecimento fora do comum ou funesto rapidamente os levava de volta à constatação da dependência em que viviam."

Durante essa fala inesperada, feita em tom estritamente confidencial, olhei para Richard. Meu colega, no tempo de estudante, tinha fama de gozador e não ignorava nenhuma das mil e uma maneiras de zombar dos outros — os zeladores dos prédios do bulevar Saint-Michel devem ainda se lembrar dele, que parecia estar à vontade na farsa, apesar do tempero meio macabro devido à morte de Buquet. Balançava a cabeça com tristeza, e sua expressão, à medida que ouvia, se mostrava pesarosa, como se profundamente lamentasse tudo aquilo, agora que sabia da existência de um fantasma na Ópera. O melhor que eu podia fazer era imitar, da maneira mais fiel possível, sua atitude infeliz. Mesmo assim, apesar dos nossos esforços, no final não conseguimos deixar de dar boas gargalhadas bem no nariz dos srs. Debienne e Poligny. Os dois, vendo-nos passar sem transição do estado de espírito mais sombrio às risadas mais insolentes, se comportaram como se tivéssemos enlouquecido.

A brincadeira estava se prolongando um pouco demais, e Richard afinal perguntou, para não se arriscar muito:

— Mas, afinal, o que quer esse tal Fantasma?

Poligny foi então à sua sala e trouxe uma cópia do Caderno de Encargos.

O Caderno de Encargos começava com as seguintes palavras: "A direção da Ópera deverá dar às apresentações da Academia Nacional de Música o esplendor que se espera do principal palco lírico francês." E terminava no artigo 98, assim redigido:

"O presente privilégio poderá ser retirado:

1º Se o diretor contrariar as disposições estipuladas neste Caderno de Encargos."

Em seguida, enumeravam-se essas disposições.

Moncharmin conta que essa cópia tinha sido escrita em tinta preta e era igual à que eles próprios possuíam.

No entanto, vimos que o Caderno de Encargos que nos mostrava Poligny comportava *in fine* uma alínea em tinta vermelha, numa grafia estranha e atormentada, parecendo traçada não com uma pena, mas com pontas de fósforos, como a de uma criança que aprende a escrever e não sabe ainda interligar as letras. Essa alínea que dava tão estranha continuidade ao artigo 98 expressamente dizia:

5º Se o diretor atrasar por mais de 15 dias a mensalidade devida ao Fantasma da Ópera, mensalidade essa fixada em vinte mil francos, até nova ordem. Duzentos e quarenta mil francos anuais.

Com o dedo vacilante, o sr. Poligny nos mostrava essa cláusula suprema, totalmente inesperada para nós.

— Só isso? É só o que ele pede? — perguntou Richard, com todo sangue-frio.

— Não — respondeu Poligny, que continuou ainda a folhear o Caderno de Encargos e leu:

"ART. 63. — O grande proscênio de direita, nº 1, nas estreias será sempre reservado ao chefe de Estado.

A frisa nº 20, às segundas-feiras, e o camarote nº 30, às quartas e sextas, serão deixados à disposição do ministro.

O camarote nº 27 estará sempre reservado aos prefeitos do Sena e à polícia."

Mais uma vez, no final desse artigo, o sr. Poligny nos mostrou uma linha em tinta vermelha que tinha sido acrescentada.

O camarote nº 5 em todos os espetáculos estará à disposição do Fantasma da Ópera.

Nesse momento, não pudemos deixar de nos levantar e efusivamente apertar as mãos dos nossos antecessores, congratulando-os por toda aquela engenhosa brincadeira, provando que o velho espírito francês não perdia seu lugar de honra. Richard inclusive acrescentou entender finalmente por que Debienne e Poligny deixavam a direção da Academia Nacional de Música. A administração se tornava impossível diante de um fantasma tão exigente.

— Com certeza — respondeu, sem pestanejar, Poligny. — Não se tropeça em 240 mil francos por aí. E pensem o que também custou não disponibilizar o camarote nº 5, reservado ao Fantasma em todos os espetáculos. Sem contar que fomos obrigados a reembolsar reservas feitas previamente, foi terrível. Não queremos mais trabalhar para a diversão de fantasmas... Preferimos ir embora!

— É verdade, preferimos ir embora. E estamos indo! — repetiu Debienne, já se levantando.

Richard disse:

— Os senhores foram generosos demais com esse Fantasma. Se eu tiver um fantasma tão incômodo, mando-o prender, sem pensar duas vezes...

— Mas prender onde? E como? — exclamaram em coro os antigos diretores. — Nunca o vimos!

— E quando está no camarote?

— *Ele nunca foi visto no camarote.*

— Então deixem vago para o público.

— O camarote do Fantasma da Ópera? Tentem fazer isso!

E saímos todos do gabinete da direção. Richard e eu nunca havíamos visto algo "tão engraçado".

Capítulo IV

O camarote nº 5

Armand Moncharmin escreveu memórias tão volumosas que podemos nos perguntar se ele conseguiu, sobretudo durante o período bastante longo da sua codireção, tempo para se ocupar da Ópera, além de apenas contar o que lá acontecia. Não conhecia uma só nota de música, mas falava familiarmente com o ministro da Educação e de Belas-Artes. Tinha igualmente trabalhado com jornalismo popular e dispunha de grande fortuna. Resumindo, era um tipo encantador, a quem não faltava inteligência, pois, decidido a financiar a Ópera, escolheu quem seria o diretor de fato atuante, não hesitando em indicar Firmin Richard.

Firmin Richard era um músico respeitado e um homem galante. Cito a descrição publicada pela *Revue des théâtres* por ocasião da sua posse:

"O sr. Firmin Richard tem cerca de cinquenta anos, boa estatura, robusta compleição, porte atlético. Tem distinta e saudável aparência geral. Cabelos densos, curtos, cortados à escovinha, aos quais a barba se harmoniza. A expressão tem algo de ligeiramente triste, mas o olhar franco e direto, além de um sorriso encantador, a ameniza.

O sr. Firmin Richard é um músico apreciado: harmonista habilidoso, contraponteador ilustrado, a grandiosidade é sua principal característica como compositor. Publicou obras em música de câmara muito apreciadas, páginas para piano, sonatas, peças soltas repletas de originalidade e uma coleção de melodias. Para terminar, *La mort d'Hercule*, executada em concertos do Conservatório, transmite um alento épico que nos faz pensar em Gluck, um dos mestres venerados de Richard. Mesmo adorando Gluck, ele não deixa de gostar também de Piccini, buscando sempre tudo que a música pode oferecer. Além da admiração por Piccini, o novo codiretor da Ópera se inclina diante de Meyerbeer, deleita-se com Cimarosa, e ninguém melhor que ele aprecia a inimitável genialidade de Weber. Quanto a Wagner, o sr. Richard não está longe de afirmar ser ele próprio a primeira pessoa na França, se não a única, a tê-lo compreendido."

Suspendo aqui minha citação, da qual se pode bem claramente concluir que, amando praticamente toda música e todo músico, era dever de todo músico amar de volta o sr. Firmin Richard. Acrescentemos, para completar esse rápido retrato, que o sr. Richard era o que em geral se chama um homem autoritário, ou seja, tinha um gênio muito ruim.

Os primeiros dias que os dois sócios passaram na Ópera transcorreram basicamente em torno da alegria de dirigirem tão grande e bela instituição. Com isso, certamente deixaram de lado a curiosa e estranha história do Fantasma, até acontecer um incidente provando que a farsa — se farsa houvesse — de forma alguma havia chegado ao fim.

Naquela manhã, Firmin Richard chegou às 11 horas na sua sala. Rémy, seu secretário, passou a ele meia dúzia de cartas ainda lacradas, por trazerem estampada a menção "confidencial". Uma dessas cartas imediatamente chamou a atenção do diretor não só porque os dizeres do envelope estavam em tinta vermelha, mas também por ele achar já ter visto aquela letra em algum lugar. Não precisou buscar muito: era a mesma grafia vermelha que já lhe chamara a atenção em emendas no Caderno de Encargos, por sua forma tão particular. Ele reconheceu os traços inábeis e infantis. Rasgou o envelope e leu:

Caro diretor, peço que me desculpe por vir perturbá-lo nesses momentos tão preciosos em que se decide o destino dos melhores artistas da Ópera, em que se renovam importantes compromissos e se concluem novos. E isto está sendo feito com uma visão segura, um entendimento do teatro, um conhecimento do público e do seu gosto, e com uma autoridade que impressionaram minha velha experiência. Vi o que fez por Carlotta, por Sorelli, pela pequena Jammes e por alguns mais, dos quais o senhor soube perceber as admiráveis qualidades e o talento ou gênio. (O senhor bem sabe de quem falo escrevendo isso; não se trata evidentemente de Carlotta, que canta como uma taquara rachada e nunca devia ter deixado o music hall, nem de Sorelli, cujo sucesso está mais na embalagem, nem da pequena Jammes, que dança como um bezerro no pasto; mas também não de Christine Daaé, dona de evidente genialidade, que o senhor com todo cuidado deixa fora de qualquer criação importante.) O senhor tem o direito, é claro, de administrar o seu negócio como bem entende, não é? Mas eu gostaria de aproveitar o fato de a cantora Christine Daaé não ter sido ainda despedida para ouvi-la esta noite no papel de Siebel, uma vez que o de Margarida, desde o seu triunfo de outra noite, lhe foi vedado. Peço então que não disponha do meu camarote hoje ou nos próximos dias, *pois não terminarei esta carta sem lhe dizer o quão desagradavelmente me surpreendeu nos últimos tempos, chegando à Ópera, descobrir que meu camarote fora locado — na bilheteria —* por ordem do senhor.

Não protestei, primeiro por não gostar de escândalo, *e depois por imaginar que talvez os seus antecessores, os srs. Debienne e Poligny, que sempre foram encantadores comigo, tenham se esquecido, antes de partirem, de lhe pôr a par das minhas pequenas manias. No entanto, acabo de receber daqueles cavalheiros resposta a meu pedido de explicação, e eles me informam que o senhor tem conhecimento do* meu Caderno de Encargos, *donde concluo que a nova diretoria acintosamente me provoca.* Se quiser que vivamos em paz, não comece por tirar meu camarote! *Feitas essas pequenas observações, meu caro diretor, aceite meu mais humilde cumprimento.*

Assinado... F. da Ópera.

Junto ao bilhete havia um trecho da seção de cartas da *Revue théâtrale*, em que se lia: "*F. da Ó.: R. e M. não têm desculpas. Nós os avisamos e deixamos com eles o seu Caderno de Encargos. Nossas saudações.*"

Mal Firmin Richard terminou essa leitura, a porta da sala se abriu, e Armand Moncharmin tinha nas mãos uma carta idêntica. Olharam um para o outro e desataram a rir.

— A brincadeira continua — disse Richard —, mas perdeu a graça!

— O que isso quer dizer? — completou Moncharmin. — *Eles* acham que por terem sido diretores da Ópera vão ter um camarote vitalício?

Pois tanto para um quanto para outro não havia sombra de dúvida: as cartas eram fruto da colaboração facciosa dos seus predecessores.

— Não estou com a menor paciência para dar continuidade a isso! — declarou Firmin Richard.

— É uma brincadeira inofensiva! — observou Armand Moncharmin.

— Afinal, o que eles querem? Um camarote para esta noite?

E Richard mandou que o secretário enviasse, de cortesia, a reserva do camarote nº 5 aos srs. Debienne e Poligny, caso já não estivesse vendido.

Não estava, e a coisa se fez na mesma hora. O primeiro morava na esquina da rua Scribe com o bulevar de Capucines, e o segundo na rua Auber. As duas cartas do Fantasma tinham sido postadas na agência dos correios do bulevar de Capucines. Foi Moncharmin que fez a observação, examinando os envelopes.

— Está vendo?! — concluiu Richard.

Os dois deram de ombros, lamentando que gente daquela idade se desse ao trabalho de atos tão pueris.

— Note que eles poderiam ter sido mais educados! — continuou ainda Moncharmin. — Viu só como nos trataram, se referindo a Carlotta, a Sorelli e à pequena Jammes?

— Ora, meu caro, estão morrendo de inveja!... Só de pensar que até pagaram a publicação do bilhete na seção de cartas da *Revue théâtrale*!... Então não têm mais o que fazer?

— Aliás — pensou em voz alta Moncharmin —, eles parecem se interessar muito pela jovem Christine Daaé...

— Sabemos os dois que ela tem fama de ser moça bem-comportada! — disse Richard.

— É tão fácil criar uma fama — respondeu o outro. — Por acaso não tenho fama de entender de música, mesmo sem saber a diferença entre a clave de sol e a clave de fá?

— Pode ficar tranquilo, você nunca teve essa fama — declarou Richard.

Dito isso, Firmin Richard mandou que deixassem passar à sala de espera os artistas que há duas horas perambulavam pelo grande corredor da administração, aguardando que a porta da direção fosse aberta, porta atrás da qual os esperava a glória, o dinheiro... ou o aviso de que tinham sido dispensados.

A tarde inteira se passou em conversas, discussões, assinaturas ou rupturas de contrato. Por isso peço que acreditem, naquela noite — de 25 de janeiro — nossos dois diretores, exaustos depois de um duro dia em que enfrentaram crises de raiva, intrigas, cartas de recomendação, ameaças, declarações de amor e de ódio, acabaram indo se deitar bem cedo, sem sequer dar uma olhada no camarote nº 5 para saber se os srs. Debienne e Poligny estavam gostando do espetáculo. O ritmo da Ópera era o mesmo desde a saída da antiga direção, e Richard havia capitaneado alguns trabalhos necessários sem interromper o calendário das apresentações.

Na manhã do dia seguinte, os dois diretores em atividade encontraram em sua correspondência um bilhete de agradecimento do Fantasma, dizendo o seguinte:

Meu caro diretor,

Obrigado. Noite encantadora. Daaé esteve ótima. Estejam atentos à atuação do coro. Carlotta é um magnífico e banal instrumento. Escreverei em breve falando dos 240 mil francos. Na verdade, 233.424,70, já que os senhores Debienne e Poligny fizeram chegar às minhas mãos 6.575,30 francos, referentes aos dez primeiros dias da minha pensão deste ano, com os privilégios deles tendo terminado na noite do dia 10.

Do seu
F. da Ó.

Encontraram também uma carta de Debienne e Poligy:

Cavalheiros,

Agradecemos a delicadeza, mas a perspectiva de novamente ouvir Fausto, *por mais auspiciosa que seja para ex-diretores da Ópera, não nos permite esquecer de que não temos direito ao camarote nº 5, que pertence em exclusividade* àquele *de quem tivemos o ensejo de falar aos senhores, relendo em conjunto, da última vez, o Caderno de Encargos — última alínea do artigo 63.*

Aproveitamos a ocasião para renovar etc.

— Esses dois começam realmente a me irritar! — disse Richard com violência, amassando a carta.

E nessa noite o camarote nº 5 foi posto à disposição na bilheteria.

No dia seguinte, chegando ao escritório, os diretores da Ópera receberam um relatório da segurança, referente às ocorrências da véspera no camarote nº 5. Vejamos o trecho mais interessante do relatório, que é breve:

"Vi-me obrigado a requerer esta noite um guarda municipal para, por duas vezes, no início e no meio do segundo ato, liberar o camarote nº 5. Os ocupantes, que tinham chegado no início do segundo ato, causavam verdadeiro escândalo, com risos e gritaria despropositada. Em todo o restante da sala, o público pedia silêncio, e foi quando a funcionária encarregada do camarote pediu minha intervenção. Chamei a atenção das pessoas no camarote, mas elas não pareciam estar em seu juízo perfeito, alegando motivos insensatos. Avisei que se a balbúrdia se repetisse, eu as faria deixar a Ópera. Mal virei as costas, repetiram-se os risos no camarote e as reclamações no restante da sala. Voltei acompanhado de um guarda e ordenei que se fossem. Ainda aos risos, elas declararam que não sairiam se não lhes devolvessem o dinheiro que haviam pagado. Mas em seguida todos se acalmaram e permiti que voltassem ao camarote. Os risos recomeçaram, e eu então as expulsei em definitivo."

— Mande chamar esse segurança! — gritou Richard ao secretário, que fora o primeiro a ler o relatório, realçando alguns trechos com lápis azul.

O secretário Rémy — 24 anos, bigodinho fino, elegante, distinto, sempre de sobrecasaca, de uso obrigatório naquele tempo, mesmo durante o dia, inteligente e tímido diante do diretor, que lhe pagava um salário de 2.400 francos anuais — tinha como função acompanhar os jornais, responder as cartas, distribuir camarotes e poltronas de cortesia, cuidar da agenda, conversar com quem aguardava no vestíbulo, buscar notícias dos artistas adoentados, conseguir seus substitutos e se relacionar com os chefes de serviço. Mas, sobretudo, o secretário era a barreira de defesa do gabinete da diretoria. Sem qualquer indenização, ele podia ser despedido de um dia para o outro, pois não tinha vínculo com a administração.

Rémy já havia mandado chamar o segurança em questão e fez sinal a ele.

Um pouco inquieto, o homem entrou.

— Conte o que aconteceu — disse Richard bruscamente.

O sujeito gaguejou um pouco e mencionou o seu relatório.

— Mas as tais pessoas, de que riam, afinal? — perguntou Moncharmin.

— Ora, senhor diretor, deviam ter jantado bem e pareciam mais dispostas a piadas do que a ouvir boa música. Já ao chegarem, mal entraram no camarote, saíram e chamaram a funcionária responsável, que perguntou o que queriam. Eles disseram: "Olhe o camarote, está vazio, não é?" "Está", respondeu a mulher." Pois bem, quando chegamos, ouvimos uma voz dizer: *Está ocupado.*"

Moncharmin não pôde olhar para Richard sem sorrir, mas o colega não estava achando graça. Em outra época ele já havia participado demais desse tipo de coisa para não ver, no depoimento que o segurança dava, da maneira mais ingênua do mundo, todos os sinais de uma daquelas brincadeiras de mau gosto que primeiro divertem as vítimas, mas acabam por deixá-las furiosas.

O homem, querendo agradar a Moncharmin e vendo-o sorrir, achou que devia também sorrir. Foi uma ideia infeliz! O olhar de Richard o fulminou, e ele passou a uma expressão terrivelmente consternada.

— Mas, resumindo — trovejou o mau humorado Richard —, quando aquelas pessoas chegaram, havia ou não alguém no camarote?

— Ninguém, senhor diretor! Ninguém! Nem no camarote da direita, nem no da esquerda. Ninguém, posso jurar! Ponho minha mão no fogo! Quem garante que tudo não passou de uma brincadeira?

— E a funcionária do camarote o que disse?

— Ah! A funcionária… É simples, ela diz se tratar do Fantasma da Ópera. Então fica difícil!

O segurança riu. No entanto, mais uma vez entendeu não ser bom momento para isso, pois, assim que pronunciou essas palavras ("ela diz se tratar do *Fantasma da Ópera*"), a fisionomia de Richard, de mal-humorada que estava, ficou feroz.

— Alguém chame a funcionária do camarote! — gritou. — Rápido! Tragam-na! E ponham na rua toda essa gente!

O segurança quis argumentar, mas Richard o impediu, com um implacável "Cale-se!". Depois, quando o infeliz subordinado parecia calado para sempre, ele ordenou que voltasse a falar:

— Que história é essa de "Fantasma da Ópera"? — perguntou, de maneira brutal.

Mas o homem estava agora incapacitado para dizer o que fosse. Com uma mímica aflita, mostrou nada saber, ou melhor, nada querer saber.

— E já viu esse Fantasma da Ópera?

Com um gesto enérgico da cabeça, o segurança negou já tê-lo visto.

— Azar o seu! — declarou Richard com frieza.

O segurança arregalou os olhos, olhos que saltavam fora das órbitas, para perguntar o que o senhor diretor queria dizer com aquele "Azar o seu!".

— Vou acertar as contas de todos que não o viram! — explicou o diretor. — Já que o Fantasma anda por todo lugar, não se pode admitir que não seja visto. Exijo que façam o serviço para o qual são pagos!

Capítulo V

Continuação de "O camarote nº 5"

Dito isso, Richard não pensou mais no segurança e passou a tratar de problemas diversos com o administrador, que acabava de entrar. O segurança achou que podia se retirar e de fininho, bem de fininho, Deus do céu!, com passinhos para trás, ele pouco a pouco ia se aproximando da porta, até que o diretor, percebendo a intenção do infeliz, o paralisou no lugar em que estava com um só grito:

— Parado aí!

Rémy já mandara buscar a encarregada do camarote, que durante o dia era porteira de um edifício da rua de Provence, a dois passos da Ópera. Ela não demorou a chegar.

— Como se chama?

— Dona Giry. O senhor me conhece, sou mãe da pequena Giry, a Meg!

A resposta foi dada com um tom um tanto rude e solene, que impressionou Richard por um momento. Ele olhou para a mulher (xale desbotado, sapatos gastos, vestido velho de tafetá, chapéu cor de fuligem). Com toda evidência, pela atitude do diretor, ele de forma alguma a conhecia; não sabia quem era a pequena Giry e, menos ainda, "a Meg"! Mas o orgulho de dona Giry era tamanho que a célebre "lanterninha" (acho inclusive que foi a partir do seu nome que se criou o termo bem conhecido na gíria dos bastidores: *giries*; por exemplo, uma artista, ao reclamar de uma colega por suas fofocas, lhe dirá: "Você está inventando *giries*"), essa lanterninha, dizíamos, imaginava que todo mundo a conhecia.

— Não conheço! — acabou dizendo o diretor. — Mesmo assim, sra. Giry, eu gostaria de saber o que aconteceu na noite de ontem, para que tenham precisado apelar à guarda municipal.

— Eu queria justamente vê-lo para falar disso, seu diretor, para lhe evitar os mesmos problemas que tiveram os srs. Debienne e Poligny... De início eles também não quiseram me ouvir...

— Não é o que estou pedindo. Estou perguntando apenas o que aconteceu na noite de ontem!

A sra. Giry ficou vermelha de raiva. Ninguém nunca havia falado com ela daquela maneira. Pôs-se de pé como para ir embora, juntando já os panos da saia e agitando com dignidade as plumas do chapéu cor de fuligem, mas mudou de ideia e voltou a se sentar, dizendo com voz cheia de desdém:

— O que aconteceu é que voltaram a chatear o Fantasma!

Richard estava a ponto de explodir, e Moncharmin preferiu intervir, passando a dirigir o interrogatório e descobrindo que dona Giry achava perfeitamente normal que uma voz dissesse haver gente num camarote em que não havia ninguém. Só era possível explicar o fenômeno, que não era novo para ela, pela existência do Fantasma. Ninguém o via no camarote, mas todo mundo podia ouvi-lo. Ela já o havia ouvido várias vezes, e deviam acreditar, pois nunca mentia. Bastava perguntar aos srs. Debienne e Poligny, e a todos que a conheciam, mas também a Isidore Saack, que teve a perna quebrada pelo Fantasma!

— Opa! — não se conteve Moncharmin. — O Fantasma quebrou a perna desse pobre Isidore Saack?

Dona Giry arregalou os olhos, mostrando sua surpresa diante de tanta ignorância. Acabou então aceitando instruir aqueles dois infelizes inocentes. A coisa tinha acontecido à época dos srs. Debienne e Poligny, também no camarote nº 5 e também durante uma apresentação de *Fausto*.

A lanterninha tossiu, limpou a garganta... e começou... como se se preparasse para cantar uma partitura inteira de Gounod.

— Foi assim. Ocupavam a primeira fila do camarote naquela noite o sr. Maniera e a esposa, joalheiros da rua Mogador. Atrás da sra. Maniera, estava Isidore Saack, amigo do casal. Mefistófeles cantava *(dona Giry canta)*: "Você que se finge adormecida", e o sr. Maniera ouviu, à sua orelha direita (sua mulher estava à esquerda), alguém lhe dizer: "Rá, rá! Não é Julie que se finge adormecida!" (a esposa, justamente, se chama Julie). O joalheiro se virou para ver quem estava falando. Ninguém! Esfregou a orelha e pensou: "Terei sonhado?" Mefistófeles continuava a cantar... Estou incomodando os senhores diretores?

— Não! Não! Continue...

— São muito gentis! *(Rápida reverência.)* Mefistófeles continuava então a sua canção *(dona Giry canta)*: "Catherine adorada/ por que rejeitar/ o amante que implora/ tão suave beijo?" E o sr. Maniera, ainda à sua orelha direita, ouve lhe dizerem: "Rá, rá! Não é Julie que recusa um beijo a Isidore?" Com isso ele se vira, mas para o lado da esposa, e o que vê? Isidore, que, por trás, havia pegado a mão de Julie e a cobria de beijos, no espaço deixado pela luva... assim, cavalheiros. *(Dona Giry cobre de beijos um pedaço de pele que sua luva de seda ordinária não cobre.)* Podem imaginar que a coisa não se passou tão fácil! Paf! Paf! O sr. Maniera era grande e forte como o sr. Richard e distribuiu um par de tabefes em Isidore Saack, que era magro e fraco como o sr. Moncharmin, com todo o respeito... Foi um escândalo. Na sala, gritavam: "Chega! Parem!... Ele vai matá-lo." E o sr. Isidore Saack afinal conseguiu escapar...

— O Fantasma então não quebrou a perna dele? — perguntou Moncharmin, meio chateado por seu físico causar tão pouca impressão.

— Quebrou, sim, senhor — replicou a lanterninha com altivez (pois tinha percebido a intenção irônica). — Quebrou-a pura e simplesmente na grande escadaria, que ele descia correndo! E tão bem quebrada, diabos, que o pobre não vai subi-la tão cedo!

— Foi o Fantasma que lhe contou o que disse ao ouvido direito do sr. Maniera? — perguntou Moncharmin, com uma seriedade que ele imaginava extremamente engraçada, imbuído da autoridade de quem monta um processo criminal.

— Não, não, não, foi o seu Maniera mesmo. De forma...

— Mas a senhora, pessoalmente, já falou com o Fantasma?

— Do mesmo modo que falo com a sua pessoa.

— E o Fantasma, falando com a senhora, o que disse?

— Bom, me pediu que levasse para ele um banquinho!

Isso foi dito num tom solene, o rosto da velha Giry ficando como mármore, um mármore amarelado e com veios vermelhos, como o mármore dos Pireneus chamado *sarrancolin*, das colunas que sustentam a grande escadaria.

Até Richard voltou a rir, acompanhando Moncharmin e o secretário Rémy. Só o segurança, escaldado pelas experiências anteriores, continuou sério. Apoiado à parede, ele se perguntava, revirando febrilmente as chaves no bolso, como tudo aquilo terminaria. E quanto mais dona Giry mantinha em relação a ele uma atitude de desprezo, mais ele temia que a ira do senhor diretor voltasse. E agora, diante da hilaridade dos patrões, a velha Giry ainda se mostrava ameaçadora! Ameaçadora de verdade!

— Em vez de rir do Fantasma — gritou indignada —, melhor fariam imitando o sr. Poligny, que se deu conta por si mesmo...

— Deu-se conta de quê? — quis saber Moncharmin, que se divertia como nunca.

— Do Fantasma! Como disse. Vejam... *(Ela subitamente se acalmou, considerando grave o momento.) Vejam!*, lembro como se fosse ontem. Apresentava-se a ópera *A Judia*. O sr. Poligny quis assistir sozinho do camarote do Fantasma. A sra. Krauss fez tremendo sucesso. Acabava de cantar a parte cênica do segundo ato *(a sra. Giry canta a meia voz)*:

Perto de quem amo
Quero viver e morrer,
E nem a própria morte
Pode nos separar.

— Está bem, está bem, já entendi... — interrompeu Moncharmin, com um sorriso que não a estimulasse.

Mas a sra. Giry continuou a meia voz, balançando a pluma do chapéu cor de fuligem:

Partamos! Partamos! Aqui na terra, no céu,
O mesmo destino nos espera.

— Sei, sei! Já entendemos! — repetiu Richard, novamente impaciente. — Mas e depois? E depois?

— E, depois, é nesse momento que Léopold exclama "Fujamos!", não é? E Eléazar os interrompe, perguntando: "Para onde correm assim?" Pois bem nesse exato momento o sr. Poligny, que eu observava de um camarote ao lado, que estava desocupado, se levantou bem reto e saiu, duro como uma estátua. Eu só tive tempo de perguntar, como Eléazar: "Para onde está indo?" Ele não respondeu, mais pálido que um defunto! Vi que descia a escadaria, mas sem quebrar a perna... No entanto, andava como sonâmbulo, num sonho ruim, sem saber por onde andava... Ele, que era pago para conhecer bem a Ópera!

Dona Giry se calou, para medir o efeito da sua fala. A história com Poligny havia feito Moncharmin menear a cabeça.

— Continuo sem saber em quais circunstâncias e como o Fantasma da Ópera lhe pediu um banquinho — insistiu, observando atentamente a funcionária, olho no olho, como se diz.

— Pois bem, foi depois dessa noite... Pois a partir dali deixaram sossegado o nosso Fantasma... Ninguém mais quis tirar o camarote dele. Os diretores deram ordens para que lhe fosse sempre reservado, quando houvesse apresentações. E daí, quando ele vinha, me pedia o seu banquinho...

— Estranho... Um fantasma que pede um banquinho? Seria uma mulher esse seu Fantasma? — perguntou Moncharmin.

— Não, não, o Fantasma é homem.

— Como sabe?

— Tem voz de homem. Ah, uma doce voz de homem! Vou dizer como se passa: Quando ele vem à Ópera, em geral chega na metade do primeiro ato e dá três pancadinhas secas na porta do camarote nº 5. A primeira vez que ouvi essas batidas, e sabendo muito bem que não havia ainda ninguém lá dentro, podem imaginar como fiquei intrigada. Abri a porta, prestei atenção e olhei: ninguém! E de repente ouvi uma voz que disse: "Dona Jules (é o sobrenome do meu falecido marido), um banquinho, por obséquio?" Com todo o respeito, seu diretor, fiquei como um tomate... Mas a voz continuou: "Não tenha medo, dona Jules, sou o Fantasma da Ópera!!!" Olhei para o lado de onde vinha a voz, que, aliás, parecia tão boa e tão "acolhedora" que quase não me causava mais medo. A voz, seu diretor, *estava sentada na primeira poltrona da primeira fila à direita*. Afora o fato de não se ver ninguém na poltrona, podia-se jurar que havia alguém ali falando, e alguém muito polido, por Deus.

— O camarote à direita do camarote nº 5 — quis saber Moncharmin — estava ocupado?

— Não. O camarote nº 7, assim como o nº 3, à esquerda, não estava ainda ocupado. Estávamos ainda no início do espetáculo.

— E o que fez a senhora?

— Ora, levei o banquinho. Não era para ele, é claro, o banquinho, mas para a sua acompanhante! A ela, porém, eu nunca ouvi nem vi...

Como? O quê? O Fantasma agora tem uma mulher! Desviando-se de dona Giry, o olhar dos dois diretores encontrou o responsável pela segurança, que, às costas da lanterninha, agitava os braços para chamar atenção. Ele batia na própria têmpora com o dedo indicador, dando a entender que a fulana era provavelmente louca, gesto que fez Richard se decidir em definitivo a despedir um sujeito que mantinha em seu serviço uma doida. E esta última continuava, entregue ao seu Fantasma, alardeando agora a sua generosidade.

— No final do espetáculo, ele me dá sempre uma moeda de quarenta centavos, às vezes cem, e já chegou a dez francos, uma vez que ficou vários dias sem vir. Só desde que começaram a criar problemas com ele é que não dá mais nada...

— Peço desculpa, minha boa senhora... — Nova revolução na pluma do chapéu cor de fuligem, diante de tão insistente familiaridade —, mas, por favor, como o Fantasma lhe dá esses quarenta centavos? — perguntou Moncharmin, curioso nato.

— Ora, está sempre na mesinha do camarote, junto do programa que eu previamente deixo ali. Há noites em que eu inclusive encontro flores no meu camarote, uma rosa que a sua acompanhante pode ter deixado cair... pois, é claro, ele às vezes vem com uma acompanhante, já que um dia esqueceram um leque.

— Ah!, o Fantasma esqueceu um leque?

— E o que fez com ele?

— Ora, devolvi-o ao mesmo lugar, na apresentação seguinte.

Ouviu-se, nesse momento, a voz do segurança:

— Não seguiu o regulamento, dona Giry, receberá uma multa.

— Cale-se, imbecil! *(Voz de baixo de Firmin Richard.)*

— Devolveu o leque! E depois?

— Depois eles o levaram, seu diretor. Não estava mais lá no final do espetáculo, tanto que deixaram no lugar uma caixa de balas inglesas, que eu adoro... Foi uma das delicadezas do Fantasma...

— Entendi, dona Giry... A senhora pode se retirar.

Tendo ela respeitosamente cumprimentado os seus dois diretores, sem deixar de lado o ar de dignidade que nunca a abandonava, eles informaram ao responsável pela segurança que estavam decididos a dispensar os serviços daquela velha maluca. Em seguida, disseram que ele podia também se retirar.

Mal ele virou as costas, sublinhando a sua leal devoção à casa, os dois diretores disseram ao administrador que preparasse as contas do responsável pela segurança. Uma vez a sós em sua sala, os dignos diretores mostraram ter um só pensamento, que se formara em ambos ao mesmo tempo, o de irem dar uma volta pelas bandas do camarote nº 5.

Nós em breve os acompanharemos.

Capítulo VI

O violino encantado

Christine Daaé, vítima de intrigas (que mencionaremos mais adiante), não voltou logo a conseguir na Ópera o triunfo daquela famosa noite de gala. Mas surgiu um convite para cantar na cidade, na casa da duquesa de Zurique, onde ela apresentou os mais belos números do seu repertório. O grande crítico X.Y.Z., lá presente, assim descreveu seu desempenho:

"Ao ouvi-la em *Hamlet*, nos perguntamos se Shakespeare não deixou os Campos Elísios para os ensaios de *Ofélia*... É verdade também que, quando Christine ostenta na cabeça o diadema de estrelas da rainha da noite, Mozart, por sua vez, provavelmente abandona as moradas eternas para ouvi-la. Não seria necessário, ele nem precisaria se dar ao incômodo, pois a voz aguda e vibrante da mágica intérprete de sua *Flauta encantada* chega ao céu, que Christine Daaé, aliás, escala com facilidade, exatamente como soube, sem esforço, vir da sua casinha no vilarejo de Skotelof ao palácio de ouro e mármore construído por Charles Garnier."

Depois dessa noite elegante, porém, Christine não cantou mais em eventos particulares. Fato é que passou a recusar qualquer convite, qualquer cachê. Sem pretexto plausível, deixou de comparecer a uma festa beneficente a que já havia prometido ir. Agia como se não fosse mais dona do próprio destino, como se temesse novo triunfo.

Ao saber que o conde de Chagny, querendo agradar ao irmão, usara todo o prestígio que tinha junto a Firmin Richard, para de forma bem explícita interceder a seu favor, Christine lhe escreveu agradecendo, mas pediu que não falasse mais a respeito dela com os diretores. Quais seriam os motivos para tão estranha atitude? Uns diziam haver ali um orgulho descomedido, outros viam apenas divina modéstia.

Mas ninguém que tenha escolhido fazer teatro é tão modesto assim e, na verdade, eu talvez deva simplesmente escrever essa palavra: pavor. Pois realmente acho que Christine Daaé teve medo de algo que se passou e estava tão surpresa quanto todo mundo à sua volta. Surpresa? Como assim? Tenho comigo uma carta sua (coleção do Persa) se referindo aos acontecimentos daquela época. Depois de relê-la, não posso dizer que Christine estivesse surpresa, nem mesmo assustada com o triunfo, e sim *apavorada*. Exatamente, apavorada! "Não me reconheço mais quando canto!", disse ela.

A pobre, pura e doce menina! Não ia mais à rua, e o visconde de Chagny em vão tentava encontrá-la. Ele escreveu pedindo permissão para uma visita, e já perdia esperança de ter resposta, quando recebeu o seguinte bilhete:

"Caro senhor, de forma alguma me esqueci do menino que buscou minha echarpe no mar. Não posso deixar de lhe escrever, indo hoje a Perros, onde cumprirei um dever sagrado. Amanhã é aniversário da morte de meu pai, que o senhor conheceu, sendo por ele muito querido. Lá papai foi enterrado com seu violino, no cemitério junto à igrejinha, ao pé do monte em que, bem crianças, tanto brincamos; e ao lado da estrada em que, um pouco mais velhos, nos despedimos da última vez."

Mal recebeu o bilhete, o visconde de Chagny procurou correndo um folheto das estradas de ferro, se vestiu às pressas, rabiscou algumas linhas que o criado deveria entregar ao irmão e pediu um fiacre — que, aliás, deixou na estação de Montparnasse, já tarde demais para o trem da manhã que ele esperava pegar.

Raoul passou o dia sem conseguir fazer nada e só voltou a ter gosto pela vida à noitinha, já sentado na poltrona do vagão. Durante todo o trajeto, releu o bilhete de Christine, respirou o seu perfume, ressuscitou imagens da infância. Passou a abominável noite de viagem num sonho febril, que tinha como início e fim Christine Daaé. Despontava o dia quando o trem chegou a Lannion. Correu à diligência Perros-Guirec. Era o único passageiro. Fez perguntas ao cocheiro. Soube que no fim do dia anterior uma jovem, parecendo parisiense, tinha feito o trajeto até Perros e descera no albergue Sol Poente. Só podia ser Christine. Viajara sozinha. Raoul deixou escapar um profundo suspiro. Naquele lugar isolado poderiam conversar com absoluta tranquilidade. Ele a amava a ponto de não conseguir respirar. O menino que ela havia conhecido dera a volta ao mundo, mas era puro como uma virgem nunca afastada da casa materna.

À medida que se aproximava, ele começou a piamente relembrar a história da pequena cantora sueca. Muitos detalhes a maioria das pessoas ainda hoje ignora.

Era uma vez, num pequeno burgo dos arredores de Upsal, um camponês que lá vivia com a família, lavrando a terra durante a semana e tocando na igreja aos domingos. Esse camponês tinha uma filhinha que, graças a ele, aprendera a ler partituras antes mesmo de se alfabetizar. Pode ser que, sem se dar conta, o pai Daaé fosse um grande músico. Tocava violino e era considerado o melhor violinista amador de toda a Escandinávia. Sua fama se espalhou, e era sempre chamado para fazer as pessoas dançarem nas festas de casamento ou em outras festas. A esposa, inválida, morreu quando Cristine tinha apenas seis anos. Dedicando-se então apenas à filha e à música, Daaé vendeu seu pedaço de terra e saiu em busca de glória em Upsal. Encontrou apenas a miséria.

Voltou então ao interior rural, indo de feira em feira, tocando suas melodias escandinavas, enquanto a menina, sempre a seu lado, o ouvia em êxtase ou o acompanhava cantando. Um dia, na feira de Limby, um certo professor Valérius os ouviu e os levou a Gotemburgo. Achava ter descoberto o melhor músico amador do mundo, tendo a filha tudo para se tornar uma grande artista. Ele providenciou a educação e a instrução da criança. Em todo lugar ela encantava os ouvintes por sua beleza, graça e desejo de se exprimir bem e corretamente. Os progressos foram rápidos. O prof. Valérius e a esposa tiveram por essa época que ir morar na França. Levaram com eles Daaé e Christine. A esposa de Valérius tratava Christine como filha, mas o violinista se deixava abater, com saudades da terra natal. Em Paris, ele nunca saía de casa. Vivia numa espécie de sonho, ganhando seu sustento com o instrumento. Por horas inteiras ele se trancava no quarto com a filha e podiam ser ouvidos violino e canto baixinho, baixinho. Às vezes dona Valérius colava um ouvido à porta, dava um fundo suspiro, enxugava uma lágrima e se ia, na ponta dos pés. Na verdade, também sentia falta do céu escandinavo.

O velho Daaé só parecia recuperar algum ânimo no verão, quando toda a família partia de férias a Perros-Guirec, num ponto da Bretanha que, na época, os parisienses pouco conheciam. Ele gostava muito daquele litoral, que dizia ter a mesma cor que o da sua terra. Naquela praia muitas vezes tocou suas frases musicais mais sentidas, dizendo que o mar se acalmava para ouvi-lo. Além disso, tanto pediu à sra. Valérius que ela concordou com um novo pedido do velho músico de feira.

Na época das festas populares bretãs, ele se foi como quando percorria cidades na terra natal, com o violino e a filha, por oito dias. As pessoas não se cansavam de ouvi-los. Espalhavam harmonia para o ano inteiro nas menores aldeias e dormiam à noite em granjas, recusando camas em albergues e preferindo se deitar um contra o outro na palha, como no tempo da pobreza na Suécia. No entanto, estavam decentemente vestidos, não aceitavam as moedas oferecidas, nada pediam, e todos em volta ficavam sem entender o comportamento daquele tocador de violino percorrendo estradas com uma bela criança que cantava tão bem e parecia um anjo do paraíso. Muitas daquelas pessoas então os seguiam de vilarejo em vilarejo.

Um dia, um menino da cidade, acompanhado da sua governanta, a obrigou a uma longa caminhada, pois não conseguia deixar de ir atrás daquela menina com voz tão suave e pura que parecia tê-lo encantado. Chegaram assim à beira de uma pequena enseada, que ainda hoje se chama Trestraou. Naquele tempo havia ali apenas céu e mar, além de um litoral dourado. Mas acima de tudo soprava um vento forte, que carregou a echarpe de Christine para o mar. Ela deu um grito e estendeu os braços, mas a echarpe já estava longe, flutuando nas águas. Até que ouviu alguém dizer:

— Não se preocupe, vou buscar a sua echarpe no mar.

E viu um menino correndo, correndo, apesar dos gritos e zangas de uma boa mulher, toda de preto. O menino entrou no mar vestido como estava e trouxe de volta a echarpe. Tanto ele quanto a echarpe estavam num belo estado! A senhora de preto não conseguia se acalmar, mas Christine ria a mais não poder e beijou o garoto. Era o visconde Raoul de Chagny, que naquela época morava com a tia em Lannion. Durante toda aquela estação do ano, eles se viram quase diariamente e brincaram juntos. A pedido da tia e por intermédio do prof. Valérius, o velho Daaé aceitou dar aulas de violino ao jovem visconde. Com isso, Raoul aprendeu a gostar das mesmas melodias que já haviam encantado a infância de Christine.

Eles tinham mais ou menos a mesma alma sonhadora e calma. Do que mais gostavam eram as histórias, sobretudo os velhos contos bretões, e a principal brincadeira deles era ir buscá-los de porta em porta como mendigos: "Senhora (ou senhor), teria alguma historinha para nos contar, por favor?" Era raro que não lhes "dessem" alguma. Qual avó bretã não viu, pelo menos uma vez na vida, dançarem *korrigans* na mata à luz da lua?

Mas o momento preferido das crianças era quando, na grande paz do crepúsculo, tendo o sol se escondido no mar, pai Daaé se sentava ao lado delas na beira da estrada e contava, em voz baixinha como se temesse assustar fantasmas evocados, as belas, doces ou terríveis lendas dos países nórdicos. Às vezes eram bonitas como os contos de Andersen, outras vezes tristes como os cantos do grande poeta Runeberg. Quando se calava, as duas crianças pediam: "Mais!"

Uma das histórias começava assim:

"Um rei estava sentado num barquinho, numa daquelas águas tranquilas e profundas que se abrem como um olho brilhante no meio dos montes da Noruega..."

E outra:

"A pequena Lotte pensava em tudo e em nada. Pássaro de verão, voava pelos raios dourados do sol, levando em seus cachos louros uma coroa primaveril. Sua alma era tão clara, tão azul quanto o seu olhar. Ela adorava a mãe, era fiel à sua boneca, cuidava com carinho dos seus vestidos, sapatos vermelhos e violino; contudo, do que mais gostava, acima de tudo, era ouvir, pegando no sono, o Anjo da Música."

Enquanto o velho contava coisas assim, Raoul estava ocupado com os olhos azuis e os cabelos dourados de Christine. E ela, em achar que a pequena Lotte era feliz por ouvir, pegando no sono, o Anjo da Música. Não havia história em que não aparecesse o Anjo da Música, e as crianças pediam ao velho Daaé intermináveis explicações sobre o tal Anjo. Ele dizia que todo grande músico, todo grande artista pelo menos uma vez na vida recebe sua visita. Às vezes ainda no berço, como no caso da pequena Lotte, por isso existem prodígios que aos seis anos tocam violino melhor do que homens de cinquenta, o que, ninguém pode negar, é extraordinário. Outras vezes o Anjo vem muito mais tarde, pois as crianças são displicentes e não gostam de estudar o método, não se exercitam na escala. Pode ser também que ele nunca venha por achar que aquela pessoa não tem coração puro nem consciência tranquila. Nunca se pode vê-lo, mas almas predestinadas o ouvem. Muito frequentemente nos momentos em que elas menos esperam, estando tristes e desanimadas. É quando os ouvidos percebem, de repente, harmonias celestes, uma voz divina, que nunca mais serão esquecidas. As pessoas que recebem a visita do Anjo mantêm uma chama, vibram com algo que o restante dos mortais não conhece. E têm esse privilégio de não mais tocar um instrumento ou abrir a boca para cantar sem ouvir sons que, pela beleza, envergonham todos os demais sons humanos. As pessoas não sabem que esses artistas apenas foram visitados pelo Anjo e costumam dizer então que eles têm gênio.

Christine perguntou ao pai, naquela ocasião, se ele já tinha ouvido o Anjo, e ele negou com tristeza, balançando a cabeça. Logo a seguir, porém, seu olhar brilhou, e ele disse:

— Mas você, filha, o ouvirá um dia! Quando eu estiver no céu, vou pedir a ele, prometo!

O velho Daaé já começava a tossir naquela época.

Veio o outono, e isso separou Raoul e Christine.

Voltaram a se ver três anos depois. Já não eram tão crianças. Foi ainda em Perros, e Raoul guardou disso uma impressão que o acompanhou ao longo dos anos. O prof. Valérius tinha morrido, mas a viúva permanecera na França por questões materiais. Com ela, permaneceram o velho Daaé e a filha, tocando violino, cantando e sustentando, nesse sonho harmonioso, a protetora que parecia ainda viver apenas graças à música. Sem expectativa quanto àquele passado, Raoul foi a Perros e, mesmo assim, procurou a casa em que a amiga havia morado. Ele primeiro viu o velho Daaé, que se levantou de onde estava em lágrimas e o abraçou, dizendo que haviam guardado dele a melhor lembrança. É verdade, nem um dia se passara sem que Christine não falasse de Raoul. Ele ainda estava dizendo isso quando a porta se abriu e a linda jovenzinha entrou, trazendo o chá quente numa bandeja. Ela reconheceu o amigo e deixou numa mesa o que trazia. Um leve brilho iluminou seu rosto encantador. Mas ela se manteve hesitante e calada. O pai os observava. Raoul se aproximou e a beijou sem que a adolescente o evitasse. Ela fez algumas perguntas, cumpriu graciosamente os deveres de quem recebe uma visita, pegou de volta a bandeja e se retirou. Depois foi se isolar num banco do jardim. Sentia coisas que pela primeira vez se agitavam em seu jovem coração. Raoul foi até lá, e os dois, pouco à vontade, conversaram até o fim da tarde. Ambos haviam mudado muito, e seus novos personagens, que pareciam ter ganhado uma importância considerável, não se reconheciam mais. Mostravam-se diplomaticamente prudentes e falavam de coisas que nada tinham a ver com os sentimentos que despontavam. Ao se despedirem à beira da estrada, beijando galantemente a mão trêmula de Christine, Raoul disse:

— Nunca a esquecerei!

E se foi, lamentando a frase, pois sabia que Christine Daaé não poderia ser esposa do visconde de Chagny.

Já a jovem voltou aonde o pai estava e disse:

— Não acha que Raoul já não é mais o mesmo? Não foi muito bom revê-lo!

E tentou não continuar pensando no antigo amigo. Nem sempre conseguia, mas procurou se concentrar na sua arte, que preenchia tudo. Fazia progressos maravilhosos. Quem a ouvia já a imaginava grande estrela no mundo da música. Mas o pai a certa altura morreu, e ela pareceu perder com isso a voz, a alma e o gênio. Não a ponto de não ser aceita no Conservatório, mas foi por pouco. Não brilhou, seguiu as aulas sem entusiasmo e ganhou um prêmio apenas para agradar a velha sra.

Valérius, com quem continuava a morar. Da primeira vez que Raoul viu Christine na Ópera, encantou-se com sua beleza e a lembrança de doces imagens do passado, mas se desapontou com certo aspecto da sua arte, que considerou negativo. Ela parecia desconectada de tudo. Voltou algumas vezes para ouvi-la. Seguia-a nos bastidores. Esperou-a escondido atrás de uma viga. Tentou chamar sua atenção. Algumas vezes acompanhou-a até quase a entrada do camarim, mas ela não o notava. Bem como, aparentemente, a mais ninguém. Era a imagem da indiferença. Raoul lamentava, pois era tão bonita, e, tímido, não ousava confessar a si mesmo que a amava. Veio então a surpresa da noite de gala: as nuvens se dilaceraram, o céu se abriu, uma voz de anjo ecoou na terra para o encanto dos homens e o aniquilamento do seu coração...

Depois de tudo isso, porém, houve aquela voz de homem do outro lado da porta: "É preciso que me ame!" E ninguém no camarim.

Por que ela riu ao ouvi-lo dizer, no momento em que abriu os olhos: "Sou o menino que um dia foi buscar a sua echarpe no mar"? Por que não o reconheceu? E por que escreveu aquele bilhete?

Ah! Como era longo o litoral... interminável... Passaram pela cruz que marca o cruzamento das três estradas... o campo deserto, a vegetação gelada, a paisagem imóvel sob o céu branco. Os vidros batiam, arrebentavam as suas molduras nos ouvidos... "Que barulheira faz essa diligência, e, no entanto, avança tão pouco!" Ele reconhecia as casinholas... os cercados, as cercas-vivas, as árvores do caminho... "Aquela será a última curva da estrada, depois descemos e chegamos ao mar... à enseada de Perros..."

Ela então se hospedou no albergue Sol Poente. Santo Deus! Mas é o único. Além disso, é agradável. Nos dias de antigamente, ainda guardava na lembrança, eles ouviram ali belas histórias! "Como o coração bate forte!" O que ela dirá quando o vir?

A primeira pessoa a surgir no velho saguão enfumaçado do albergue foi a velha Tricard, que imediatamente o reconheceu. Alegrou-se. Perguntou o que o trazia a Perros. Sem graça, ele diz ter ido a Lannion resolver um negócio, aproveitando então para "vir cumprimentá-la". A albergueira disse que lhe prepararia o que comer, e ele respondeu apenas: "Mais tarde." Parecia estar esperando alguém, alguma coisa. A porta se abriu, e ele, de pé, não se enganou: era ela! Raoul quis dizer alguma coisa, mas caiu numa cadeira. Christine sorria à sua frente, nada surpresa. Tinha o rosto fresco e rosado como um morango à sombra. Estava agitada, provavelmente por ter caminhado rápido. O peito, abrigo de um coração sincero, palpitava com suavidade. Os olhos, límpidos espelhos de um azul-claro, como lagos que placidamente devaneiam lá no norte do mundo, tranquilamente refletiam sua alma cândida. O casaco de pele estava aberto, deixando que se visse o corpo esguio e gracioso em linha harmoniosa. Os dois se olharam, esquecidos do mundo. A sra. Tricard sorriu e discretamente se afastou. Christine afinal disse:

— O senhor veio, e não estou surpresa. Tive o pressentimento de que o encontraria aqui no albergue, voltando da missa. *Alguém* me disse, me falou da sua visita.

— Quem? — perguntou ele, pegando em suas mãos a de Christine, que não a retirou.

— Ora, o meu papai querido, que está morto.

Houve um silêncio, afinal quebrado por Raoul:

— E o seu querido pai contou o quanto a amo, Christine, e que não posso viver sem você?

Ela se ruborizou até a raiz dos cabelos e disse, com uma voz trêmula:

— A mim? Está louco, meu amigo.

E riu, procurando disfarçar o embaraço.

— Não ria, Christine, isso é muito sério.

Ela então disse, em tom grave:

— Não o fiz vir para que diga coisas assim.

— Se me "fez vir" até aqui, Christine, foi por saber que o seu bilhete provocaria isso, e que eu viria correndo a Perros. Como teria tanta certeza se não contasse com o meu amor?

— Achei que se lembraria das nossas brincadeiras, das quais meu pai muitas vezes participava. Na verdade, não sei o que pensei... Foi provavelmente um erro escrever aquele bilhete... Sua aparição tão repentina no camarim naquela noite me levou longe, muito longe no passado, e escrevi como se fosse a menina daquela época, contente de ter, num momento de tristeza e solidão, o antigo companheiro a seu lado...

Outra vez ficaram em silêncio. Havia, no comportamento de Christine, algo que não parecia natural, não permitindo que Raoul decifrasse seu pensamento. No entanto, não havia qualquer hostilidade, longe disso... o que o carinho desolado do seu olhar só confirmava. Mas por que esse carinho se mostrava de forma tão desolada? Era o que ele precisava descobrir, e desde já o irritava.

— Aquele dia no seu camarim foi a primeira vez que me viu na Ópera, Christine?

Ela não sabia mentir e respondeu:

— Não! Já o havia visto várias vezes no camarote do seu irmão. E também nos bastidores.

— Imaginei! — continuou Raoul, contraindo a boca. — Por que, então, ao me ver de joelhos a seu lado, tentando fazê-la se lembrar da echarpe que busquei no mar, por que respondeu como se não me conhecesse e riu?

O tom da pergunta foi tão brutal que Christine olhou surpresa e não respondeu. Ele próprio também estranhou sua repentina agressividade, enquanto tudo que queria era apenas exprimir palavras meigas, de amor e de humildade. Mas falara como um marido, um amante que se sente com plenos direitos sobre a mulher, achando que ela o ofendeu. Irritou-se com a própria estupidez, e a única saída que encontrou para a ridícula situação foi a de se mostrar decididamente detestável.

— Não quer responder, Christine! — continuou ele, com raiva. — Pois vou responder no seu lugar! Havia alguém no camarim que a incomodava! Alguém a quem você não queria demonstrar que podia se interessar por outra pessoa!...

— Se alguém naquela noite me incomodava era o senhor, provavelmente, pois foi a quem mandei que se retirasse! — respondeu Christine num tom glacial.

— Isso mesmo, para ficar com o outro!...

— O que está dizendo? — espantou-se ela, a ponto de quase perder o fôlego. — E a qual outro se refere?

— Aquele a quem você disse: "É somente por você que eu canto. Dei minha alma a você esta noite e estou morta."

Christine pegou o braço de Raoul e apertou com uma força que não se imaginaria em alguém tão frágil.

— Estava ouvindo atrás da porta!?

— Porque a amo, estava sim. E ouvi tudo...

— Ouviu o quê? — perguntou ela, voltando a ficar estranhamente calma e largando o braço.

— Ele disse: "É preciso que me ame!"

Ao ouvir isso, uma palidez cadavérica tomou o rosto de Christine. Os olhos se contraíram... o corpo inteiro balançou, dando a impressão de não se sustentar mais. Raoul estendeu os braços, mas a jovem rapidamente se recuperou da vertigem e em voz baixa, quase apagada, exigiu:

— Diga! Diga tudo que ouviu!

Raoul hesitou, sem entender o que estava acontecendo, e ela insistiu:

— Não vê que está me matando com isso?

— Ele ainda disse, depois de ouvir que você tinha lhe dado a alma: "É uma linda alma, querida, e muito agradeço. Jamais imperador algum recebeu presente maior. Os anjos choraram esta noite."

Christine levou a mão ao coração. Olhou para Raoul indescritivelmente perturbada, com o olhar tão incisivo, tão firme, que parecia ter enlouquecido. Raoul se assustou. Mas de repente os olhos da moça se umedeceram, e duas volumosas lágrimas desceram por suas faces de marfim.

— Christine!...

— Raoul!...

Ele quis abraçá-la, mas ela escapou das suas mãos e fugiu como pôde.

Enquanto Christine permanecia trancada em seu quarto, Raoul fez mil críticas à própria brutalidade, mas por outro lado o ciúme voltava a galopar por suas veias em brasa. Para que ela tivesse aquela reação ao ver que o segredo fora desvendado, esse segredo devia ter grande importância. Raoul, porém, apesar das palavras que ouvira, não tinha a menor dúvida quanto à pureza da cantora. Conhecia sua reputação de seriedade e podia entender que uma artista tem às vezes necessidade de ouvir declarações de amor. Com sua resposta ela afirmava ter dado sua alma, mas, com toda evidência, referia-se ao canto e à música. Com toda evidência? Por que então a reação de ainda há pouco? Por Deus, como ele se sentia mal! Se pudesse ter visto o homem, *o dono daquela voz*, teria exigido explicações precisas.

Por que Christine havia fugido? Por que não descia do quarto?

Ele não quis almoçar. Sentia-se arrasado, e sua dor era grande ao ver passarem, longe da cantora sueca, aquelas horas imaginadas tão doces. Por que não vinha, para juntos reverem os locais dos quais tinham tantas lembranças em comum? E por que, já que parecia nada mais ter a fazer em Perros e obviamente nada a prendia ali, por que não retomava o caminho de volta a Paris? Raoul sabia que pela manhã ela havia encomendado uma missa pela alma do velho Daaé e passara horas a rezar na igrejinha e junto ao túmulo do violinista.

Triste e desanimado, Raoul se dirigiu ao cemitério. Abriu o portão. Perambulou sozinho entre as sepulturas, olhando os dizeres, mas ao chegar aos fundos da igreja, na altura da abside, chamaram sua atenção flores recém-colocadas sobre o granito sepulcral, caindo até a terra clara. Perfumavam todo aquele recanto gelado do inverno bretão. Eram extraordinárias rosas vermelhas que pareciam ter desabrochado naquela manhã mesmo em plena neve. Davam um pouco de vida à moradia dos mortos, pois a morte se mostrava onipresente, inclusive brotando da terra que expelia seu excedente de cadáveres. De fato, esqueletos, centenas de caveiras se amontoavam junto à parede externa da igreja, contidos apenas por finos fios de arame, deixando exposta toda a macabra composição. Crânios ordenadamente empilhados, como tijolos bem arrimados, contidos por ossos encanecidos e dispostos com precisão, pareciam formar a base sobre a qual se ergueram as paredes da sacristia, cuja porta se abria no meio desse ossuário, tão comum em velhas igrejas bretãs.

Raoul rezou pelo pai Daaé e depois, tristemente impressionado por aqueles sorrisos eternos que têm as caveiras, deixou o cemitério, subiu a encosta e foi se sentar na vegetação rasteira junto ao mar. O vento batia duramente no litoral, uivando contra a pobre e tímida claridade do dia, que se deu por vencida e se foi, restando apenas um pálido risco no horizonte. O vento então se acalmou. Começava a escurecer. Raoul estava cercado de sombras glaciais, mas não sentia frio. Todo o seu pensamento, repleto de recordações, vagava pela mata deserta e desolada. Ele tinha muitas vezes vindo àquele mesmo lugar no fim do dia com a pequena Christine, para ver os *korrigans* dançarem no momento exato em que a lua se ergue. Pessoalmente, nunca chegou a ver, no entanto, tinha bons olhos. Já Christine, que era um pouco míope, dizia ter visto muitos. Ele sorriu pensando nisso e logo depois sentiu um brusco arrepio. Uma forma, uma forma precisa, que havia aparecido ele não sabia como, sem que o menor barulho o prevenisse, essa forma, de pé a seu lado, perguntou:

— Acha que os *korrigans* virão esta noite?

Era Christine. Ele quis falar, e ela, com a mão coberta por uma luva, fechou sua boca.

— Ouça, Raoul, estou resolvida a lhe contar algo grave, muito grave.

Sua voz vacilava. Ele aguardou.

Ela retomou, tensa.

— Você se lembra, Raoul, da lenda do Anjo da Música?

— E como! Creio inclusive ter sido neste mesmo lugar que o seu pai nos falou disso pela primeira vez.

— Foi também onde ele me disse: "Quando eu estiver no céu, filha, direi que a procure." E sabe, Raoul, meu pai está no céu, e eu recebi a visita do Anjo da Música.

— Acredito que sim — respondeu o rapaz com seriedade, achando que misticamente a amiga remetia à lembrança do pai a grandeza do seu último triunfo.

Christine pareceu ligeiramente surpresa com a naturalidade demonstrada pelo visconde ao saber da visita do Anjo da Música.

— Como entendeu o que eu disse, Raoul? — perguntou ela, aproximando seu rosto pálido tão perto que ele poderia achar que seria beijado, mas ela queria apenas ver bem a sua reação, apesar da escuridão.

— Entendi que uma criatura humana não pode cantar como você naquela noite, sem que tenha acontecido um milagre, sem a participação do céu. Não há, cá na terra, professor que pudesse ensinar tal interpretação. Foi o Anjo da Música, Christine.

— Foi — concordou solenemente —, *no meu camarim*. É onde ele diariamente me dá aulas.

O tom com que isso foi dito era tão penetrante e singular que Raoul a olhou preocupado, como se olha para alguém que diz um absurdo ou afirma alguma visão insensata em que seu pobre cérebro doente acredita. Christine tinha, porém, recuado e ali, imóvel, era apenas mais uma sombra no escuro.

— No seu camarim? — repetiu ele, como um eco idiota.

— Exato, foi onde o ouvi, e não fui a única...

— Quem mais o ouviu, Christine?

— Você, meu amigo.

— Eu? Eu ouvi o Anjo da Música?

— Ouviu. *Escutando* atrás da porta do camarim. Foi ele que disse "É preciso que me ame". Achei que apenas eu ouvia a sua voz. Por isso a minha surpresa, hoje de manhã, ao descobrir que também você ouviu...

Raoul deu uma risada. Nesse exato momento, o escuro se abrandou na mata deserta, e os primeiros raios da lua iluminaram os dois jovens. Christine tinha se virado para Raoul de forma hostil. Seus olhos, em geral tão meigos, faiscavam.

— Por que está rindo? Acha ter ouvido voz de homem?

— Ora! — exclamou simplesmente Raoul, começando a se sentir confuso, dada a atitude agressiva de Christine.

— E é você, Raoul, que me diz isso! Um amigo de infância! Amigo do meu pai! Não o reconheço. O que está pensando? Sou pessoa íntegra, senhor visconde de Chagny, não me tranco com vozes de homens no meu camarim! Se tivesse aberto a porta, veria não haver ninguém mais!

— É verdade! Quando foi embora, abri a porta, e de fato não havia ninguém no camarim...

— Está vendo? E o que diz?

Raoul juntou toda a sua coragem.

— Digo, Christine, que estão zombando de você!

Ela deu um grito e foi embora. Ele se levantou para ir atrás, mas foi repelido com violência:

— Saia de perto de mim! Saia!

E desapareceu. Raoul voltou ao albergue se sentindo muito cansado, muito desanimado e muito triste.

Soube que Christine tinha ido para o quarto, avisando que não desceria para o jantar. O rapaz perguntou se ela não estaria doente, e a boa sra. Tricard respondeu de maneira ambígua, dando a entender que, caso estivesse mal, seria de algo não muito grave. Em seguida, achando se tratar de uma briga de namorados, se afastou dando de ombros, fingindo ter pena de jovens que desperdiçam em brigas tolas os bons momentos que Deus nos permite passar na Terra. Raoul jantou sozinho junto à lareira e, como é de se imaginar, nada alegre. Depois, já no quarto, tentou ler e, já na cama, tentou dormir. Barulho nenhum se ouvia no cômodo ao lado. O que fazia Christine? Dormia? Caso não dormisse, em que estaria pensando? E ele, em que estava pensando? Seria pelo menos capaz de dizer? A estranha conversa com Christine o deixara muito perturbado. Não era tanto na amiga que pensava, mas no que havia à sua volta, e esse "à sua volta" era tão vago, tão nebuloso e indefinível que causava um estranho e aflitivo mal-estar.

As horas, com isso, passaram muito lentamente. Deviam ser onze e meia da noite quando, muito claramente, ele ouviu passos no quarto ao lado. Eram passadas leves, furtivas. Christine então não se deitara ainda? Sem pensar no que fazia, ele se vestiu às pressas, tomando cuidado para não fazer barulho. Depois, pronto para o que fosse, esperou. Pronto para quê? Tinha alguma ideia? O coração deu um pulo ao ouvir a porta de Christine girar devagarinho nas dobradiças. Aonde estaria indo àquela hora, em que tudo na cidadezinha repousava? Entreabriu com cuidado sua própria porta e pôde ver, à luz da lua, a silhueta branca de Christine seguir com todo o cuidado pelo corredor. Chegou à escada, desceu, e ele, mais acima, se debruçou para ver. De repente, ouviu duas pessoas trocarem palavras rapidamente. Discerniu uma frase: "Não perca a chave." Era a voz da sra. Tricard. Embaixo, a porta que dava para a enseada foi aberta. Em seguida, fechada. Tudo voltou à calma. Raoul correu de volta ao seu quarto e abriu a janela. A imagem clara de Christine se distinguia no ancoradouro deserto.

O primeiro andar do albergue Sol Poente não era tão alto, e uma árvore em espaldeira, que oferecia sua ramagem aos braços impacientes de Raoul, permitiu que ele saísse sem que a dona do albergue desconfiasse. Pode-se então imaginar a surpresa da boa mulher na manhã seguinte, quando lhe trouxeram o rapaz quase congelado, mais morto do que vivo, e disseram que tinha sido encontrado estendido nos degraus do altar principal da igrejinha de Perros. Ela correu para contar o fato a Christine, que desceu correndo, aflita e, ajudada pela dona do albergue, fez o rapaz recuperar os sentidos. Ele não demorou a reabrir os olhos e voltou rápido à vida, assim que viu bem perto o rosto querido.

O que teria acontecido? O comissário de polícia Mifroid pôde, algumas semanas mais tarde, quando o drama na Ópera motivou um inquérito por parte do Ministério Público, interrogar o visconde de Chagny sobre os acontecimentos daquela noite em Perros. Cito aqui sua transcrição no processo investigatório (Livro 150):

Pergunta: A srta. Daaé não o viu descer do quarto pelo insólito caminho que escolheu?

Resposta: Não, senhor comissário, com certeza não. No entanto, aproximei-me sem procurar abafar o barulho dos meus passos. Tudo que eu queria era que ela se voltasse, me visse, me reconhecesse. Eu acabava de perceber que minha atitude era totalmente incorreta e espioná-la era algo vergonhoso. Mas ela não pareceu ouvir e realmente agia como se eu não estivesse ali. Deixou tranquilamente o embarcadouro e bruscamente tomou, apressada, o caminho que sobe. O relógio da igreja acabava de indicar faltarem 15 minutos para a meia-noite, e achei que isso havia determinado a mudança de ritmo, pois ela começou quase a correr. Foi como chegou ao portão do cemitério.

P.: O portão estava aberto?

R.: Estava, sim. Isso me surpreendeu, mas não a ela, aparentemente.

P.: Havia alguém mais no cemitério?

R.: Não que eu visse. Se tivesse alguém, eu perceberia. A lua iluminava bem, e a neve, cobrindo tudo, tornava a noite mais clara ainda.

P.: Não poderia ter alguém escondido por trás dos túmulos?

R.: Não, senhor. São sepulturas bem simples, que desapareciam sob a neve, alinhando as cruzes rente ao chão. As únicas sombras eram as das cruzes e as nossas. A igreja chegava a brilhar com a claridade. Jamais vi luz noturna igual. Tudo muito bonito, transparente e frio. Eu nunca tinha ido a um cemitério à noite e ignorava que pudesse haver algo assim, "uma luz sem peso algum".

P.: O senhor é supersticioso?

R.: Não, senhor, e creio em Deus.

P.: Em que estado de espírito se encontrava?

R.: Tranquilo, gozando de boa saúde! É claro, a insólita saída da srta. Daaé tinha me causado profunda perturbação inicial, mas, quando a vi entrar no cemitério, imaginei que fosse cumprir algum ritual junto à tumba do pai. Achei isso natural e voltei a me tranquilizar. Espantava-me apenas que não me ouvisse andando atrás dela, pois a neve estalava sob meus pés. Mas provavelmente estava compenetrada demais no que fazia. Resolvi, aliás, não incomodá-la, e, quando chegou ao túmulo e parou, mantive-me alguns passos atrás. Ela se ajoelhou na neve, fez o sinal da cruz e começou a rezar. Soou a meia-noite. A 12ª batida ainda vibrava no meu ouvido quando, de repente, ela ergueu o rosto. O olhar se fixou na abóbada celeste, os braços se estenderam na direção do astro noturno. Ela parecia em êxtase, e eu ainda me perguntava qual seria a súbita e determinante razão desse êxtase, quando também ergui a cabeça, lançando ao redor um olhar despretensioso. Eu próprio fui tomado pelo invisível, *pois o invisível tocava para nós.* Que som! E nós o conhecíamos! Christine e eu já o tínhamos ouvido quando éramos pequenos. Mas nunca o violino do velho Daaé se exprimira de forma tão divina. Tudo que me ocorreu naquele momento foi relembrar o que Christine acabara de me dizer sobre o Anjo da Música, e não sabia mais o que pensar a respeito daqueles sons inesquecíveis que, se não vinham do céu, também não deixavam que se adivinhasse a sua origem na Terra. Não havia ali mão nenhuma a empunhar o arco. Ah, vi que reconhecia a admirável música. Era a *Ressurreição de Lázaro* que o velho Daaé tocava para nós em seus momentos de tristeza e fé. Mesmo que o Anjo de Christine existisse, ele não poderia ter tocado melhor naquela noite com o violino do falecido músico de feira. A evocação de Jesus nos encantava na Terra e, por Deus, eu quase não me surpreenderia se a pedra da tumba do pai de Christine se deslocasse. Veio-me também o pensamento de que Daaé tinha sido enterrado com o seu violino e que, na verdade, eu não sabia até que ponto, naquele minuto fúnebre e radiante, no fundo daquele pequeno cemitério escondido num vilarejo, ao lado de tantas caveiras que riam para nós com seus maxilares imóveis, eu não sabia até que ponto ia a minha imaginação e onde pararia.

Mas a música parou, e voltei a recuperar a razão. Tive a impressão de ouvir um barulho perto dos crânios do ossuário.

P.: Ah, sim! Ouviu um barulho no ossuário?

R.: Tive a impressão de que as cabeças riam de mim, e não pude deixar de me arrepiar.

P.: Não pensou que justamente por trás do ossuário podia estar o tal músico celestial que tanto o encantara?

R.: Pensei e a ponto de só poder pensar nisso, senhor comissário, e me esquecer de seguir a srta. Daaé, que se levantara e tranquilamente deixava o cemitério. Ela, por sua vez, estava tão absorta que não chega a surpreender que não tenha me visto. Não me mexi, olhando fixamente o ossuário, resolvido a ir até o fim de tudo aquilo e esclarecer o que estava acontecendo.

P.: O que então se passou para que o encontrassem pela manhã, quase morto, estendido nos degraus do altar principal?

R.: Ah! Foi muito rápido... Uma cabeça rolou a meus pés... depois outra... mais outra... Parecia ser eu a peça a ser derrubada naquele jogo de bilhas. Achei que um movimento em falso podia ter desfeito o equilíbrio do amontoado atrás do qual se escondia nosso músico. A hipótese me pareceu ainda mais razoável, pois uma sombra passou de repente pela parede clara da sacristia.

Corri para lá. A sombra, abrindo a porta, já havia entrado na igreja. Era como se eu tivesse asas, a sombra usava um casacão. Fui rápido o bastante para agarrar uma aba. Nesse momento, a sombra e eu estávamos bem diante do altar principal, e os raios da lua, pelo grande vitral da abside, caíam bem à nossa frente. Eu não largava o pano bem seguro, a sombra se virou para mim, o manto ficou entreaberto, e pude ver, senhor comissário, como o estou vendo aqui, uma horrível caveira cravando em mim um olhar em que ardia o fogo do inferno. Acreditei ser o próprio Satanás e, diante dessa aparição do além-túmulo, meu coração, apesar de toda a coragem, não suportou. De nada mais me lembro, até o momento em que acordei no meu quarto do albergue Sol Poente.

Capítulo VII

Uma visita ao camarote nº 5

Deixamos os srs. Firmin Richard e Armand Moncharmin no momento em que tinham resolvido dar uma volta pelo camarote nº 5.

Eles subiram os amplos degraus que vão do vestíbulo da administração ao espaço cênico e suas dependências, o atravessaram e chegaram à sala propriamente pela entrada reservada aos espectadores com assinatura anual para os espetáculos. Dali tomaram o primeiro corredor à esquerda. Cruzaram as primeiras filas da plateia e buscaram com os olhos o camarote nº 5, que estava mergulhado numa semiobscuridade, com enormes capas de proteção sobre o veludo vermelho do parapeito.

Havia quase que apenas eles na imensa e tenebrosa nave, com um grande silêncio ao redor. Era aquela hora tranquila em que os maquinistas saem para beber.

A equipe tinha momentaneamente se retirado do palco, deixando o cenário montado pela metade. Alguns raios de luz (uma luz pálida, sinistra, parecendo vir de algum astro moribundo) se insinuavam, vindos de não se sabe qual abertura, indo até uma velha torre que erguia suas ameias de papelão no palco. Tudo naquela noite fictícia, ou melhor, naquele dia falso, ganhava formas bem estranhas. Nas poltronas da plateia, a lona que as cobria tinha a aparência de um mar em fúria, com suas verdes ondas instantaneamente paralisadas por ordem secreta do gigante das tempestades que, como todos sabem, se chama Adamastor. Moncharmin e Richard eram os náufragos daquela borrasca imóvel que era o mar de lona pintada. Iam na direção dos camarotes da esquerda a grandes braçadas, como marinheiros que tivessem abandonado o bote e tentassem chegar à praia. Oito grandes colunas cor de cebola se erguiam à sombra como prodigiosas estacas, devendo sustentar a ameaçada plataforma bojuda com seus assentos, circularmente assinalada pelos frisos paralelos dos primeiro, segundo e terceiro camarotes. Do alto, bem do alto daquele penhasco, perdidas no céu de cobre do sr. Lenepveu,* algumas figuras gesticulavam, riam e debochavam da tensão dos srs. Moncharmin e Richard. Eram, no entanto, figuras normalmente bem sérias, chamadas Ísis, Anfitrite, Hebe, Flora, Pandora, Psiquê, Tétis, Pomona, Dafne, Clítia, Galateia, Aretusa. Exatamente, Aretusa e Pandora, que todos conhecem por causa da sua caixa, olhavam os dois novos diretores da Ópera, que tinham afinal se pendurado num pedaço de cenário e de lá observavam em silêncio o camarote nº 5. Como eu disse, estavam tensos, pelo menos é o que imagino. O próprio Moncharmin admitiu estar impressionado, pois expressamente escreveu, sempre em seu estilo particular: "Esse joguete do Fantasma da Ópera, no qual tão cordialmente nos embarcaram os srs. Poligny e Debienne, tinha certamente abalado o equilíbrio das minhas capacidades imaginativas ou, em todo caso, visuais, pois (será que o cenário estranho em que nos encontrávamos, no centro de um extraordinário silêncio, nos impressionou a tal ponto?; fomos vítimas de alguma espécie de alucinação devido à semiobscuridade da sala e à penumbra reinante no camarote nº 5?) vi — e Richard no mesmo instante também viu — um vulto no camarote nº 5. Nenhum dos dois, aliás, confessou ter visto, mas nos demos a mão ao mesmo tempo. Em seguida, esperamos por alguns minutos, sem qualquer movimento e com os olhos focados no mesmo ponto: mas o vulto havia desaparecido. Saímos então dali e só no corredor trocamos nossas impressões e mencionamos *o vulto*. Mas a minha versão não coincidia com a de Richard. Eu havia visto uma caveira apoiada na beirada do camarote, enquanto Richard distinguira algo como uma velha, parecida com a dona Giry. Dessa maneira ficou claro termos sido vítimas de uma ilusão e, na mesma hora, rindo como doidos, corremos ao camarote nº 5, onde não havia mais vulto algum."

Estamos então no camarote nº 5.

---

* Não se vê mais a pintura de Jules Lenepveu (1819-1898) do teto da Ópera de Paris, pois foi encoberta em 1964 por outra, de Marc Chagal (1887-1985). (N. T.)

É um camarote como qualquer outro dos camarotes principais. Na verdade, nada o distingue dos demais, do mesmo nível.

Moncharmin e Richard, achando ostensivamente tudo aquilo divertido e rindo um do outro, deslocaram móveis, ergueram as capas de proteção e as poltronas, examinando sobretudo aquela em que *a voz tinha o hábito de se sentar*. Constataram se tratar de uma poltrona correta, sem nada que parecesse mágico. Resumindo, o camarote era dos mais comuns, com seu forro vermelho nas paredes, poltronas, carpete e apoio de parapeito em veludo também vermelho. Depois de apalparem o carpete com toda a seriedade, sem ter, como em tudo mais, descoberto nada de especial, eles desceram à frisa abaixo, correspondente ao camarote nº 5. Nessa frisa nº 5, logo na quina da primeira saída da esquerda das poltronas da plateia, igualmente nada encontraram digno de nota.

— Toda essa gente está zombando de nós! — acabou exclamando Firmin Richard. — Sábado temos uma apresentação de *Fausto*, à qual assistiremos, os dois, no camarote nº 5!

Capítulo VIII

Os srs. Firmin Richard e Armand Moncharmin têm a audácia de apresentar Fausto *numa sala "maldita", resultando daí um terrível acontecimento*

Na manhã de sábado, chegando à sua sala, os diretores encontraram uma dupla carta do F. da Ó., que dizia assim:

Caros diretores,

Estamos então em guerra?

Se quiserem ainda voltar à paz, aceitem meu ultimato, com as seguintes condições:

1º Devolver meu camarote — e quero que esteja à minha disposição desde já;

2º O papel de "Margarida" será interpretado por Christine Daaé. Não se preocupem porque Carlotta vai estar doente;

3º Exijo que a sra. Giry esteja a meu serviço. Reintegrem-na imediatamente;

4º Façam-me saber por carta, entregue à sra. Giry, que a fará chegar às minhas mãos, que, como seus antecessores, os senhores aceitam as condições do meu caderno de encargos com relação a meus ganhos mensais. Avisarei então de que maneira farão os pagamentos.

De forma contrária, apresentarão Fausto *esta noite numa sala maldita.*

A bom entendedor... meus cumprimentos.

F. da Ó.

— Isso realmente passa dos limites!... Está me irritando! — gritou Richard, erguendo o punho, que prometia vingança, para depois bater com força na mesa.

Nesse momento, Mercier, o administrador, entrou e disse:

— Lachenal gostaria de ver um dos senhores. Parece ser urgente, e ele me pareceu bem abalado.

— Quem é Lachenal? — perguntou Richard.

— É o seu cavalariço-chefe.

— Como assim, meu cavalariço-chefe?

— Ora, senhor diretor — explicou Mercier —, o senhor tem na Ópera vários cavalariços; e Lachenal é o chefe deles.

— E o que ele faz, esse cavalariço-chefe?

— Dirige a cavalariça.

— Que cavalariça?

— A sua, senhor diretor, a cavalariça da Ópera!

— Há uma cavalariça na Ópera? Caramba, eu nunca soube! Onde fica?

— No subsolo, lá para o lado da Rotunda. É um serviço dos mais importantes, temos 12 cavalos.

— Doze cavalos? Santo Deus! E para quê?

— Para os desfiles de *A judia*, de *O profeta* etc. São cavalos amestrados que "conhecem o palco". Os cavalariços têm essa incumbência. Lachenal é muito bom nisso. Dirigiu as cavalariças do circo Franconi.

— Entendo... mas o que ele quer comigo?

— Não sei... mas nunca o vi assim.

— Mande-o vir!...

Lachenal entrou. Tinha uma pequena chibata na mão, que ele nervosamente batia numa das botas.

— Olá, sr. Lachenal — começou Richard, impressionado. — A que devo a sua visita?

— Senhor diretor, venho pedir para dispensar toda a cavalariça.

— Como assim? Quer dispensar nossos cavalos?

— Não me refiro aos cavalos, mas aos cavalariços.

— De quantos cavalariços dispõe, sr. Lachenal?

— De seis!

— Seis cavalariços! São no mínimo dois em excesso!

— São “cargos” — interrompeu Mercier — criados e impostos pelo subsecretariado de Belas-Artes. São protegidos do governo que os emprega e, com sua licença...

— Pouco me importa o governo!... — esbravejou Richard enérgico. — Não precisamos de mais do que quatro cavalariços para 12 cavalos.

— Onze! — retificou o cavalariço-chefe.

— Doze! — repetiu Richard.

— Onze! — repetiu Lachenal.

— Ah! Nosso administrador me disse que temos 12!

— Eram 12, mas agora são 11, desde que nos roubaram César!

Dizendo isso, Lachenal deu uma forte chibatada na bota.

— César, nos roubaram César, o cavalo branco do *Profeta*? — alarmou-se o administrador.

— Não há dois Césares! — declarou num tom seco o chefe da cavalariça. — Estive por dez anos com Franconi e vi muitos cavalos! Posso dizer: não há dois Césares! E ele foi roubado.

— Como?

— Não sei! Ninguém sabe! E por isso peço para despedir todos os cavalariços.

— E o que eles dizem, os cavalariços?

— Bobagens... Uns acusam figurantes... outros, o zelador da administração.

— O zelador da administração? Ponho minha mão no fogo por ele! — protestou Mercier.

— Mas, afinal — irritou-se Richard —, o senhor chefe da cavalariça deve saber de alguma coisa!...

— Pois é. E sei! Exatamente — declarou de repente Lachenal. — E vou dizer. Para mim, não há dúvida. — O chefe da cavalariça se aproximou dos diretores e disse baixinho: — *Foi o Fantasma que fez isso!*

Richard deu um pulo.

— Ah! O senhor também! O senhor também!

— Como assim, eu também? É a coisa mais natural...

— Mas o que é isso, senhor chefe da cavalariça!? Como pode?

— ... que eu diga o que acho, depois de ver o que vi...

— E o que viu, sr. Lachenal?

— Vi, como o estou vendo, uma sombra escura montando um cavalo branco que se parecia como dois pingos d'água com César!

— E não foi atrás desse cavalo branco e dessa sombra escura?

— Fui e o chamei, senhor diretor, mas eles partiram numa velocidade estonteante e desapareceram no breu da galeria...

Richard se levantou:

— Muito bem, sr. Lachenal. Pode se retirar... Vamos apresentar queixa contra o *Fantasma*...

— E vai dispensar minha cavalariça!

— É claro! Até mais ver!

Lachenal os cumprimentou e saiu.

Richard espumava de raiva.

— Feche as contas desse imbecil!

— Ele é ligado ao comissário de governo! — atreveu-se Mercier...

— E frequenta o bar Tortoni, onde bebe com Lagréné, Scholl e Pertuiset, o matador de leões — acrescentou Moncharmin. — Vamos colocar toda a imprensa contra nós! A história do Fantasma vai se espalhar, e todos vão rir às nossas custas! Se cairmos no ridículo, estamos mortos!

— Está bem, não se fala mais nisso... — recuou Richard, que já pensava em outra coisa.

Nesse momento a porta foi aberta, e provavelmente não estava sendo vigiada pelo cérbero de sempre, já que dona Giry entrou de repente com uma carta na mão e foi dizendo:

— Peço que me desculpem, cavalheiros, mas recebi hoje cedo uma carta do Fantasma da Ópera. Ele me disse que os procurasse, pois os senhores teriam algo a me...

Não terminou a frase. Viu a expressão de Firmin Richard, que era terrível. O excelentíssimo diretor da Ópera estava prestes a explodir. O furor que o agitava externamente só se mostrava pela cor escarlate do rosto crispado e pelo relampejar dos olhos. Ele nada disse. Não conseguia falar. De repente, porém, veio a ação. Foi primeiro o braço esquerdo, que alcançou a frágil pessoa de dona Giry, fazendo-a dar uma meia-volta tão inesperada, uma pirueta tão rápida, que ela soltou um som desesperado. Depois, foi o pé direito, o pé direito do mesmo excelentíssimo diretor, que cravou sua sola no tafetá preto de uma saia, que muito provavelmente jamais sofrera semelhante ultraje naquele lugar.

Tudo se passou de maneira tão precipitada que dona Giry, já no corredor, continuava tonta e parecia não entender. De repente, no entanto, entendeu, e a Ópera inteira vibrou com seus gritos indignados, sua revolta feroz, suas ameaças de morte. Foram necessários três rapazes para conduzi-la até o pátio da administração e dois agentes da segurança para levá-la até a rua.

Mais ou menos na mesma hora, a grande Carlotta, que morava numa pequena casa senhorial da rua Faubourg-Saint-Honoré, chamava a camareira e pedia que lhe trouxesse na cama sua correspondência. Nesta havia uma carta anônima que dizia:

"Se cantar esta noite, uma grande desgraça lhe acontecerá, no momento em que estiver cantando... algo pior que a própria morte."

A ameaça vinha escrita em tinta vermelha, numa caligrafia hesitante, infantil.

Depois de ler o bilhete, a grande Carlotta perdeu o apetite e afastou a bandeja em que a camareira trazia o chocolate quente. Sentou-se na cama e pensou profundamente. Não era a primeira carta desse tipo que recebia, mas nunca vira uma tão ameaçadora.

Carlotta se imaginava tendo que enfrentar mil maldades geradas pela inveja e frequentemente dizia ter um inimigo secreto jurando sua perdição. Estava certa de que tramavam contra ela um complô perverso, uma conspiração que logo explodiria, mas não era mulher de se intimidar, ela sempre dizia.

Verdade é que, se conspiração houvesse, era tramada pela própria Carlotta contra a pobre Christine, que não tinha ideia disso. A grande Carlotta não havia perdoado o triunfo de Christine ao substituí-la.

Ao ser informada do sucesso extraordinário da substituta, a grande Carlotta instantaneamente se curou de um início de bronquite e de um acesso de implicância contra a administração, deixando de ameaçar largar o emprego. A partir daí, trabalhara decididamente para "abafar" a rival, apelando para seus amigos poderosos com influência junto aos diretores, para que não se desse mais a Christine qualquer possibilidade de novo triunfo. Alguns jornais haviam começado a alardear o talento da jovem, deixando em segundo plano a glória da grande Carlotta. Mas no próprio teatro a célebre diva dizia as coisas mais ultrajantes a respeito de Christine e tentava lhe causar mil pequenos incômodos.

Carlotta não tinha coração nem alma. Era apenas um instrumento! Um maravilhoso instrumento, aliás. Seu repertório incluía tudo que pode tentar a ambição de uma grande artista, tanto dos mestres alemães quanto dos italianos ou franceses. Nunca, até então, se ouvira a grande cantora errar uma nota, ou faltar volume à sua voz em algum trecho do seu imenso repertório. Ou seja, o instrumento tinha extensão, força e admirável justeza. Mas ninguém poderia dizer a Carlotta o que Rossini disse à grande Krauss, depois de ouvi-la cantar para ele em alemão: "Sombrias florestas?... A senhora canta com a alma, filha, e sua alma é bela!"

Onde estava a sua alma, ó Carlotta, quando você dançava em espeluncas de Barcelona? Ou quando, já em Paris, você cantou em tristes palcos as suas coplas cínicas de bacante de *music-hall*? Ou ainda quando, diante de grandes músicos reunidos na casa de um dos seus amantes, você fazia vibrar esse instrumento dócil, cuja maravilha estava em cantar com a mesma indiferente perfeição o sublime amor e a mais vil orgia? Ó Carlotta, se por acaso já tivesse tido uma alma, a teria recuperado quando se tornou Julieta, Elvira, Ofélia e Margarida! Pois outras tiveram origem ainda mais baixa que a sua, e a arte, somada ao amor, as purificou!

Na verdade, quando penso em todas as pequenas mesquinharias e infâmias que Christine Daaé sofreu naquela época por parte dessa mesma Carlotta, não posso conter o ímpeto, e não me surpreende que a indignação afete de forma mais ampla minha visão da arte em geral e a do canto em particular. E, nisso tudo, os admiradores da grande Carlotta têm boa cota de culpa.

Depois de bem refletir sobre a ameaça contida na estranha carta recém-chegada, ela se levantou.

— Veremos — disse ela, e acrescentou algumas palavras, parecendo bem decidida.

A primeira coisa que viu, chegando à janela, foi um caixão. Esse caixão e a carta a persuadiram do sério perigo que correria naquela noite. Convocou o primeiro e o segundo escalões dos seus amigos e contou estar sendo ameaçada para a apresentação de logo mais: Christine Daaé organizava uma conspiração, e ela, Carlotta, precisava encher a sala com seus próprios admiradores. Dispunha de muitos, não é? E contava com eles para qualquer eventualidade, para que calassem os arruaceiros, caso, como ela temia, houvesse algum escândalo.

O secretário particular de Richard, ao se informar da saúde da diva, se retirou certo de que ela estava ótima e cantaria "mesmo em agonia" o papel de Margarida naquela noite. E, como o secretário insistentemente recomendou, a mando do seu chefe, que a diva não cometesse nenhuma imprudência, que evitasse sair de casa e também não se expusesse a correntes de ar que podem gripar uma pessoa, depois que ele se foi a grande Carlotta não pôde deixar de ligar aquelas recomendações excepcionais e inesperadas às ameaças contidas na carta.

Já eram cinco da tarde quando recebeu pelo correio nova carta anônima, com a mesma escrita da primeira. Era bem curta e dizia apenas: "A senhora está gripada; se pensar bem, verá que é loucura querer cantar esta noite."

Carlotta riu, deu de ombros (que eram magníficos) e soltou duas ou três notas que a tranquilizaram.

Os amigos foram fiéis ao compromisso. Estavam todos na Ópera aquela noite, mas em vão procuraram ao redor os tais ferozes conspiradores que tinham como missão combater. À exceção de alguns profanos, alguns honestos burgueses de plácida aparência que não pareciam ter outra vontade senão ouvir novamente uma música que há bastante tempo havia conquistado sua preferência, notavam-se apenas os *habitués*, com suas maneiras elegantes, pacíficas e corretas, sem qualquer intenção de algazarra. A única coisa que parecia anormal era a presença dos srs. Richard e Moncharmin no camarote nº 5. Os amigos de Carlotta acharam que possivelmente os diretores tivessem também ouvido falar do escândalo programado e ali estavam para descer à sala e sufocar a rebelião assim que começasse. Era uma hipótese falsa, pois, como sabemos, Richard e Moncharmin pensavam apenas no Fantasma.

Nada?... Em vão interrogo em ardente vigília
A Natureza e o Criador.
Voz alguma vem a meu ouvido
Palavra alguma de consolo!...

O célebre barítono Carolus Fonta acabava de lançar o primeiro apelo do dr. Fausto às forças do inferno, e Firmin Richard, sentado na própria poltrona do Fantasma — a da direita, na primeira fila —, se inclinou na direção do sócio e disse, no melhor bom humor do mundo:

— E você? Alguma voz já falou ao seu ouvido?

— Aguardemos! Não podemos ter pressa — respondeu no mesmo tom Armand Moncharmin. — O espetáculo mal começou, e sabemos que o Fantasma em geral só chega na metade do primeiro ato.

Todo o primeiro ato se passou sem incidentes, o que não surpreendeu os amigos de Carlotta, pois Margarida não canta nesse ato. Já os dois diretores, no descer das cortinas, se entreolharam rindo:

— Um já se foi! — comemorou Moncharmin.

— É verdade, o Fantasma está atrasado — respondeu Richard.

Ainda em tom de brincadeira, Moncharmin continuou:

— *Para uma sala maldita*, até que está bem comportada esta noite.

Richard apenas sorriu. Mostrou para o colega uma senhora gorda bastante vulgar vestida de preto numa poltrona no centro da sala, na companhia de dois homens, um de cada lado, parecendo pouco à vontade em suas redingotes de pano preto.

— Que "gente" é essa? — perguntou Moncharmin.

— Essa gente, meu amigo, são a zeladora do meu prédio, o irmão e o marido.

— Você deu os ingressos?

— Com certeza... Ela nunca tinha vindo à Ópera... é a primeira vez... e, como agora terá que vir diariamente, quis que ela assistisse de um bom lugar, antes de assumir o posto de indicar aos espectadores suas respectivas poltronas.

Moncharmin quis saber mais, e Richard contou que a zeladora, em quem tinha toda a confiança, ficaria provisoriamente no lugar de dona Giry.

— Por falar nela — emendou Moncharmin —, saiba que vai apresentar queixa contra você.

— E apresentar a quem? Ao Fantasma?

O Fantasma! É verdade, Moncharmin quase o havia esquecido.

Aliás, o misterioso personagem nada fazia para voltar à lembrança dos dois diretores.

Mas a porta do camarote foi bruscamente aberta, e o maestro entrou, muito agitado.

— O que houve? — perguntaram os dois, surpresos de vê-lo ali naquele momento.

— Uma intriga foi organizada pelos amigos de Christine Daaé contra Carlotta, que está furiosa.

— Mas que história é essa agora? — perguntou Richard, zangado.

As cortinas, no entanto, se erguiam para o quadro da Quermesse, e o diretor fez sinal para o maestro voltar ao seu lugar.

Depois que ele se foi, Moncharmin perguntou baixinho a Richard:

— Daaé então tem amigos?

— Tem. — Richard balançou a cabeça. — Tem, sim.

— Quem?

Richard apontou com os olhos um dos camarotes principais, ocupado por dois homens.

— O conde de Chagny?

— Ele mesmo. Pediu por ela... e de maneira tão veemente que, se eu não soubesse que é amante de Sorelli...

— Quem diria!... — murmurou Moncharmin. — E quem é o rapaz tão pálido que o acompanha?

— Irmão dele, o visconde.

— Deveria estar na cama. Parece bem doente.

No palco, cantos alegres ecoavam. A embriaguez em forma de música. O triunfo do copo e da caneca.

Vinho ou cerveja,
Cerveja ou vinho,
Que o meu copo
Esteja sempre cheio!

Estudantes, burgueses, soldados, mocinhas e senhoras de coração alegre giravam diante do botequim indicado por uma tabuleta do deus Baco.

Entra em cena Siebel.

Christine Daaé estava encantadora vestida de homem. Seu frescor juvenil e sua graça melancólica seduziam à primeira vista. Quem estava ali para dar apoio a Carlotta achou que a rival seria recebida com uma ovação que já comprovaria alguma má intenção. Essa ovação indiscreta seria, aliás, bastante inábil e, de qualquer forma, não aconteceu.

Por outro lado, quando Margarida atravessou o palco e cantou os dois únicos versos do seu papel no segundo ato — *Não, senhores, não sou donzela nem bela/ Não preciso que me deem a mão!* — foi recebida com gritos entusiasmados. Quem não estava a par da tal "intriga" não sabia o que pensar diante de tão inesperada e estranha recepção. Também esse ato terminou sem qualquer incidente. Todos então pensaram: "Será no próximo ato, é claro." Alguns que pareciam estar mais bem-informados que os demais consideraram que a "bagunça" ia começar na "Taça do rei de Thule" e correram ao corredor dos camarins para prevenir Carlotta.

Os diretores deixaram o camarote nesse entreato, para saber mais sobre a história que o maestro viera contar, mas logo voltaram aos seus lugares, certos de se tratar apenas de tolices. A primeira coisa que viram ao entrar foi, na mesinha do parapeito, uma caixa de balas inglesas. Quem a teria deixado ali? Perguntaram às funcionárias que atendiam por ali, mas nenhuma soube informar. Voltaram a se aproximar do parapeito e dessa vez viram, ao lado da caixa de balas inglesas, um pequeno binóculo de teatro. Um olhou para o outro. Não tinham mais a menor vontade de rir. Tudo que dona Giry havia contado voltava à cabeça deles… Além disso… parecia haver por ali uma estranha corrente de ar… Sentaram-se em silêncio, realmente impressionados.

A cena era a do jardim de Margarida…

Conte a ela o que sinto,
Diga o que espero…

Cantando esses dois primeiros versos, tendo na mão seu buquê de rosas e lilases, Christine, erguendo a cabeça, viu no camarote o visconde de Chagny, e nesse momento todos perceberam que a sua voz vacilou, menos pura e cristalina que a de sempre. Algo fora do comum ensurdecia, tornava o seu canto mais pesado… Havia nele tremor e medo.

— Que estranho — observou quase em voz alta um amigo de Carlotta na plateia… — Outra noite estava divina, e hoje parece gaguejar. É falta de experiência, falta de método!

É em você que acredito.
Fale por mim.

O visconde escondeu a cabeça entre as mãos. Ele chorava. O conde, numa poltrona logo atrás, mordiscava nervosamente a ponta do bigode, agitava os ombros, franzia a testa. Para expor de forma tão clara seus sentimentos íntimos, ele, que em geral era tão educado e frio, devia estar furioso. E estava mesmo. Tinha visto o irmão voltar de uma rápida e misteriosa viagem num estado de saúde alarmante. As explicações dadas não tinham obviamente tranquilizado o conde, e ele, querendo maiores esclarecimentos, pedira a Christine Daaé que aceitasse uma visita sua. A cantora teve a audácia de responder que não podia recebê-lo, nem ao irmão. Philippe achou se tratar de um pérfido cálculo. Não perdoou Christine pelo sofrimento de Raoul, mas, sobretudo, não perdoava Raoul por sofrer por ela. Fora sem dúvida um erro seu se interessar pela cantora, cujo triunfo de uma noite permanecia, para todos, incompreensível.

Que a flor da sua boca
Pelo menos saiba dar
Um afetuoso beijo.

"É bem matreira, isso sim", disse o conde para si mesmo. E se perguntava o que ela podia estar querendo... quais suas expectativas... Era uma moça honesta, diziam não ter namorado, protetor nenhum, de qualquer tipo... aquele Anjo do Norte devia ser esperto!

Já Raoul, atrás das mãos que escondiam suas lágrimas de menino, só pensava na carta que recebera ao voltar a Paris, depois de Christine, que deixara Perros sem se despedir: "Meu querido namorado da infância, precisamos ser fortes e não mais nos vermos. Não tente falar comigo... Se porventura me ama o mínimo que seja, faça isso por mim, que nunca o esquecerei... querido Raoul. Sobretudo, nunca entre em meu camarim. Minha vida depende disso. Também a sua. Da sua Christine."

Uma trovoada de aplausos... Era Carlotta, que entrava em cena.

O ato do jardim avançava com os lances de sempre.

Quando Margarida acabou de cantar o trecho do Rei de Thule, foi aclamada. E outra vez mais ao terminar o trecho das joias:

Ah! Sorrio ao me ver
Tão bela nesse espelho...

Já segura de si, segura da presença dos amigos na sala, segura da sua voz e do seu sucesso, ela nada mais temia. Carlotta se entregou inteira, com ardor, entusiasmo, embriaguez. Sua atuação não sofria mais qualquer entrave, qualquer pudor... Não era mais Margarida, era Carmen. E, assim, foi ainda mais aplaudida, e seu duo com Fausto parecia preparar um novo sucesso. De repente aconteceu... algo pavoroso.

Fausto tinha se ajoelhado:

Deixa-me, deixa-me contemplar o teu rosto
Na pálida claridade
Em que o astro da noite, como numa bruma,
Afaga a tua beleza.

E Margarida respondia:

Ó silêncio! Ó felicidade! Inefável mistério!
Embriagante torpor!
Ouço!... E entendo essa voz solitária
Que canta em meu coração!

Nesse momento, então... nesse exato momento... algo aconteceu... algo, como eu disse, pavoroso...

... Num único movimento, a sala se pôs de pé... No seu camarote, os dois diretores não puderam controlar uma exclamação de terror... Espectadores e espectadoras se entreolhavam, parecendo procurar explicação para tão inexplicável fenômeno... O rosto de Carlotta exprimia a mais terrível dor, os olhos pareciam tomados pelo desvario. A pobre mulher se aprumou, a boca ainda entreaberta, pois por ela acabara de passar "a voz solitária que cantava em seu coração"... Mas aquela boca não cantava mais... *não se atrevia mais a uma nota sequer, um som...*

Pois aquela boca criada para a harmonia, o ágil instrumento que jamais falhara, órgão magnífico, gerador das mais belas sonoridades, dos mais difíceis acordes, das mais suaves modulações, dos ritmos mais ardentes, sublime mecânica humana à qual faltava apenas, para ser divina, o fogo do céu, único capaz de causar verdadeira emoção e elevar as almas... por essa boca acabara de passar...

Dessa mesma boca havia escapulido...

... Um sapo!

Ah! O horrível, infame, escamoso, venenoso, espumoso, espumante, crocitante sapo!...

Por onde teria entrado? Como se plantara em cima da língua? Com as patas de trás encolhidas para saltar mais alto e distante, sorrateiro, tinha vindo da laringe e... cuac!

Cuac! Cuac!... Um terrível cuac!

Pois, como podem imaginar, só se pode falar de sapo no sentido figurado. Ninguém o via, mas, por todos os infernos!, todos ouviram. Cuac!

A sala parecia ter sido emporcalhada. Nunca um batráquio, à beira de um ressonante charco, abalou a noite com um cuac mais terrível.

E, claro, era o absoluto inesperado. A grande Carlotta não podia acreditar na própria garganta nem nos próprios ouvidos. Um raio que caísse a seus pés não causaria surpresa maior que o coaxar escapulido da sua boca...

E ela se manteve à altura. É claro, um sapo aninhado na língua acaba com qualquer cantora. Já houve quem morresse em consequência disso.

Santo Deus! Quem poderia imaginar?... Carlotta cantava tão tranquilamente: "E entendo essa voz solitária que canta em meu coração!" Cantava sem o menor esforço, como sempre, com a mesma facilidade com que dizemos: "Bom dia, senhora, como tem passado?"

Não se pode negar, existem cantoras presunçosas que têm o defeito de não medir a própria força e, tomadas de orgulho, querem conseguir, com a pequena voz que o Céu lhes concedeu, efeitos excepcionais e alcançar notas que lhes foram vedadas quando vieram ao mundo. É nessa ocasião que o Céu, para puni-las e sem que elas saibam, envia-lhes na boca um sapo, um sapo que faz cuac! Todo mundo sabe disso. Mas ninguém podia admitir que uma Carlotta, possuidora de pelo menos duas oitavas na voz, pudesse passar por esse tipo de punição.

Não podiam ser esquecidos seus estridentes fás, seus *staccati* incríveis na *Flauta encantada*. Todos se lembravam do *Don Juan* em que ela, como Elvira, obteve o mais retumbante triunfo, certa noite, oferecendo o si bemol ao qual sua colega, no papel de Ana, não podia chegar. Nesse caso, realmente, o que podia ser aquele cuac no final da tranquila, plácida, mínima "voz solitária que cantava em seu coração"?

Não era normal. Havia algum sortilégio ali. Esse sapo não cheirava bem. Pobre, miserável, desesperada, aniquilada Carlotta!...

Na sala, o zum-zum-zum crescia. Não fosse Carlotta a passar por semelhante aventura, estaria sendo vaiada! Mas sendo ela, dona de respeitadíssimo instrumento, não se demonstrava raiva, mas sim consternação e pavor. As pessoas tinham que passar por esse tipo de revolta por que passaram os que assistiram à catástrofe que quebrou os braços da Vênus de Milo!... Só que nesse último caso as pessoas devem ter visto de onde veio a pancada e puderam com isso compreender...

Mas ali? O sapo era incompreensível!

Tanto que após uns segundos se perguntando se ela realmente ouvira sair da sua boca aquela nota — pode-se chamar de nota aquele som? e pode-se chamar aquilo de som, já que um som é ainda música? —, aquele barulho infernal, quis se convencer do contrário. Fora certamente uma ilusão do seu ouvido e não uma criminosa traição do seu órgão vocal...

Ela procurou em volta um refúgio, uma proteção, ou melhor, a confirmação espontânea da inocência da sua voz. Seus dedos crispados se dirigiram à própria garganta num gesto de defesa e de protesto. Não! não! Aquele cuac não era seu! E tudo indicava que Carolus Fonta tinha a mesma opinião, pois olhava para ela com uma expressão inenarrável de estupefação infantil e gigantesca. Afinal, ele estava ali bem perto. Em momento algum se afastara. Talvez pudesse dizer como semelhante coisa havia acontecido! Não, não podia! Seus olhos estavam arregaladamente pregados à boca de Carlotta, como olhos de crianças hipnotizadas pela inesgotável cartola de um mágico. Como, numa boca tão pequena, podia caber um cuac tão imenso?

Tudo isso: sapo, cuac, emoção, terror, rumores na sala, confusão no palco, nos bastidores — alguns colegas apareciam espantados por trás das cortinas —, tudo que aqui descrevo em detalhes durou uns poucos segundos.

Uns segundos horríveis que sobretudo aos dois diretores pareceram, lá no alto, no camarote nº 5, intermináveis. Moncharmin e Richard estavam lívidos. O episódio inaudito e que permanecia inexplicável os enchia de uma aflição ainda mais misteriosa, por eles se sentirem sob a influência direta do Fantasma.

Haviam sentido seu alento. Alguns fios de cabelo de Moncharmin tinham se arrepiado com o bafo... E Richard passara o lenço na testa, que gotejava... Tinham certeza, ele estava ali... ao redor... atrás, ao lado, podiam senti-lo sem ver!... Ouviam sua respiração... e bem perto, bem próxima! *Sabe-se quando alguém está presente*... Pois bem, eles agora sabiam! *Tinham certeza de naquele momento serem três no camarote*... Tremiam por causa dessa certeza... Queriam fugir... não se atreviam... Não arriscavam um movimento, nem pronunciavam o que fosse, indicando ao Fantasma que sabiam da sua presença... O que ia acontecer? O que se passaria?

O que aconteceu e se passou foi o cuac! Acima de todos os ruídos da sala ouviu-se a dupla exclamação de horror dos diretores. *Eles se sentiam sob o poder do Fantasma.* Debruçados no parapeito do camarote, Richard e Moncharmin olhavam Carlotta como se não a reconhecessem. Aquela emissária do Inferno devia, com o seu cuac, ter dado sinal para o início de alguma catástrofe. A catástrofe era esperada! O Fantasma tinha avisado! A sala fora amaldiçoada! O peito dos dois diretores ofegava sob o peso da iminência da catástrofe. Ouviu-se a voz sufocada de Richard gritar para Carlotta:

— Vamos! Continue!

Mas não, Carlotta não continuou... Voltou, brava e heroicamente, ao verso fatal em que, na conclusão, aparecera o sapo.

Um silêncio assustador se sobrepôs a tudo. Apenas a voz de Carlotta preencheu novamente a nave sonora:

Ouço...
(a sala inteira também ouvia)
...E entendo essa voz solitária (cuac!)
Cuac!... que canta em meu... cuac!

Também o sapo voltara.

A sala explodiu num prodigioso tumulto. Despencando de volta nas suas poltronas, os diretores sequer ousavam se virar para trás. Não tinham força para tanto. O Fantasma ria, colado à nuca dos dois! E eles distintamente ouviram, na orelha direita, a impossível voz, a voz sem boca, que disse:

— É de fazer despencar o lustre a maneira como ela canta esta noite!

Num simultâneo movimento, os dois ergueram os olhos para o teto e soltaram um grito tremendo. O lustre, o volumoso lustre escorregava na direção deles, ao chamado da voz satânica. Solto, precipitou-se das alturas da sala para se espatifar no meio da plateia entre mil clamores. Foi o pânico, um salve-se quem puder generalizado. Nesse relato, minha intenção de forma alguma é a de reviver esse momento histórico. Basta, aos curiosos, abrir os jornais da época. Contaram-se muitos feridos e um morto.

O lustre esmagou a cabeça da infeliz que naquela noite vinha pela primeira vez na vida à Ópera, aquela que fora designada pelo sr. Richard como substituta de dona Giry, responsável pelo conforto e pela ordem no camarote do Fantasma. A mulher teve morte imediata, e no dia seguinte um jornal estampou a seguinte manchete: *Duzentos mil quilos na cabeça da zeladora de um edifício!* Foi uma completa oração fúnebre.

Capítulo IX

O misterioso cupê

Aquela noite trágica foi ruim para todo mundo. Carlotta caiu de cama. Christine Daaé desapareceu após a apresentação. Quinze dias se passaram sem que voltassem a vê-la no teatro ou em qualquer outro lugar.

Que não se confunda esse primeiro desaparecimento, ocorrido sem escândalo, com o famoso sequestro que aconteceu pouco depois de modo tão inexplicável e trágico.

Raoul foi o primeiro, naturalmente, a nada entender da ausência da diva. Ele escreveu para ela, ao endereço da sra. Valérius, sem obter resposta. Nada o surpreendeu muito de início, já que sabia do estado de espírito em que ela se encontrava e da decisão de cortar toda relação com ele, que, aliás, continuava sem entender o motivo.

Sua dor só fez aumentar, e ele acabou também se preocupando por não ver a cantora em programa nenhum. *Fausto* foi novamente apresentado sem a sua participação. Certo dia, por volta das cinco horas da tarde, ele foi se informar com a direção da Ópera sobre o desaparecimento da cantora. Encontrou os diretores desanimados, e nem os amigos os reconheciam mais: tinham perdido toda a alegria e o entusiasmo. Atravessavam o teatro cabisbaixos, preocupados, as faces pálidas como se estivessem sendo perseguidos por algum abominável pensamento ou fossem vítimas de uma iniquidade do destino, dessas que colam no sujeito e não o largam mais.

A queda do lustre tinha acarretado muitos transtornos, mas era difícil fazer com que os diretores se explicassem sobre o assunto.

Segundo o resultado da investigação, tratou-se de um acidente causado pelo desgaste dos cabos de suspensão, mas é verdade que seriam uma obrigação dos ex-diretores, assim como dos novos, constatar esse desgaste e remediá-lo antes que ocorresse a catástrofe.

Mas devo dizer que os srs. Richard e Moncharmin pareciam naquela época tão mudados, tão distantes... tão misteriosos... tão incompreensíveis que muitos *habitués* acharam haver algo ainda pior que a queda do lustre para transformar tão profundamente os diretores.

Nas relações do dia a dia, eles se mostravam mais impacientes, exceto com a dona Giry, que tinha sido reintegrada em suas antigas funções. Pode-se então imaginar como receberam o visconde de Chagny ao saberem que ele queria notícias de Christine. Limitaram-se a dizer que a cantora estava de licença. Raoul perguntou por quanto tempo e recebeu resposta bastante seca: era uma licença por tempo ilimitado, solicitada por razões de saúde.

— Christine então está doente! — alarmou-se ele. — O que ela tem?

— Não sabemos!

— Não foi atendida pelo médico do teatro?

— Ela não o chamou, e como goza de toda nossa confiança aceitamos sua palavra.

O caso não pareceu natural a Raoul, que deixou a Ópera abalado pelos mais sombrios pensamentos. Resolveu, pouco se importando com o que pudesse acontecer, ir ver a sra. Valérius. Ele se lembrava perfeitamente dos termos enérgicos da carta de Christine, proibindo qualquer tentativa de vê-la. Mas tudo por que havia passado em Perros, que ouvira atrás da porta do camarim, além da conversa que tiveram na orla da cidadezinha, o fazia pressentir alguma maquinação que, mesmo diabólica, continuava sendo muito humana. A imaginação exaltada da jovem, sua alma meiga e crédula, a formação infantil cercada de lendas nórdicas, a permanente lembrança do pai morto e, principalmente, o estado de êxtase sublime em que a música a deixava quando manifestada sob certas condições excepcionais — ele próprio não presenciara isso no cemitério? —, tudo isso parecia constituir um terreno moral propício a iniciativas maldosas de algum misterioso e inescrupuloso personagem. De quem estava sendo vítima Christine Daaé? Era a pergunta, bastante judiciosa, que Raoul se fazia, apressado, a caminho da casa da sra. Valérius.

Pois o visconde via o mundo da forma mais sensata. Era poeta e gostava de música, mesmo naquilo que ela tem de mais aéreo, adorava velhos contos bretões em que dançam *korrigans* e acima de tudo estava apaixonado por Christine Daaé, sua pequena fada do Norte. Mas nem por isso acreditava no sobrenatural, exceto em matéria de religião. A mais fantástica história do mundo não o faria esquecer que dois mais dois somam quatro.

O que descobriria na casa da sra. Valérius? Ele estava nervoso ao bater à porta do pequeno apartamento da rua Notre-Dame-des-Victoires.

A camareira, que certa noite ele havia visto sair do camarim de Christine, foi quem abriu. Ele perguntou se a sra. Valérius poderia recebê-lo. A moça respondeu que a dona da casa estava de cama, indisposta.

— Por favor, passe a ela meu cartão — pediu ele.

Não precisou esperar muito. A camareira voltou e o levou a uma saleta bastante escura, sumariamente mobiliada, em que os retratos do prof. Valérius e o do velho Daaé ficavam frente a frente.

— A senhora pede que o visconde a desculpe — explicou a moça —, mas ela só poderá recebê-lo no quarto, pois suas pobres pernas não a sustentam mais.

Cinco minutos depois, Raoul foi levado a um cômodo quase sem claridade onde imediatamente distinguiu, na penumbra, a benfeitora de Christine. Os cabelos estavam totalmente brancos, mas os olhos não haviam envelhecido: não, pelo contrário, pareceram mais claros, puros e infantis.

— Senhor de Chagny! — foi como ela alegremente o recebeu, estendendo as duas mãos ao visitante. — O Céu o enviou! Poderemos falar *dela*.

Essa última frase soou ao ouvido do rapaz de forma bem lúgubre. Ele imediatamente perguntou:

— Senhora... onde está Christine?

A boa senhora respondeu com toda a naturalidade:

— Com o seu "gênio benfazejo"!

— Qual gênio? — assustou-se o infeliz Raoul.

— Ora! O *Anjo da Música*!

Desanimado, o visconde de Chagny se sentou como pôde numa poltrona. Christine então estava com seu *Anjo da Música*! E a velha

Valérius, na cama, sorria levando um dedo à boca, pedindo discrição. Acrescentou:

— Não deve repetir isso a ninguém!

— Pode contar comigo! — tranquilizou-a Raoul, sem saber bem o que dizia, pois suas ideias sobre Christine, já bastante confusas, embaralhavam-se cada vez mais. Ele teve a impressão de que tudo girava a seu redor, ao redor daquele quarto, ao redor daquela boa e extraordinária mulher de cabelos brancos, olhos de céu azul-claro, olhos de céu vazio... — Pode contar comigo...

— Eu sei, eu sei! — disse ela, com um bom sorriso de felicidade. — Mas chegue aqui perto, como quando era menino. Dê-me as mãos como quando repetiu para mim a história da pequena Lotte, contada por Daaé. Eu gosto muito do senhor, e Christine também!

— É, ela gosta de mim... — suspirou o jovem, que com dificuldade juntava o *gênio* da velha Valérius ao Anjo que Cristine tinha mencionado de maneira tão estranha, a caveira dos degraus do altar principal de Perros surgida numa espécie de pesadelo e também o *Fantasma da Ópera*, de quem ouvira falar uma noite depois do espetáculo no palco, a dois passos de um grupo de maquinistas que comentavam a descrição cadavérica feita por Joseph Buquet antes do seu misterioso fim, enforcado...

Ele perguntou em voz baixa:

— O que faz a senhora achar que Christine gosta de mim?

— Ela diariamente o mencionava!

— É mesmo? Dizendo o quê?

— Por exemplo, ela contou que o senhor se tinha declarado...

A boa mulher começou a rir alto, mostrando todos os dentes, ainda intactos. Raoul se levantou ruborizado, sofrendo terrivelmente.

— Ora, aonde está indo?... Sente-se, acha que pode ir embora assim? Se foi porque eu ri, me desculpe. Afinal, o que aconteceu não é culpa sua... O senhor não sabia... É jovem... e achou que Christine estivesse livre...

— Christine está noiva? — perguntou o infeliz Raoul, com voz aflita.

— Não, de jeito nenhum! Deve saber que Christine, mesmo que quisesse, não pode se casar.

— Como? E por que saberia? Por que não poderia se casar?

— Ora, por causa do *Gênio da Música*!

— Ele? Outra vez?

— Ele mesmo! Ele a proíbe!

— Ele a proíbe! O Gênio da Música proíbe que Christine se case!

Raoul avançou na direção da sra. Valérius com o maxilar para a frente como se fosse mordê-la. Se a sua vontade fosse essa, não a olharia de maneira mais feroz. Há momentos em que uma grande inocência parece tão monstruosa que se torna odiosa. A sra. Valérius estava, de fato, sendo inocente demais.

Mas não se deu conta do olhar terrível que a fixava e continuou da maneira mais tranquila:

— Bem, ele a proíbe... sem realmente proibir. Apenas deixa claro que, se isso acontecer, ela não o ouvirá mais. Só isso! Ele se iria para sempre... Então é compreensível, ela não quer perder o *Gênio da Música*. Nada mais natural.

— Sei. — Com um suspiro, Raoul procurou se controlar. — Nada mais natural.

— Aliás, achei que Christine lhe tivesse dito tudo isso quando se encontraram em Perros, aonde ela foi com o Gênio benfazejo.

— Ah! Ela foi a Perros com o "Gênio benfazejo"?

— Ele na verdade marcou de encontrá-la no túmulo de Daaé, no cemitério! Prometeu tocar para ela *A ressurreição de Lázaro* no violino do seu pai!

O visconde de Chagny se levantou e, com toda autoridade, exclamou peremptoriamente:

— Senhora, me diga onde mora esse tal Gênio!

Ela não demonstrou a menor surpresa com a pergunta ab-rupta. Ergueu os olhos e respondeu:

— No céu!

Tanta candura o desconcertou. Aquela simples e perfeita fé num gênio que todas as noites descia do céu para frequentar camarins de artistas da Ópera o deixou pasmo.

Ele só então percebeu qual estado de espírito podia ser o da jovem, criada por um músico de feira supersticioso e uma benfeitora "iluminada". Era assustador pensar nas consequências de tudo isso.

— Christine ainda é virgem? — Raoul não pôde evitar a pergunta.

— Pelo Paraíso, juro que sim! — exclamou a enferma, sentindo-se pessoalmente ofendida. — E, se o senhor tem dúvida quanto a isso, não sei o que faz aqui!

Raoul descalçou as luvas.

— Há quanto tempo ela se comunica com esse "Gênio"?

— Há uns três meses mais ou menos... É, ele lhe dá aulas há uns três meses!

O visconde estendeu os braços num gesto de imensa aflição e depois os deixou cair, desalentado.

— O Gênio dá aulas! E onde isso se passa?

— Agora que ela se foi com ele, não sei dizer, mas até 15 dias atrás era no próprio camarim de Christine. Esse apartamento é pequeno, seria impossível, todos os ouviriam, enquanto na Ópera, às oito horas da manhã, ninguém os incomoda, entende?

— Entendo, entendo! — exclamou o visconde, se despedindo de qualquer maneira da velha senhora, que se perguntava se o rapaz não seria meio lunático.

Atravessando a sala, Raoul se deparou ainda com a camareira e por um instante pensou em lhe fazer perguntas, mas percebeu um vago sorriso em seus lábios. Provavelmente zombava dele. Foi-se rápido. Já não sabia o suficiente? Quis obter informações, então, o que mais podia esperar? Retomou a pé o caminho de volta, chegando à casa do irmão num estado lamentável...

Sua vontade era a de se castigar, bater com a cabeça na parede! Tinha acreditado tanto na inocência, na pureza! Por um momento tentara tudo explicar pela ingenuidade, pela simplicidade do coração, pela candura imaculada! Gênio da Música! Agora sabia de quem se tratava! Podia até vê-lo! Sem sombra de dúvida algum infame tenor de boa aparência e cheio de trejeitos para cantar! Raoul se sentiu totalmente ridículo e infeliz. Ah, que miserável, ínfimo, insignificante e tolo jovenzinho, o senhor visconde de Chagny! E ela, que audaciosa e satanicamente esperta criatura!

De qualquer maneira, percorrer as ruas quase correndo surtira bom efeito e havia acalmado um pouco o tumulto do seu cérebro. Entrando no quarto, tudo que queria era se jogar na cama e abafar seus soluços. Mas o irmão estava em casa, e Raoul caiu em seus braços como um bebê. Foi paternalmente consolado sem qualquer pedido de explicação e, diga-se de passagem, seria embaraçoso contar ao conde a história do *Gênio da Música*. Há coisas das quais não nos orgulhamos, e outras também em que há humilhação demais a se lamentar.

O conde levou o irmão para jantar num cabaré. No estado em que se encontrava, é provável que Raoul recusasse naquela noite qualquer convite assim, mas o irmão contou que na noite anterior Christine tinha sido vista em galante companhia, passeando numa alameda do *Bois de Boulogne*. O visconde de início não quis acreditar, mas os detalhes foram tais que não houve mais como negar. Afinal, era algo perfeitamente banal. A cantora estava num cupê, com o vidro da janela abaixado. Parecia respirar profundamente o ar gelado da noite. Havia um maravilhoso luar, e Christine fora perfeitamente reconhecida. Do seu acompanhante só se percebia a vaga silhueta na penumbra da cabine. O carro seguia ao passo por uma alameda deserta, por trás das tribunas do hipódromo.

Raoul se vestiu correndo, pronto para esquecer suas misérias e se lançar, como se diz, no "turbilhão dos prazeres". Mas, infelizmente, se revelou lastimável companhia. Deixando o irmão bem cedo, por volta das dez da noite já se aboletara num carro de aluguel e estava nos fundos das tribunas do hipódromo do *Bois de Boulogne*.

Fazia um frio dos diabos. A alameda parecia deserta e bastante iluminada pela lua. Ele deu ordem ao cocheiro para que pacientemente o esperasse na esquina de um pequeno caminho adjacente e, da maneira mais discreta possível, começou a andar por ali.

Com menos de meia hora desse saudável exercício, um carro, vindo de Paris, apareceu numa esquina da estrada e, no passo tranquilo do seu cavalo, tomou a sua direção.

Ele imediatamente pensou: é ela! Seu coração começou a dar grandes batidas surdas, como as que já haviam batido no seu peito quando ele ouviu a voz masculina do outro lado da porta do camarim... Deus do céu, como a amava!

O carro se aproximava. Ele não se movia, apenas esperava... Caso fosse quem ele imaginava, estava decidido a saltar na cabeça do cavalo!... Custasse o que custasse, o Anjo da Música teria que se explicar!

Alguns passos mais, e o cupê estaria ao seu lado. Não podia mais haver dúvida, era ela... De fato, uma mulher tinha a cabeça à janela.

A lua de repente proporcionou uma pálida claridade.

— Christine!

O sagrado nome do seu amor brotou dos lábios e do coração. Raoul não pôde evitar. Tentou contê-lo, pois esse nome lançado na noite foi como o sinal aguardado pelo cocheiro para partir em louca disparada, com o carro passando à sua frente sem que pudesse pôr em execução o projeto de parar o cavalo. O vidro da portinhola foi erguido, a jovem à janela havia desaparecido, e o cupê atrás do qual ele corria logo se tornou um pontinho escuro na estrada clara.

Ele mais uma vez chamou:

— Christine!

Resposta nenhuma. E ele parou de correr, tendo em volta apenas o silêncio.

Raoul olhou com desespero para o céu, para as estrelas; bateu com o punho no peito em chamas: ele amava e não era amado!

Tristemente considerou a estrada desolada e fria, a noite pálida e morta. Nada, porém, parecia mais frio e mais morto que o seu próprio coração: havia amado um anjo e tinha que desprezar uma mulher!

Amigo, como aquela fadinha do Norte zombou de ti! Não vês, não vês? De que adianta ter face tão juvenil, expressão tão tímida e sempre prestes a se cobrir com o véu ruborizado do pudor, mas passear na noite solitária dentro de um cupê de luxo na companhia de um misterioso amante? Não deveria haver limites sagrados contra a hipocrisia e a mentira?... Não deveria ser proibida de guardar os olhos límpidos da infância quem tem alma de cortesã?

... Ela passara sem responder a seu chamado...

E, aliás, por que ele estava ali no meio da estrada?

Com que direito se impunha à frente dela, que só pedia o seu esquecimento, com a crítica que a sua presença representava?

— Suma! Desapareça! Você nada significa!

Ele pensava em morrer e tinha apenas vinte anos! O criado o surpreendeu de manhã, sentado na cama. O visconde não se despira para dormir, e o camareiro se alarmou ao vê-lo, pois tudo indicava a iminência de um desastre. Raoul arrancou das suas mãos a correspondência trazida numa bandeja. Tinha reconhecido uma carta, um papel, uma letra. Christine dizia:

Meu amigo, esteja depois de amanhã no baile a fantasia da Ópera e à meia-noite vá ao pequeno salão que fica atrás da lareira do grande foyer. *Mantenha-se de pé ao lado da porta que leva à Rotunda. Não fale desse encontro com absolutamente ninguém. Vista um dominó branco, bem coberto por uma máscara. Por minha vida, não podem reconhecê-lo.*

Christine.

Capítulo X

O baile a fantasia

O envelope, todo sujo de lama, não tinha selo algum. "Para ser entregue ao sr. visconde Raoul de Chagny" — e o endereço a lápis. Provavelmente tinha sido jogado na esperança de que alguém o achasse e levasse ao destinatário. E foi o que aconteceu. O bilhete tinha sido encontrado numa calçada da praça da Ópera. Raoul o releu febrilmente.

Não era preciso mais para que voltasse a sonhar. A terrível imagem que ele por um instante criara de uma Christine negligente consigo mesma cedeu lugar à anterior, de uma infeliz e inocente criança, vítima de uma imprudência e de demasiada sensibilidade. Até que ponto, naquele momento, ela de fato era vítima? De quem era prisioneira? Para qual abismo tinha sido levada? Raoul se fazia essas perguntas sob cruel angústia, mas a dor lhe parecia suportável, comparada ao delírio que tomava conta dele quando pensava numa Christine hipócrita e mentirosa. O que teria acontecido? Sob qual influência ela se encontrava? Qual monstro a sequestrara e com quais armas?

Com quais armas, senão aquelas ligadas à música? Com certeza! Quanto mais pensava, mais se convencia de ser o melhor caminho para descobrir a verdade. Como esquecer o tom com que, em Perros, ela havia falado da visita do enviado celeste? E a própria história de Christine, nos últimos tempos, não ajudava a esclarecer as trevas em que ele se debatia? Estaria ignorando o desespero em que a morte do pai a havia mergulhado e a consequente repulsa a todas as coisas da vida e até da arte? Ela conseguira se formar no Conservatório, mas apenas como uma máquina que canta, sem alma. De repente, porém, viera o despertar, como sob o efeito de uma intervenção divina. O Anjo da Música tinha vindo!... Ela canta o papel de Margarida no *Fausto* e triunfa! O Anjo da Música! Quem, nesse caso, se fazia passar pelo maravilhoso Gênio? Quem, informado da lenda tão querida do velho Daaé, se utilizava disso a ponto de tornar a jovem mero instrumento sem defesa e que o monstro fazia vibrar como bem entendia?

Pensando melhor, Raoul concluiu que semelhante aventura não chegava a ser excepcional. Lembrou-se da história da princesa Belmonte, que ao perder o marido se desesperou a ponto de cair num estado de aparvalhamento. Em um mês a princesa não conseguia mais falar nem chorar. A inércia física e moral se agravava a cada dia, e o enfraquecimento da razão pouco a pouco implicaria no aniquilamento da vida. Diariamente, no final da tarde, a doente era levada ao jardim, mas ela sequer parecia entender onde se encontrava. Raff, o maior cantor da Alemanha, que fazia turnê em Nápoles, quis conhecer esse jardim, famoso pela beleza. Uma das acompanhantes da princesa pediu que o grande artista cantasse, sem aparecer, escondido pelas árvores, perto de onde ela se encontrava. Raff consentiu e entoou uma canção simples, que por acaso o príncipe cantava nos primeiros dias do casamento. Era algo expressivo e tocante. A melodia, a letra, a voz admirável do cantor, tudo se juntou e agiu profundamente na alma da princesa. Lágrimas subiram a seus olhos... Ela chorou, foi salva e achou que o marido, naquele fim de tarde, tinha descido do céu e cantado para ela a antiga canção!

"Isso mesmo... naquele fim de tarde! Um fim de tarde", pensou Raoul, "num único fim de tarde...". Mas essa bela imaginação não teria se sustentado se a experiência se repetisse...

A princesa, a sonhadora e dolente princesa de Belmonte, teria acabado descobrindo Raff atrás das árvores se voltasse todos os dias durante três meses...

E por três meses o Anjo da Música dera aulas a Christine... Sem dúvida, um professor pontual!... E agora a levava para passear pelo *Bois de Boulogne*!

Com os dedos crispados no peito, onde batia o coração inchado de ciúmes, Raoul arranhava a pele. Inexperiente, se perguntava, apavorado, para qual novo jogo a moça o convidava. E até que ponto uma cantorazinha da Ópera podia zombar de um bom rapaz, novato nas coisas do amor? Quanta miséria!...

O pensamento de Raoul ia então de um extremo a outro. Ele não sabia mais se lamentava Christine ou se a maldizia, e ora a lamentava, ora a maldizia. Por via das dúvidas, providenciou uma roupa de dominó branco.

A hora marcada finalmente chegou. Com o rosto escondido por uma máscara que se prolongava com uma comprida e grossa renda, todo "pierrotado" de branco, o visconde se sentia bem ridículo vestido com aquela fantasia de carnavais românticos. Um homem elegante não se disfarça assim para o baile da Ópera. Era grotesco. Um pensamento o consolava: não o poderiam realmente reconhecer! Além disso, aquela roupa e a máscara tinham outra vantagem: Raoul podia assim perambular como se "estivesse em casa", sozinho, com a alma tumultuada e tristeza no coração. Não precisaria fingir, não teria que estar sempre compondo uma máscara para o seu rosto: ela já estava ali!

O baile era uma festa excepcional, antes dos dias de Carnaval propriamente, festejando o aniversário de um ilustre caricaturista dos festejos antigos, um colega de Gavarni que imortalizara os foliões e o baile popular nas ruas da Courtille. Assim sendo, tudo devia ser mais alegre, mais barulhento e mais desregrado que os bailes de máscaras comuns. Vários artistas marcavam de se encontrar ali, levando junto muitas modelos e seus jovens pintores, que por volta da meia-noite levavam a folia ao ápice.

Raoul subiu a grande escadaria cinco minutos antes da meia-noite, sem qualquer curiosidade em relação ao espetáculo de roupas multicoloridas que tomava todos os degraus de mármore num dos mais suntuosos cenários do mundo. Nenhuma máscara engraçada chamou sua atenção, ele não respondeu a nenhum gracejo e afastou as tentativas de aproximação de vários casais já exageradamente alegres. Depois de atravessar o grande *foyer* e escapar de uma farandola que a certa altura o cercou, conseguiu afinal chegar ao salão que Christine indicara no bilhete. Uma multidão enchia o espaço apertado, pois era o caminho de quem ia jantar na Rotunda ou voltava do bufê onde o champanhe era servido. Era um tumulto acalorado e alegre. Raoul notou que Christine havia preferido, para o misterioso encontro, aquela agitação e não um canto isolado: com todos usando máscaras, tornava-se ainda mais fácil se passar despercebido.

Ele se apoiou na porta e esperou. Não por muito tempo. Um dominó negro passou e rapidamente apertou a ponta dos seus dedos. Ele entendeu ser a cantora.

Seguiu-a.

— É você, Christine? — perguntou ele, com a boca semicerrada.

O dominó se voltou de imediato e ergueu o dedo até a altura dos lábios, provavelmente para recomendar que não repetisse seu nome.

Raoul continuou a segui-la, em silêncio.

Tinha medo de perdê-la depois de um reencontro tão incomum. Sem qualquer rancor ou raiva. Nem pensava mais no peso que ela certamente carregava na consciência, curioso apenas com aquele estranho e inexplicável comportamento. Estava disposto a tudo perdoar, da maneira mais liberal e frouxa. Ele simplesmente a amava. E com certeza logo teria uma explicação naturalíssima para uma ausência tão singular…

De vez em quando o dominó negro olhava para trás para confirmar a presença do dominó branco.

Atrás da sua guia, Raoul voltou a atravessar o grande *foyer* e não pôde deixar de notar, entre todos os aglomerados de gente, um em particular… entre todos os grupos que buscavam as mais doidas extravagâncias, um que se formara em torno de um personagem cujo disfarce, mais as estranhas maneiras e o aspecto macabro, causava sensação…

O tal personagem estava inteiramente vestido de escarlate, com um imenso chapéu de plumas numa caveira. Que bela imitação de caveira! Os foliões a seu redor o aplaudiam, era um sucesso! Perguntavam qual grande artesão, qual ateliê, provavelmente frequentado por Plutão, tinha desenhado e feito a maquiagem de uma caveira como aquela! A própria Morte devia ter servido de modelo.

O homem da caveira, do chapéu de plumas e da roupa escarlate arrastava uma imensa capa de veludo, cuja vermelhidão se espalhava soberana pelo piso. Nessa capa lia-se uma frase bordada com letras douradas que todos liam e repetiam: “Não toque em mim! É a Morte Vermelha que passa.”

Alguém quis tocá-lo… mas uma mão esquelética brotou de uma das mangas púrpuras, agarrou brutalmente o pulso do afoito, que sentiu a empunhadura ossuda, a força extraordinária da Morte, que não o largava mais, apesar do seu grito de dor e de pavor. A Morte Vermelha finalmente o soltou, e ele fugiu dali como um louco, sob risos e deboches. Nesse momento Raoul passava pelo fúnebre personagem, que justamente acabava de se virar na sua direção. Ele quase deixou escapar um grito: "A caveira de Perros-Guirec!" Era a mesma! Ele quis ir até ela, até deixando Christine de lado, mas o dominó negro, que parecia igualmente em estado de tensão, agarrou seu braço e puxou… puxou para longe do *foyer*, longe da multidão demoníaca, longe da Morte Vermelha…

A todo instante o dominó negro se virava e duas vezes pareceu perceber alguma coisa, pois apressava ainda mais os passos, e os de Raoul, como se estivessem sendo perseguidos.

Desse modo subiram dois andares. Escadas e corredores estavam agora mais ou menos desertos. O dominó negro empurrou a porta de um camarim e fez sinal para que o dominó branco o acompanhasse. Christine (pois era ela, Raoul reconheceu a voz) fechou imediatamente a porta, dizendo em voz baixa que ele permanecesse nos fundos do cômodo, sem chamar a atenção. Raoul tirou a máscara, Christine manteve a sua. No momento em que ia pedir que também mostrasse o rosto, se surpreendeu vendo-a se encostar na divisória para ouvir com cuidado o que se passava ao lado. Em seguida ela entreabriu a porta e olhou no corredor, dizendo em voz baixa:

— Deve ter subido para o "camarim dos cegos"…

Mas de repente, se assustou:

— Está descendo de novo!

Quis fechar a porta, mas Raoul a impediu, pois tinha visto, no degrau mais alto que levava ao andar superior, *um pé vermelho*, e depois outro… Lenta e majestosamente descia toda a indumentária escarlate da Morte Vermelha. A caveira de Perros-Guirec.

— É ele! E dessa vez não vai escapar — disse o rapaz.

Mas Christine tinha fechado a porta no momento em que Raoul tentava sair. Ele ainda tentou tirá-la do caminho.

— Como assim, "ele"? — perguntou a moça, com a voz totalmente alterada. — Quem não vai escapar?

Raoul tentou brutalmente afastá-la, mas a jovem o empurrou com uma força inesperada... Ele entendeu, ou achou entender, e ficou furioso.

— Quem? — respondeu ele com raiva. — Ele! O homem que se esconde sob essa infame aparência mortuária! O gênio mau do cemitério de Perros! A Morte Vermelha! O seu amigo, senhora... *O seu Anjo da Música!* Mas vou arrancar essa sua máscara, assim como tirarei a minha, e vamos nos enfrentar, dessa vez cara a cara, sem véus, sem mentiras, para que eu saiba a quem você ama e quem a ama!

Ele deu um riso de louco enquanto Christine, sob sua máscara, deixava escapar um doloroso gemido. Mas com um gesto trágico ela estendeu os braços, formando uma barreira de carne e osso diante da porta.

— Em nome do nosso amor, Raoul, não passe!

Ele parou. O que ela havia dito? "Em nome do nosso amor?" Nunca até então ela tinha dito que o amava. E, no entanto, não faltaram ocasiões para isso! Já o havia visto infeliz e em lágrimas, implorando uma palavra de esperança, e ela não viera. Já o havia visto doente, quase morto de pavor e de frio, depois da noite no cemitério de Perros. Por acaso ficara a seu lado nos momentos em que ele mais precisava de atenção? Não! Tinha simplesmente ido embora! E agora dizia amá-lo! Falava "em nome do nosso amor". Como assim? Sua única finalidade era ganhar alguns segundos... dar tempo para que a Morte Vermelha escapasse... Nosso amor? Uma mentira!

E ele disse, num tom infantil de raiva:

— A senhorita mente! Não me ama nem nunca me amou! Só mesmo um pobre infeliz rapazote como eu para ser enganado, para ser trapaceado como fui! Por que pela atitude, pela alegria do olhar e até pelo silêncio me deu tantas esperanças em nosso primeiro encontro em Perros? E me refiro a esperanças honestas, senhorita, pois sou homem honrado e a acreditava mulher honrada, enquanto tudo que fez foi zombar de mim! E pior, zombou de todo mundo! É vergonhosa a maneira como abusou inclusive da candura de coração da sua benfeitora, que continua a acreditar em tudo, e a senhorita, no entanto, se diverte no baile da Ópera com a Morte Vermelha! É desprezível!

E ele se desfez em prantos. Christine deixou que a insultasse, pois pensava em apenas uma coisa: fazer com que ele não saísse.

— Você um dia me pedirá desculpas por essas palavras más, Raoul, e eu o perdoarei.

Ele balançou a cabeça.

— Não posso entender, você me enlouquece! Quando penso que tudo que eu queria na vida era dar meu nome a uma cantorazinha da Ópera!

— Raoul! Pobre amigo...

— Morrerei de vergonha!

— Pelo contrário, viva, meu amigo — disse ela, com voz grave e alterada. — Adeus!

— Adeus, Christine!

— Adeus, Raoul!

Ele avançou para sair, com um passo vacilante, mas quis acrescentar ainda algum sarcasmo:

— Claro, permitirá que eu venha de vez em quando aplaudi-la.

— Não cantarei mais, Raoul!

— É mesmo? — continuou ele, com mais ironia ainda. — Conseguiu que lhe deem tempo livre: parabéns! Mas nos veremos no *Bois de Boulogne* numa noite qualquer.

— Nem lá, nem em outro lugar, Raoul. Não me verá mais!

— E pode-se pelo menos saber para quais trevas retorna? Para qual inferno está de partida, misteriosa senhorita? Ou para qual paraíso?

— Vim esta noite para lhe dizer... meu amigo... mas não posso mais. Você não acreditaria, perdeu a fé em mim, Raoul, está terminado!

Ela disse "Está terminado!" com tanto desespero na voz que o rapaz estremeceu, e o remorso por sua atitude começou a perturbá-lo.

— Mas, enfim — voltou ele —, não vai dizer o que significa tudo isso? Você é livre, nada a impede... Passeia pela cidade... veste uma fantasia para o baile... Por que não volta para casa? O que fez nesses 15 dias? Que história é essa de Anjo da Música que contou à sra. Valérius? Alguém deve tê-la enganado, abusando da sua credulidade... Vi isso em Perros... mas agora você já sabe. Parece saber o que quer, Christine... Sabe o que faz. Sua benfeitora continua a esperá-la, fala de um "Gênio benfazejo"! Explique-se, Christine, por favor! Outros podem ser enganados. Que comédia é essa?

Christine apenas tirou a máscara e disse:

— É uma tragédia, meu amigo!

Só então Raoul viu o seu rosto e não pôde impedir uma exclamação de surpresa e aflição. A antiga coloração suave desaparecera. Uma palidez mortal se sobrepusera aos traços que eram tão encantadores e meigos, reflexos de um espírito sereno e de uma consciência tranquila. Como agora se mostravam atormentados! Um sulco de dor os havia cruelmente marcado, e os belos olhos claros de Christine, antes límpidos como os lagos que eram as íris da pequena Lotte, pareciam ter uma profundeza obscura, misteriosa e insondável, cercados por uma sombra terrivelmente triste.

— Minha amiga! Minha amiga! Prometeu que me perdoaria — gemeu ele, estendendo os braços.

— Pode ser... Um dia, talvez... — disse ela, recolocando a máscara e saindo, não sem antes proibir, com um gesto, que a seguisse.

Foi, mesmo assim, o que ele quis fazer, e a jovem se voltou, repetindo o sinal de despedida com tamanha e soberana autoridade que o paralisou.

Raoul a viu se afastar e em seguida também desceu para onde estava a multidão, sem saber bem o que fazia, com as têmporas latejando, o coração dilacerado. No salão perguntou se não haviam visto a Morte Vermelha, e lhe perguntavam: "Quem é a Morte Vermelha?" Ele explicava: "Alguém fantasiado com uma cabeça de caveira e uma grande capa vermelha." A resposta era sempre a de que a Morte Vermelha acabara de passar por ali, arrastando sua capa real, mas não estava mais em lugar algum. Por volta das duas da manhã, Raoul voltou ao corredor que, por trás do palco, levava ao camarim de Christine Daaé.

Os passos o conduziam àquele local onde havia começado o seu sofrimento. Bateu à porta. Não houve resposta, e ele entrou, como havia feito quando procurou por todo lugar *a voz de um homem*. O camarim estava deserto. Um bico de gás fora deixado aceso com a chama mínima. Numa mesinha havia um bloco de papel de cartas. Ele pensou em escrever a Christine, mas ouviu passadas no corredor. Teve tempo apenas de se esconder no canto em que ficava a cama, separada do restante do camarim apenas por uma cortina. Alguém abriu a porta do corredor. Era Christine!

Sua respiração ficou em suspenso. Queria ver! Queria saber! Algo lhe dizia que ia assistir a uma parte do mistério e poderia, quem sabe, começar a entender...

Christine entrou, tirou a máscara com um gesto de cansaço e a deixou em cima da mesinha. Deu um suspiro e descansou sua bela cabeça entre as mãos. Em que pensava? Em Raoul? Não, pois ele a ouviu murmurar:

— Pobre Érik!

Primeiro, Raoul achou ter ouvido mal, certo de ser o único que se podia lamentar ali. Seria mais natural, tendo em vista o que se passara entre os dois, que Christine, com um suspiro, dissesse: "Pobre Raoul!" Mas, balançando a cabeça, ela repetiu: "Pobre Érik!" O que vinha fazer esse Érik nos suspiros de Christine, e por que a pequena fada do Norte lamentava Érik, estando Raoul tão infeliz?

A jovem se sentou e, com toda a calma, começou a escrever. Parecia tão em paz e tranquila que Raoul, trêmulo ainda pelo drama que os separava, não pôde deixar de se sentir contrariado. "Quanto sangue-frio!", pensou. Christine continuava a escrever, preenchendo duas, três, quatro páginas. De repente ela parou, ergueu a cabeça e escondeu as páginas na roupa... Parecia atenta... Raoul também ouviu algo. De onde vinha aquele som estranho, um ritmo distante? Um canto surdo, que parecia brotar das paredes. Isso mesmo, era como se as paredes cantassem! O canto se tornou mais claro. A letra se tornava inteligível... distinguiu-se uma voz... uma belíssima, suave e sedutora voz... mas, apesar de toda a candura, a voz se mantinha máscula e de forma alguma feminina... A voz continuava a se aproximar... atravessou a parede... e *estava agora no camarim*, à frente de Christine. Ela se levantou e falou, como a alguém que estivesse a seu lado:

— Estou aqui, Érik, estou pronta. O atraso é todo seu, meu caro.

Raoul, que com todo o cuidado espiava atrás da cortina, não acreditava nos próprios olhos, que nada viam.

Toda a fisionomia de Christine se iluminou. Um doce sorriso se acomodou em seus lábios exangues, um sorriso como o dos convalescentes que começam a crer que o mal que os afligia recuará.

A voz sem corpo voltou a cantar, e com certeza Raoul nunca ouvira nada igual no mundo, uma voz que unia, ao mesmo tempo e na mesma respiração, os extremos. Nunca ouvira nada tão ampla e heroicamente suave, vitoriosamente insidioso, delicado na força, forte na delicadeza, ou seja, nada tão irresistivelmente triunfante. Reinava uma tonalidade definitiva e que certamente devia incutir um tom elevado em mortais que sentem, amam e transmitem a música. Era um manancial tranquilo e puro de harmonia no qual se podia, com toda devoção, beber em segurança, pois bebia-se a graça da musicalidade. E a arte, com isso, aproximando-se do divino, se transfigurava. Raoul ouvia febrilmente a voz e começava a entender como Christine Daaé tinha podido, um dia, aparecer diante de um público siderado com tonalidades de desconhecida beleza e uma elevação sobre-humana, sob a influência do misterioso e invisível professor! E melhor compreendia esse considerável acontecimento por ouvir aquela voz excepcional que não cantava nada de excepcional: com carvão, ela fabricara diamante. A banalidade do verso e a facilidade, quase vulgaridade popular da melodia, se transformavam em beleza por um sopro que as elevava ao céu nas asas da paixão. Aquela voz angelical glorificava um hino pagão.

Ela cantava "A noite do himeneu", de *Romeu e Julieta*.

Raoul viu Christine estender os braços para a voz, como havia feito no cemitério de Perros com o violino invisível que tocava *A ressurreição de Lázaro*.

Nada poderia descrever o sentimento com que a voz cantou:

O destino te encadeia a mim, sem volta...

Raoul sentiu o coração ser transpassado e, lutando contra o feitiço que parecia tirar dele toda a vontade, toda a energia e quase toda a lucidez no momento em que eram mais necessárias, afastou a cortina que o ocultava e caminhou na direção de Christine. Ela, que estava virada para o fundo do camarim, quase todo ocupado por um grande espelho que refletia a sua imagem, não podia vê-lo, totalmente encoberto por seu corpo.

O destino te encadeia a mim, sem volta...

Christine avançava na direção da sua própria imagem, e as duas Christines — corpo e reflexo — acabaram por se tocar, se confundir, com Raoul estendendo os braços para alcançá-las.

Por alguma espécie de milagre que turvou a vista e o sacudiu, ele foi lançado para trás, enquanto sentia no rosto um vento gelado. E viu não duas, mas quatro, oito, vinte Christines, que giravam a seu redor, zombavam dele e tão rapidamente escapuliam que foi impossível reter qualquer uma delas. Depois tudo voltou à imobilidade, e ele viu a si próprio no espelho. Mas Christine havia desaparecido.

Raoul correu para o espelho, bateu nas paredes, ninguém! No entanto, ressoava ainda, longínqua, a melodia apaixonada:

O destino te encadeia a mim, sem volta...

As mãos de Raoul passaram pela testa, que pingava de suor, tocaram a pele eriçada, tatearam a penumbra. Ele aumentou a chama do bico de gás para obter toda a claridade. Tinha certeza de não estar sonhando. Encontrava-se no centro de algo formidável, física e moralmente, sem ter a chave para decifrar algo que talvez o fosse esmagar. Sentia-se vagamente como o príncipe aventureiro que ultrapassou os limites proibidos do conto de fadas e não pôde mais se espantar com os fenômenos mágicos que ele, por amor, insensatamente desafiou e provocou...

Por onde? Por onde Christine se fora?

Por onde voltaria?

Voltaria? É verdade, ela tinha dito que tudo estava acabado. E a parede não repetia: *O destino te encadeia a mim, sem volta?* A mim? A quem?

Exausto, derrotado, com o pensamento confuso, ele se sentou exatamente onde Christine se sentara há pouco. Como ela, deixou que a cabeça caísse entre as mãos. Ao erguê-la, lágrimas corriam abundantes por suas jovens faces. Lágrimas verdadeiras, pesadas como as de crianças que sofrem, lágrimas motivadas por uma infelicidade nada fantástica e sim comum a todos que amam na Terra. Disse então em voz bem alta:

— Quem é esse Érik?

Capítulo XI

É preciso esquecer o nome da "voz de homem"

No dia seguinte, tendo Christine desaparecido numa espécie de ofuscação que o fazia ainda pôr em dúvida os seus sentidos, o visconde de Chagny foi procurar notícias com a sra. Valérius. Deparou-se com uma cena das mais *tocantes*:

À cabeceira da enferma, que, sentada na cama, tricotava, Christine tecia uma renda. Nunca o ovalado de um rosto se mostrou mais encantador, nunca faces foram mais puras nem olhar mais delicado, debruçado sobre o virginal trabalho doméstico. Cores suaves tinham voltado a se estampar na fisionomia da moça. As manchas escuras em torno dos olhos claros haviam desaparecido. Não se reconhecia mais o semblante trágico da véspera. Se um véu de melancolia encobrindo aqueles traços adoráveis não fosse visível a Raoul, como último vestígio do drama inaudito em que se debatia a misteriosa jovem, ele poderia achar não ser Christine a sua incompreensível personagem principal.

Sem maiores emoções aparentes, ela se levantou ao vê-lo e estendeu a mão. Mas a surpresa de Raoul era tamanha que ele parou sem um gesto, uma palavra.

— E então, sr. de Chagny — exclamou a velha Valérius. — Não conhece mais nossa Christine? O "Gênio benfazejo" a devolveu!

— Mamãe! — interrompeu de maneira categórica a moça, enquanto um claro rubor lhe subia até os olhos. — Achei que não tocaríamos mais nesse assunto! Sabe muito bem que não existe Gênio da Música nenhum!

— Mas, filha, ele lhe deu aulas por três meses!

— Já prometi que explicaria tudo em breve... assim espero. Mas até lá prometeu não falar disso nem me fazer perguntas!

— Se prometesse também não me deixar mais! Mas chegou a me prometer isso, Christine?

— Mãe, creio que nada disso interesse o sr. de Chagny...

— É onde a senhorita se engana — interrompeu o rapaz, com uma voz que deveria soar firme e decidida, mas se mostrou vacilante. — Tudo o que a afeta me interessa a um ponto que acabará se revelando óbvio. Não tentarei disfarçar minha surpresa, igual à minha alegria, vendo-a ao lado da sua mãe adotiva. Pois de tudo que ontem se passou entre nós, do que me disse e do que pude deduzir, nada me deixava prever um retorno tão imediato. Serei o primeiro a me alegrar se não quiser manter tudo isso em segredo, um segredo que pode lhe ser fatal. E sou seu amigo há tempo suficiente para não me preocupar, como a sra. Valérius, com uma funesta aventura que continuará sendo perigosa enquanto não desvendarmos essa trama que pode destruí-la, Christine.

Ouvindo isso, a enferma se agitou na cama:

— O que está dizendo? Christine está em perigo?

— Está, minha senhora — declarou com coragem Raoul, apesar dos acenos da jovem.

— Meu Deus! — exclamou, quase sem conseguir respirar, a boa e ingênua velha. — Tem de me contar tudo, Christine. Por que procurou me tranquilizar? De qual perigo se trata, sr. de Chagny?

— Um impostor se aproveita da sua boa-fé.

— O Anjo da Música é um impostor?

— Como ela própria disse, não há Anjo da Música!

— E o que há então, em nome de Deus? — suplicou a enferma. — Estão me matando de ansiedade!

— O que há, senhora, ao redor de nós, ao seu redor e ao redor de Christine, é um mistério terrestre bem mais perigoso que todos os fantasmas e todos os gênios!

Assustadíssima, a velha Valérius se voltou para Christine, mas ela já se apressava em sua direção para abraçá-la:

— Não acredite, mãezinha! Não acredite — repetiu ela, tentando com carinho consolar a velha senhora, que suspirava de partir o coração.

— Diga então que não me deixará mais! — implorou a viúva do professor.

Christine se manteve calada, e Raoul retomou:

— É o que precisa prometer, Christine... Somente isso poderá nos tranquilizar! Não faremos mais qualquer pergunta quanto ao passado se prometer que permanecerá conosco no futuro...

— Não lhe peço compromisso nenhum, e essa é uma promessa que não farei! — declarou a jovem com orgulho. — Sou livre, sr. de Chagny. Não tem direito nenhum com relação a mim, e peço que se abstenha de qualquer intenção nesse sentido. Quanto ao que fiz nos últimos 15 dias, um único homem poderia exigir de mim uma explicação: meu marido! Mas não tenho marido e nunca terei!

Dizendo isso com firmeza, ela estendeu a mão, querendo tornar as palavras mais solenes, e Raoul empalideceu, não apenas por causa do que foi dito, propriamente, mas por perceber, no dedo de Christine, um anel de ouro.

— Não tem marido, mas usa uma aliança — observou ele, e quis pegar a mão da jovem, que rapidamente a recolheu.

— Foi um presente! — disse ela, ficando vermelha e tentando esconder seu desconforto, sem conseguir.

— Christine, como não tem marido, o anel só pode ter sido presente de quem espera se casar com você. Por que continua a nos enganar? O anel é um compromisso; e esse compromisso foi aceito!

— Foi o que eu disse a ela! — acrescentou a velha senhora.

— E qual foi a resposta?

— A resposta que eu quis! — cortou Christine, muito irritada. — O senhor não acha que esse interrogatório já durou demais? De minha parte...

Raoul, muito agitado, teve medo que palavras estabelecendo uma ruptura definitiva fossem pronunciadas e interrompeu:

— Peço que me desculpe por ter falado assim. Mas deve saber qual honesto sentimento me leva nesse momento a me meter em assunto que não é da minha conta! Deixe-me contar o que vi... e vi mais do que imagina, Christine... Ou o que achei ter visto, pois, na verdade, o mínimo que se pode guardar de uma aventura assim é a dúvida quanto ao que os olhos viram…

— E o que o senhor viu, ou acredita ter visto?

— Vi o seu êxtase *ao som da voz*, Christine! Da voz que saía da parede, ou de um camarim, ou do apartamento ao lado… sim, *o seu êxtase*! E é o que, por você, me apavora! Encontra-se sob o efeito do mais perigoso feitiço! No entanto, parece que se deu conta da impostura, pois disse hoje *não haver Gênio da Música*… Nesse caso, Christine, por que o seguiu ainda dessa vez? Por que se levantou, com o rosto resplandecente, como se de fato ouvisse anjos? É uma voz realmente perigosa, Christine, pois eu mesmo, ouvindo, fiquei tão encantado que você desapareceu da minha frente sem que eu visse por onde tinha passado! Christine, em nome dos céus, em nome do seu pai, que lá se encontra e que tanto a amou e a mim também, por favor, Christine, diga à sua benfeitora e a mim de quem é essa voz! Mesmo que não queira, nós a salvaremos! Vamos, o nome desse homem, Christine. Desse homem que teve a audácia de colocar em seu dedo um anel de ouro!

— Nunca saberá, sr. de Chagny! — declarou friamente a jovem.

Ouviu-se, nesse momento, a voz áspera da dona da casa, que, subitamente, tomava o partido de Christine, vendo com que hostilidade sua protegida acabava de se dirigir ao rapaz:

— Se ela ama esse homem, o senhor visconde, mais uma vez, nada tem a ver com isso!

— Porém, senhora — retomou humildemente Raoul, sem poder conter as lágrimas —, infelizmente acredito que Christine de fato o ame… Tudo me leva a crer, mas não é só o que causa meu desespero, pois estou longe de achar que esse a quem Christine ama seja digno do seu amor.

— Sou a única a poder decidir essa questão, cavalheiro! — irritou-se soberanamente Christine, olhando Raoul bem de frente.

— Quando alguém se utiliza de meios tão românticos — continuou ele, sentindo que as forças o abandonavam — para seduzir uma jovem…

— É preciso que o homem seja um miserável ou a jovem bem leviana, não?

— Christine!

— Raoul, por que condena assim um homem a quem nunca viu, que ninguém conhece e de quem você nada sabe?

— Sei, sim, Christine... Sei pelo menos esse nome que você queria esconder para sempre... O seu Anjo da Música, senhorita, se chama Érik!

Christine não pôde evitar: ficou branca como a toalha que cobre um altar e balbuciou:

— Quem lhe disse isso?

— Você mesma!

— Como assim?

— Lamentando-o, na noite do baile a fantasia. Ao chegar ao camarim não disse "*Pobre Érik*"? Pois saiba, Christine, que em algum lugar havia um pobre Raoul que ouvia...

— É a segunda vez que ouve atrás das portas, sr. de Chagny!

— Não estava atrás da porta... Estava dentro do camarim! Junto à sua cama.

— Pobre de ti! — gemeu a jovem, com todos os sinais de um imenso pavor. — Pobre de ti! Pode ser morto, é o que quer?

— Talvez!

Raoul pronunciou esse "talvez" com tanto amor e desespero que Christine não conteve o soluço. Pegou as mãos do amigo e o olhou com a mais pura ternura de que era capaz, fazendo-o se sentir imediatamente sereno. E ela acrescentou:

— É preciso, Raoul, esquecer a *voz de homem* e não se lembrar mais do seu nome... Nem nunca mais tentar entender o mistério dessa voz.

— O mistério é tão horrível assim?

— Não há nada mais horrível na terra!

Um silêncio afastou os dois jovens. Raoul estava arrasado.

— Jure que não tentará "saber" — insistiu ela. — Jure não entrar mais em meu camarim sem que eu o chame.

— Mas promete às vezes me chamar, Christine?

— Prometo.

— Quando?

— Amanhã.

— Então juro.

Foram as últimas palavras que os dois jovens trocaram naquele dia.

Ele lhe beijou as mãos e se foi, amaldiçoando Érik e prometendo a si mesmo ser paciente.

Capítulo XII

Acima dos alçapões

No dia seguinte ele foi vê-la na Ópera, e Christine ainda tinha no dedo o anel de ouro. Ela foi atenciosa e gentil. Perguntou por seus projetos, por seu futuro, por sua carreira. Ele contou que a Marinha tinha adiantado a data de partida da expedição polar e que em três semanas, no máximo um mês, ele deixaria a França.

Mais otimista, ela o estimulou a ver essa viagem pelo lado bom, como etapa para a glória que viria. E, como Raoul respondeu que a seu ver a glória sem amor não oferecia encanto algum, ela o acusou de estar sendo infantil, por valorizar contrariedades passageiras.

Ele disse:

— Como pode falar de forma tão negligente de coisas tão graves? Talvez nunca mais nos vejamos! Posso morrer durante a expedição!

— Eu também.

Mas isso não foi dito rindo nem brincando. Ela parecia ter algo em mente, algo em que pensava pela primeira vez. Seu olhar se iluminou.

— Em que está pensando, Christine?

— Creio que não nos veremos mais.

— E é o que a deixa tão feliz?

— Dentro de um mês teremos que nos dizer adeus... para sempre!

— A menos, Christine, que tenhamos um compromisso e nos esperemos, um ao outro, para sempre.

Ela fechou com os dedos a sua boca:

— Não diga isso, Raoul! Isso não vai acontecer, e você sabe. Não nos casaremos nunca, é coisa certa!

Mas ela parecia conter com dificuldade uma repentina e transbordante alegria. Bateu palmas como se fosse criança... Raoul observava preocupado, sem entender.

— Mas… no entanto… — acrescentou ela, estendendo as mãos, ou melhor, dando-lhe as mãos, como se de repente as desse de presente. — Já que não podemos nos casar, podemos… podemos ficar noivos! Ninguém, além de nós, saberá! Já que há casamentos secretos, por que não um noivado secreto? Estamos noivos, meu amigo, por um mês! Dentro de um mês você viaja, e poderei ser feliz pelo resto da vida com a lembrança desse mês.

Christine estava encantada com a ideia… e voltou a ficar séria.

— É uma felicidade que não fará mal a ninguém — acrescentou ela.

Raoul entendeu e quis concretizar a ideia, torná-la realidade imediatamente. Inclinou-se diante de Christine com humildade inigualável e disse:

— Tenho a honra, senhorita, de pedir a sua mão.

— Já tem as duas, noivo querido! Ai, Raoul, como seremos felizes! Vamos poder brincar de futuro marido e futura esposa!

De si para si, Raoul dizia: deixe estar! Um mês me basta para fazê-la esquecer ou desvendar e destruir "o mistério da voz de homem". Em um mês Christine aceitará ser minha mulher. Até lá, brinquemos!

Foi a brincadeira mais bonita do mundo, que os dois levaram adiante como crianças que eram. Ah! Que maravilhosas coisas não disseram um ao outro! Quantas juras eternas! O fato de que o outro não estaria ali no mês seguinte os deixava num estado que eles, apesar de tudo, saboreavam, entre risos e lágrimas. Brincavam com o coração como outros brincam com uma bola, mas como se tratava do próprio coração, que eles lançavam um ao outro, precisavam ser extremamente cuidadosos nesse jogo para não se machucarem. Um dia, o oitavo daquela brincadeira, o coração de Raoul sentiu uma pontada mais forte, e ele interrompeu tudo com estas palavras extravagantes:

— Não vou mais para o polo Norte.

Em sua inocência, Christine não havia pensado nessa possibilidade e descobriu bruscamente o perigo daquela brincadeira, arrependida. Não disse uma palavra e foi para casa. Isso tinha sido à tarde no camarim da cantora, onde se passavam todos os encontros e eles se divertiam com verdadeiros banquetes em torno de três biscoitos, duas taças de vinho do Porto e um buquê de violetas.

Naquela noite ela não cantava, e Raoul não recebeu a carta habitual, apesar de terem mutuamente combinado trocas diárias por todo aquele mês. Na manhã do dia seguinte ele correu à casa da sra. Valérius e soube que Christine estaria ausente por dois dias. Saíra na véspera às cinco da tarde, avisando que só voltaria naquela data. Raoul ficou aturdido e por um instante detestou a velha senhora, capaz de transmitir semelhante notícia como se fosse a coisa mais natural do mundo. Tentou "extrair" algo mais, e era óbvio ser aquela a única informação disponível. Às perguntas prementes do rapaz, ela no máximo respondeu:

— É o segredo de Christine!

Dizendo isso, a sra. Valérius erguia o dedo com um fervor comovente, recomendando discrição, mas ao mesmo tempo procurava tranquilizar.

— Realmente — praguejou Raoul, descendo a escada do apartamento como um doido —, uma moça de família pode se sentir mesmo segura com uma mãe assim!

Onde Christine podia estar? Dois dias... Dois dias a menos numa felicidade tão curta! E por culpa dele! Não tinham combinado que ele partiria? E, sendo sua firme intenção não mais partir, por que falar desde já? Ele lamentou a inabilidade e foi o mais infeliz dos homens por 48 horas, no final das quais Christine reapareceu.

Reapareceu com um triunfo. Voltou a ter o sucesso extraordinário daquela noite de gala. Desde o caso do "sapo", Carlotta não se apresentava mais em cena. O terror de um novo "cuac" se instalara em seu coração e a paralisava. O palco e todos que presenciaram o seu incompreensível revés tinham, para ela, se tornado odiosos. Ela conseguiu romper o contrato assinado, e a administração pediu a Daaé que preenchesse provisoriamente a função. A jovem substituta levou o público a um verdadeiro delírio com *A Judia*.

O visconde, presente essa noite, é claro, foi o único a sofrer ouvindo as mil imediatas repercussões desse novo triunfo, percebendo que Christine continuava a usar a aliança de ouro. Uma voz longínqua murmurava a seu ouvido: "Esta noite ela ainda está com o anel de ouro, e não foi você quem deu. Esta noite ela outra vez cantou entregando a alma, e não foi para você."

E a voz continuava: "Se ela não quer dizer o que fez nesses dois dias de ausência... Se insiste em esconder seu refúgio, você terá que perguntar a Érik!"

Ele correu aos bastidores. Colocou-se por onde Christine necessariamente passaria. Ela o viu, pois seus olhos o procuravam. E apenas disse "Rápido, rápido, venha!", levando-o para o camarim sem se preocupar com todos os admiradores da sua jovem glória, escandalizados diante da porta trancada.

Raoul caiu imediatamente de joelhos. Jurou que tomaria normalmente o navio e suplicou que ela não lhe roubasse sequer uma hora da felicidade ideal que prometera. Christine deixou que suas próprias lágrimas rolassem. Os dois se beijaram como irmão e irmã desesperados que acabam de sofrer a perda de um ente querido e se abraçam em luto.

Mas ela de repente se soltou do tímido e doce carinho do rapaz, pareceu ouvir alguma coisa indefinível... e com um gesto rápido mostrou a saída para Raoul. Já na porta ela ainda disse, tão baixinho que suas palavras mais foram adivinhadas do que ouvidas:

— Amanhã, noivo querido! E fique feliz, Raoul, foi por você que cantei esta noite!

Ele voltou no dia seguinte.

Infelizmente, porém, os dois dias de ausência tinham quebrado o encanto do ingênuo faz de conta do casal. Eles se olhavam no camarim, e seus tristes olhos nada mais diziam. Raoul se controlava para não gritar: "Tenho ciúme! Tenho ciúme! Tenho ciúme!", mas ela ouvia, mesmo assim.

Christine então disse:

— Vamos passear um pouco, meu amigo, sair daqui nos fará bem.

Raoul achou que fugiriam um pouco fora da cidade, longe daquele edifício, que ele passara a detestar como a uma prisão, sempre com a raivosa sensação de um carcereiro a rondar pelas paredes... O carcereiro Érik. Mas ela o levou ao palco, o fez se sentar na beirada de madeira de uma fonte, com a paz e o frescor duvidosos de um cenário plantado para o próximo espetáculo. Noutro dia, segurando-o pela mão, ela o tinha levado pelas aleias abandonadas de um jardim com trepadeiras bem recortadas pelas hábeis mãos de um cenógrafo... Era como se o céu de verdade, as flores de verdade e a terra de verdade lhe tivessem sido proibidos, estando ela condenada a respirar a exclusiva atmosfera do teatro. Raoul temia fazer qualquer pergunta, pois tinha a imediata impressão de não haver resposta possível e não queria fazê-la sofrer inutilmente. De vez em quando um bombeiro passava, observando de longe o idílio melancólico. Ela às vezes tentava corajosamente se iludir e iludi-lo quanto à beleza mentirosa daquele ambiente criado para o logro do público. Sua imaginação sempre vivaz o enfeitava com as cores mais brilhantes, superiores ao que a natureza podia oferecer. Ela se empolgava, enquanto Raoul apenas apertava sua mão tensa. Christine dizia:

— Veja, Raoul, esses muros, esses bosques, esses caramanchões, essas imagens de lona pintada assistiram aos mais sublimes amores, pois foram inventados por poetas que superam e muito a estatura dos homens. E é onde se encontra o nosso amor, meu querido, pois também foi inventado e também, infelizmente, não passa de ilusão!

Ele, desolado, não respondia. Christine então acrescentou:

— Nosso amor é triste demais na terra, vamos para o céu. Veja como é mais fácil aqui!

E ele foi levado acima das nuvens, na desordem magnífica das claraboias, com a cantora tendo prazer em provocá-lo, ao correr pelas frágeis passarelas da abóboda, entre os milhares de cabos que passavam por roldanas, por guindastes, por êmbolos, no meio de uma verdadeira floresta aérea de vergas e de mastros. Caso o visse mais inseguro, ela logo dizia, com um muxoxo adorável: "Você? Um marinheiro?!"

E depois desciam a terra firme, isto é, a algum corredor bem sólido que os conduzia a risadas, a danças, a crianças monitoradas por uma voz severa: "Suavidade, mocinhas!... Atenção com as suas pontas!" Era a turma das meninas com pouco mais de seis anos ou prestes a chegar aos nove ou dez... E têm já o corpete decotado, o *tutu* leve, o *collant* branco e as meias cor-de-rosa; dão duro, se esforçam com seus pezinhos doloridos para se tornarem alunas das classes seguintes, do corpo de baile e primeiras bailarinas, com muitos diamantes a cingir suas cabeças... Enquanto tudo isso não vem, Christine lhes distribui balas.

Ainda noutro dia, ela o fez entrar num vasto cômodo do seu palácio, cheio de enfeites brilhosos, com trajes de cavaleiros, lanças, escudos e penachos, passando em revista todos aqueles fantasmas de guerreiros imóveis e cobertos de poeira. Dizia palavras amáveis a eles, prometia que voltariam a ter noites de esplendor e desfiles com banda de música num cenário retumbante.

Assim ela levou o rapaz a passear por todo o seu império, fictício, mas imenso, se estendendo por 17 andares, do térreo ao topo, e habitado por um exército de feudatários. Christine passava por todos como uma rainha querida, incentivando os trabalhos, sentando-se nos ateliês, dando bons conselhos às costureiras novas, cujas mãos ainda hesitavam ao cortar os ricos tecidos que vestiriam heróis. Habitantes daquele país faziam todo tipo de trabalho. Havia sapateiros e ourives. Todos tinham aprendido a gostar dela, que se interessava pelas dificuldades e pequenas manias de cada um. Sabia de recantos desconhecidos utilizados secretamente por antigos casais.

Batia à porta deles e apresentava Raoul como um príncipe encantado que havia pedido a sua mão, e os dois se sentavam em algum móvel capenga para ouvir lendas da Ópera, tal como antigamente, na infância, ouviam velhos contos bretões. Havia idosos que não tinham lembranças fora da Ópera. Moravam ali há muitos e muitos anos. As administrações passadas os haviam esquecido, as revoluções os haviam ignorado. Lá fora a história da França se passara sem que eles percebessem. Ninguém se lembrava deles.

Dias preciosos assim transcorreram, em que Raoul e Christine, pelo interesse exagerado que pareciam dedicar a coisas externas, de maneira canhestra se esforçavam para reciprocamente ocultar o único pensamento que pesava no coração. E Christine, que até então tinha se mostrado a mais forte dos dois, passou de repente a estar com os nervos à flor da pele. Nas expedições que empreendiam, ela de repente se punha a correr a troco de nada ou bruscamente parava e, com a mão repentinamente gelada, segurava o companheiro pelo braço. Seus olhos pareciam às vezes perseguir sombras imaginárias. Ela dizia "por aqui", e depois "por aqui", em seguida "por aqui", e desandava a rir, um riso inseguro que frequentemente terminava em lágrimas. Raoul então tentava falar, fazer perguntas, apesar da promessa e do compromisso. Mas antes mesmo de fazer qualquer pergunta, ela respondia, tensa: "Nada!... Juro não haver nada."

Certa vez, no palco, eles passaram por um alçapão entreaberto. Raoul se debruçou sobre o vazio escuro e disse:

— Já me levou para conhecer a parte de cima do seu império, Christine... mas contam coisas estranhas sobre a parte de baixo... Que tal descermos?

Ouvindo isso, ela o puxou, como se o amigo corresse o risco de desaparecer no buraco escuro, e cochichou, tremendo de medo:

— Nunca! Está proibido de ir aí! Não me pertence! *Tudo subterrâneo* é *dele!*

Raoul olhou bem para ela e perguntou, um pouco brutalmente:

— *Ele*, então, mora lá embaixo?

— Não foi o que eu disse! Quem diria coisa assim? Venha, vamos embora! Eu às vezes me pergunto se você não é meio doido... Ouve sempre coisas impossíveis. Vamos embora, vamos!

E Christine literalmente o arrastou, pois Raoul parecia obcecado pelo alçapão e seu vazio.

O tampo foi bruscamente fechado, e de maneira tão rápida que eles não viram mão nenhuma e ficaram olhando espantados.

— Será que era *ele*? — acabou perguntando o rapaz.

Christine deu de ombros, mas não parecia de modo algum tranquila.

— Não! Que ideia! São os "encarregados de fechar os alçapões". É o trabalho deles... Abrem e fecham os alçapões sem nem mesmo ser preciso... São como os "porteiros", ficam sem o que fazer...

— E se for *ele*, Christine?

— Não, nada disso! *Ele* está trancado, trabalha.

— Ah! É mesmo? *Ele* trabalha?

— Trabalha. Não pode abrir e fechar alçapões e trabalhar. Podemos ficar tranquilos.

Dizendo isso, ela se sentia visivelmente indecisa.

— Em que *ele* trabalha?

— Em alguma coisa horrível! Podemos ficar tranquilos! Quando *ele* trabalha nisso, nada vê, não come, não bebe, não respira... por dias e noites... é um morto-vivo, não tem tempo a perder com alçapões.

Hesitante, ela se inclinou para prestar atenção a algum som que viesse do alçapão... Raoul procurou não intervir nem contradizer. Calou-se. Temia agora que qualquer iniciativa sua a fizesse pensar melhor e interromper o fluxo ainda frágil daquelas confidências.

Ela não o havia soltado... continuava a segurá-lo... e afinal suspirou:

— Se fosse *ele*...

Delicadamente, Raoul perguntou:

— Tem medo *dele*?

— Não, não...

Involuntariamente, o rapaz pareceu estar com pena dela, como com alguém facilmente impressionável e que se refaz de um susto recente. Era como se dissesse: "Sabe, não se preocupe, eu estou aqui!" E fez, quase sem querer, um gesto de ameaça. Christine olhou para ele com espanto, vendo a generosa demonstração de coragem. Parecia interiormente medir aquele inútil e audacioso quixotismo. Abraçou o pobre Raoul, num ato de carinho, como faria com um irmãozinho que fechasse o punho para defendê-la contra os perigos sempre possíveis da vida.

Raoul percebeu e ficou vermelho de vergonha. Via-se tão vulnerável quanto ela e pensou: "Christine diz não ter medo, mas nos afasta do alçapão tremendo." Era verdade. No dia seguinte e nos demais, eles procuraram dar abrigo aos seus estranhos e particulares amores lá nos sótãos e bem longe de alçapões. A agitação da jovem só aumentava à medida que as horas passavam. Certa tarde ela chegou bastante atrasada, com os olhos vermelhos por evidente desespero e tão pálida que

Raoul decidiu tomar atitudes extremas como, por exemplo, a de desde já dizer que "*só partiria para o polo Norte se ela contasse o segredo da voz de homem*".

— Cale-se! Pelo amor de Deus, não diga mais isso. Se *ele* ouvir, não sei o que será de você, Raoul! — respondeu ela, com os olhos aflitos buscando qualquer perigo que pudesse surgir em volta.

— Vou arrancá-la do *seu* poder, Christine, juro! E você nem se lembrará mais *dele*, é tudo de que precisamos.

— Acha possível?

Para ela, ter essa dúvida já era muito. De todo modo, continuaram subindo até o último andar do teatro, "nas alturas", onde estariam longe, bem longe de alçapões.

— Vou escondê-la num canto desconhecido do mundo, onde *ele* não a encontrará. Estará a salvo e só aí partirei, já que jurou nunca se casar.

Christine agarrou as mãos de Raoul e as apertou num incrível arroubo. Logo em seguida, de novo inquieta, ela olhou para trás:

— Mais alto! — foi só o que disse. — Vamos mais para o alto. — E continuou subindo.

Era difícil segui-la, e eles logo chegaram sob o telhado propriamente, num labirinto de vigas e madeiramento. Andavam entre arcobotantes, caibros, pernas de apoio, tabiques, divisórias, empenas, iam de trave em trave como se, numa floresta, corressem de árvore em árvore com troncos formidáveis.

Mas apesar de todo o cuidado, olhando para trás a cada instante, Christine não percebeu a sombra que a seguia como se fosse a sua própria sombra, parando e se movendo junto com ela, sem fazer mais barulho do que uma sombra faz. E Raoul menos ainda, pois, tendo a sua cantora à frente, nada que estivesse atrás o interessava.

Capítulo XIII

A lira de Apolo

Eles chegaram assim ao telhado. Como as andorinhas, Christine avançava, leve e familiarizada com o lugar. Os olhares dos dois percorreram o espaço deserto entre as três cúpulas e o frontão triangular. A jovem encheu os pulmões de ar acima de Paris, que parecia um vale em sua movimentação do dia a dia. Olhou confiante para Raoul, chamando-o para perto, e lado a lado lá no alto caminharam pelas ruas de zinco e avenidas de ferro fundido. Viram suas silhuetas duplicadas nos amplos reservatórios cheios de água parada, nos quais, nas épocas quentes do ano, os pequenos bailarinos, uns vinte meninotes, vinham dar mergulhos e aprendiam a nadar. A sombra atrás deles, seguindo fielmente seus passos, tinha surgido e deslizava rente ao telhado, se estendendo com asas negras pelas ruelas de ferro, dando a volta nos tanques, contornando silenciosamente as cúpulas, sem que o pobre casal se desse conta da sua presença. Confiantes, os dois enamorados afinal se sentaram sob a alta proteção de Apolo, que erguia, no seu gesto de bronze, a prodigiosa lira contra o céu ardente.

Um inflamado fim de tarde de primavera os cercava. Nuvens, que lentamente passavam e acabavam de receber do poente uma leve bruma de ouro e púrpura, traziam-na até os jovens. Christine disse a Raoul:

— Logo estaremos indo mais longe e mais rápido que as nuvens, aos extremos do mundo, e depois você me deixará. Mas se, ao chegar a hora de me raptar, eu não quiser mais acompanhá-lo, Raoul, force-me a ir!

Com que força, aparentemente dirigida contra si mesma, ela disse isso, apertando-o nervosamente contra o peito! Ele se assustou:

— Acha que pode mudar de ideia, Christine?

— Não tenho certeza — disse a jovem, balançando estranhamente a cabeça. — É um demônio!

Ela estremeceu. Aninhou-se nos braços do companheiro com um gemido e continuou:

— Agora tenho medo de voltar a morar com ele no fundo da terra!

— E o que a obriga a isso, Christine?

— Se eu não voltar para perto dele, grandes desgraças podem acontecer! Mas não aguento mais! Não suporto mais. Sei que devemos ter pena dos que vivem "debaixo da terra"... Mas ele é horrível demais! No entanto, a hora está chegando, resta-me apenas um dia. Se eu não for, a Voz é que virá me buscar e me levará para lá, se colocará de joelhos com sua caveira, dirá que me ama! E vai chorar. Você não pode imaginar, Raoul, as lágrimas nos dois orifícios vazios da caveira. Não posso mais ver aquelas lágrimas derramadas!

Ela torceu nervosamente as mãos, enquanto Raoul, tomado pelo desespero contagiante, a apertava contra o peito:

— Não! Você não o ouvirá mais dizer que a ama! Não verá mais aquelas lágrimas! Vamos fugir! Agora mesmo, Christine, fugir!

E ele já a puxava com essa intenção.

Ela parou e disse, balançando dolorosamente a cabeça:

— Agora não! Estaria sendo cruel demais. Deixe-o me ouvir cantar ainda amanhã à noite pela última vez... e depois partiremos. À meia-noite venha me buscar no camarim, à meia-noite exatamente. A essa hora ele estará me esperando no refeitório do lago... Vamos estar livres, e você me levará! Mesmo que eu desista, preciso que jure, Raoul... Pois sinto que desta vez, se eu for com ele, acho que não voltarei mais...

Depois de um intervalo, ela acrescentou:

— Você não pode compreender!

Christine deu um suspiro, mas teve a impressão de que, bem atrás, outro suspiro havia ecoado. Tensa, ela perguntou:

— Você ouviu?

— Não, nada ouvi — afirmou Raoul.

— É terrível tremer o tempo todo dessa maneira — confessou ela. — Mas aqui não corremos perigo algum, estamos em casa, na minha casa, no céu, ao ar livre, à luz do dia. O sol está ardendo, e os pássaros noturnos não gostam de ver o sol. Eu nunca o vi à luz do dia... Deve ser horrível — murmurou, virando-se para Raoul com os olhos assustados. — Quando o vi pela primeira vez, achei que *ele* ia morrer.

— Por quê? — perguntou Raoul, realmente assustado com o tom daquela estranha e formidável confidência. — Por que achou que ele ia morrer?

— Por eu tê-lo visto!!!

Dessa vez Raoul e Christine se viraram ao mesmo tempo.

— Alguém por aqui está passando mal! — disse o rapaz. — Talvez tenha se ferido... Você ouviu?

— Não tenho certeza — confessou Christine. — *Mesmo quando ele não está por perto, meus ouvidos estão cheios dos seus suspiros...* Mas, se você ouviu...

Eles se levantaram, olharam em volta... Estavam de fato sozinhos no imenso telhado de chumbo. Voltaram a se sentar, e Raoul perguntou:

— Como o viu pela primeira vez?

— Há três meses eu o ouvia sem ver. Quando o "ouvi" pela primeira vez, achei, como você, que aquela voz adorável que de repente começara a cantar *a meu lado* vinha de algum camarim próximo. Saí e procurei por todo lugar, mas meu camarim é bem isolado, como sabe, e do lado de fora eu não a ouvia, somente no interior do camarim a voz era bem clara. E não só cantava, mas também falava, respondia minhas perguntas como verdadeira voz de homem, com a diferença de ser bela como a de um anjo. Como explicar fenômeno tão estranho? Eu nunca tinha deixado de pensar no "Anjo da Música" que meu paizinho tinha prometido me enviar depois de morrer. Arrisco-me a contar essa criancice porque você conheceu meu pai, era querido por ele e junto comigo também acreditou, quando era pequeno, no "Anjo da Música". Tenho certeza então de que não vai rir nem zombar disso. Conservei, meu amigo, a alma infantil e crédula da pequena Lotte, e não seria a companhia de mamãe Valérius que mudaria isso. Com minhas mãos ingênuas ingenuamente entreguei esta alma incólume àquela voz de homem, achando que a oferecia ao Anjo. A culpa foi provavelmente da minha mãe adotiva, de quem não escondi o inexplicável fenômeno. Foi ela a primeira a dizer: "Deve ser o Anjo. E você pode, de qualquer maneira, perguntar a ele." Foi o que fiz, e a voz de homem disse ser, de fato, quem eu esperava e meu pai tinha prometido antes de morrer. A partir daí, uma grande intimidade se estabeleceu entre nós, e nela depositei total confiança. Contou-me ter descido à terra para que eu desfrutasse das alegrias supremas da arte eterna e disse que me daria lições diárias de música. Aceitei com ardente fervor e nunca faltei a qualquer aula, no meu camarim, bem cedo, quando toda aquela área da Ópera está completamente deserta. Como falar dessas aulas? Nem você, que ouviu a voz, pode ter ideia.

— É evidente que não! Não faço ideia — admitiu o rapaz. — O que tinham como acompanhamento?

— Uma música que não conheço e vinha da parede com uma justeza incomparável. Além disso, meu amigo, era como se a Voz soubesse exatamente em que ponto dos meus estudos meu pai me havia deixado ao morrer, e qual método, bastante simples, ele usava. Assim, com meu órgão vocal se lembrando de todas as aulas passadas e aproveitando as novas, fiz progressos imensos que, sob outras condições, teriam exigido anos! Minha constituição física é delicada, e minha voz de início tinha poucas características marcantes. As cordas graves eram naturalmente pouco desenvolvidas, os tons agudos bastante duros, e o médio pouco nítido. Meu pai havia combatido esses defeitos com sucesso provisório, mas a Voz os derrotou em definitivo. Pouco a pouco aumentei o volume sonoro num grau que minha fragilidade anterior não permitia imaginar: aprendi a tornar mais ampla a respiração. Acima de tudo, porém, a Voz me confiou o segredo da utilização do tórax numa voz de soprano. Para terminar, remeteu tudo isso à energia sagrada da inspiração, despertou em mim uma vida ardente, devoradora, sublime. A Voz tinha a virtude, ao me fazer ouvi-la, de me elevar até o seu nível. Conectava-me ao seu voo soberbo. Era a alma da Voz que habitava minha boca e em mim estabeleceu a harmonia!

"Em poucas semanas eu não me reconhecia mais ao cantar!... Chegava a ser assustador... Por um tempo, temi que houvesse nisso algum sortilégio, mas mamãe Valérius me tranquilizava. Sabia que sou simples demais para que o demônio se interessasse por mim.

"Por ordem da Voz, meus progressos deviam se manter em segredo. Apenas eu e mamãe Valérius, além da própria Voz, tínhamos conhecimento. Coisa estranha, fora do camarim eu cantava com minha voz de sempre e ninguém percebia qualquer mudança. Eu fazia tudo que meu mestre mandava. Ele dizia: 'Precisa esperar... Você verá! Vamos surpreender Paris!' E eu esperava. Vivia numa espécie de sonho extático em que a Voz dirigia tudo. Até que um dia, Raoul, eu o percebi na sala. Minha alegria foi tanta que sequer pensei em escondê-la ao chegar ao camarim. Para nossa infelicidade, a Voz estava lá e notou, pela minha atitude, haver alguma novidade. Perguntou 'o que eu tinha', e não vi inconveniente algum em contar nossa bonita história nem esconder o lugar que você tem no meu coração. A Voz então se calou. Chamei-a e não tive resposta; em vão implorei. Apavorou-me a ideia de que pudesse ter partido para sempre! Quem me dera que assim fosse, meu amigo! Fui para casa naquela noite em estado de desespero. Joguei-me nos braços de mamãe Valérius, lamentando: 'A Voz foi embora! Talvez não volte mais!' Ela ficou tão assustada quanto eu e pediu explicações. Contei tudo, e ela disse: 'Quem diria? A Voz está com ciúme!' Isso, Raoul, me fez ver que eu te amava..."

Christine parou por um momento. Encostou a cabeça no peito de Raoul e ficaram os dois por um tempo em silêncio, nos braços um do outro. O sentimento que os embalava era tal que eles não viram, ou melhor, não sentiram se deslocar, a poucos passos, a sombra rastejante com duas grandes asas negras que se aproximava, rente ao telhado e tão perto, tão perto que poderia, se abatendo sobre os dois, sufocá-los...

Com um profundo suspiro, Christine retomou o relato:

— No dia seguinte, voltei pensativa ao camarim. A Voz estava lá! Ah, meu caro! Falou comigo, muito triste. Sem qualquer rodeio disse que, se eu porventura desse meu coração a alguém na terra, ela se via obrigada a voltar ao céu. E falou com uma dor tão *humana* que eu deveria, desde aquele dia, ter desconfiado e começado a entender que estava sendo vítima da minha sensibilidade ingênua. Mas minha fé nessa aparição da Voz, à qual tão intimamente se misturava a lembrança do meu pai, continuava intacta. Meu maior medo era não ouvi-la mais e, por outro lado, pensei no sentimento que me levava a você. Convenci-me de que me arriscava à toa. Não sabia nem mesmo se ainda se lembrava de mim. De qualquer forma, a sua condição no mundo afastava a possibilidade de uma união honesta, então jurei à Voz que você era apenas um irmão para mim, nunca seria mais do que isso, e que meu coração desconhecia qualquer amor terrestre... Foi por esse motivo, meu amigo, que desviei meus olhos quando, no palco ou nos corredores, você procurava fazer com que eu o visse, e eu fingia não reconhecê-lo. Enquanto isso, as horas de aula com a Voz se passavam num divino delírio. Nunca a beleza dos sons havia me atingido a tal ponto, e um dia a Voz me disse: 'Pronto, Christine Daaé, você pode agora levar ao mundo *um pouco da música do céu*!'

"Por que, naquela noite, que era uma noite de gala, Carlotta não foi ao teatro? Por que fui chamada para substituí-la? Não sei dizer, mas cantei... cantei de uma forma inédita para mim, estava leve como se tivessem me dado asas. Por um instante achei que minha alma ardente tinha deixado o corpo!"

— Ah, Christine! — exclamou Raoul com os olhos umedecidos pela lembrança. — Naquela noite meu coração vibrou a cada nota da sua voz. Vi suas lágrimas escorrerem pelas faces pálidas e chorei com você. Como conseguiu cantar chorando?

— Minhas forças me deixaram, fechei os olhos... Quando voltei a abri-los, você estava a meu lado! Mas a Voz também estava, Raoul! Tive medo por você e, mais uma vez, não quis demonstrar que o reconhecia. Por isso ri quando você lembrou ter pegado a minha echarpe no mar...

"Infelizmente não se pode enganar a Voz! Ela o reconheceu. E ficou enciumada! Nos dois dias seguintes fez cenas terríveis. Dizia: 'Você o ama, se não o amasse, não o evitaria! Seria apenas um amigo antigo, a quem se aperta a mão, como a qualquer outro... Se não o amasse, não se preocuparia tanto por estar sozinha com ele e comigo no camarim. Se não o amasse, não se preocuparia em mantê-lo tão longe!'

"'Basta!', eu disse à Voz, irritada, 'amanhã devo ir ao túmulo do meu pai em Perros e pedirei a Raoul de Chagny que me acompanhe'.

"'À vontade', respondeu ela, 'mas saiba que também estarei em Perros, pois estou em todo lugar em que você está, Christine, e se continuar digna de mim, se não tiver mentido, tocarei para você à meia-noite em ponto no túmulo do seu pai, e com o violino dele, *A ressurreição de Lázaro*'.

"Foi por isso, meu amigo, que escrevi a carta que o fez ir a Perros. Como pude ser enganada a tal ponto? Como, diante das preocupações tão pessoais da Voz, não imaginei alguma impostura? Infelizmente eu não era mais senhora de mim; eu era o seu objeto! E os meios de que dispunha a Voz facilmente iludiam uma pessoa crédula como eu!"

— Mas, Christine, você acabou sabendo a verdade — exclamou Raoul nesse ponto da narrativa, com a jovem parecendo chorosamente apenas deplorar sua perfeita ingenuidade. — Como não saiu logo desse abominável pesadelo?

— Saber a verdade... Raoul... Sair desse pesadelo... Eu só entrei nesse pesadelo no dia em que soube a verdade! Não continue, cale-se! Eu nada disse... e agora vamos descer do céu à terra! Apenas se condoa, Raoul, me lamente... Certa noite, noite fatal... posso dizer, a noite em que Carlotta se viu no palco transformada num horrível sapo e começou a coaxar como se tivesse passado a vida inteira à beira de um brejo... a noite em que a sala foi bruscamente mergulhada no escuro, sob a trovoada do lustre que se espatifou no chão... Tivemos mortos e feridos, com o teatro inteiro se agitando no mais fúnebre tumulto.

"Minha primeira preocupação, Raoul, no meio da catástrofe, foi com você e com a Voz ao mesmo tempo, pois os dois naquela época ocupavam metades iguais do meu coração. Fui imediatamente tranquilizada no que se refere a você, pois o vi no camarote do seu irmão e notei que não corria nenhum perigo. A Voz, por sua vez, tinha me dito que assistiria à apresentação, e temi por ela, realmente temi, como se fosse uma pessoa viva que pudesse morrer. Pensei: 'Meu Deus! Talvez o lustre a tenha esmagado.' Eu estava no palco e fiquei tão enlouquecida que quis correr à sala para procurar a Voz entre as vítimas, mas achei que, se nada tivesse acontecido com ela, deveria já estar no meu camarim para me tranquilizar. Corri até lá e nada. Tranquei-me no interior, aos prantos, suplicando que ela, se estivesse viva, se manifestasse. A Voz não respondeu, mas de repente ouvi um longo, admirável gemido que eu conhecia bem. Era o lamento de Lázaro quando, seguindo a ordem de Jesus, ele começa a abrir as pálpebras, e a luz do dia o ofusca. Era o pranto do violino do meu pai, de quem eu reconhecia a maneira de manejar o arco. Aquele mesmo, Raoul, que nos deixava antigamente tão quietos nas trilhas de Perros, o mesmo que 'encantou' a noite no cemitério. Em seguida, ainda no instrumento invisível e triunfante, veio o grito alegre da Vida, e a Voz, dando-se finalmente a ouvir, começou a cantar os versos dominadores e soberanos: *Vem! E crê em mim! Os que creem em mim reviverão! Anda! Os que creram em mim não hão de morrer!* Não sei descrever a impressão que me causou essa música, falando de vida eterna num momento em que ao lado pobres infelizes, esmagados por aquele lustre fatal, morriam... Achei que também eu devia ir, me erguer e andar na sua direção. Ela se afastou, e eu a segui. *Vem! E crê em mim!* Eu acreditava e fui... fui e, coisa incrível, meu camarim pareceu se encompridar... cada vez mais... É claro, devia haver um efeito de espelhos... pois eu tinha o espelho à minha frente... Mas de repente me vi fora do camarim, sem saber como."

Nesse momento Raoul interrompeu bruscamente a moça:

— Como assim, sem saber como?! Christine, Christine! Tente não sonhar mais!

— Ah, pobre amigo! Eu não estava sonhando. Encontrava-me fora do camarim sem saber como. Você me viu desaparecer assim certa noite e talvez possa explicar isso, eu não consigo! Só posso dizer que, estando diante do espelho, eu de repente não o vi mais à minha frente e procurei-o atrás... e não havia mais espelho nem camarim... Estava num corredor escuro... fiquei com medo e gritei.

"Nada se via ao redor e, mais distante, uma luzinha avermelhada iluminava um pouco uma quina da parede. Gritei. Apenas minha voz preenchia o espaço, pois não havia mais cantoria nem violinos. De repente, no escuro, uma mão se colocou sobre a minha... isto é, algo ossudo e gelado que me prendeu o pulso e não me largou mais. Novamente gritei. Um braço me pegou pela cintura e me ergueu... Apavorada, debati-me por um momento, e meus dedos se arrastaram por pedras úmidas sem, no entanto, poderem nelas se agarrar. Depois parei de me agitar, achei que morreria de tanto medo. Fui levada para a luzinha vermelha e ali vi que estava nas mãos de um homem encoberto por uma grande capa escura, com uma máscara que cobria o rosto inteiro... Tentei um esforço supremo: meus membros se tencionaram, minha boca se abriu para gritar de pavor, mas foi fechada por uma mão que senti apertar meus lábios, minha pele... e tinha o cheiro da morte! Perdi os sentidos.

"Quanto tempo permaneci assim? Não sei dizer. Quando voltei a abrir os olhos, continuávamos os dois, o homem sombrio e eu, no escuro. Uma luz forte no chão iluminava uma nascente d'água que escorria. O líquido borbulhante, saindo do muro, quase imediatamente desaparecia na terra em que eu fora deitada. Minha cabeça estava encostada na perna do homem de capa e máscara preta. Esse silencioso companheiro me refrescava a testa com um cuidado e uma delicadeza mais difíceis de suportar do que a brutalidade do sequestro de ainda há pouco. As mãos, por mais leves que fossem, não deixavam de ter aquele cheiro de morte. Afastei-as sem brusquidão. Perguntei, quase sem voz: 'Quem é você? Onde está a Voz?' Apenas um suspiro me respondeu. De repente, um sopro morno passou pelo meu rosto e vagamente, no escuro, ao lado da silhueta negra, distingui outra, bem clara. A silhueta negra me ergueu e me colocou sobre a outra. Imediatamente fui surpreendida por um relincho alegre e murmurei: 'César!' O animal balançou a cabeça, e vi que estava semideitada sobre uma sela, a do cavalo branco do *Profeta* que eu tantas vezes tinha alimentado com torrões de açúcar. Dias antes espalhara-se pelo teatro um rumor de que César havia desaparecido e fora roubado pelo Fantasma da Ópera. Eu acreditava na Voz, mas nunca levei a sério o Fantasma, e ali estava eu me perguntando, trêmula, se não seria prisioneira do Fantasma! Pedi socorro, do fundo do coração, à Voz, pois nunca teria imaginado serem um só a Voz e o Fantasma. Você chegou a ouvir falar do Fantasma, Raoul?"

— Ouvi. Mas diga, Christine, o que fez ao ver que estava montada no cavalo branco do *Profeta*?

— Não me mexi e deixei que ele me levasse... Pouco a pouco, um estranho torpor assumiu o lugar da angústia e do terror em que me lançara aquela aventura infernal. A silhueta negra me dava apoio, ao lado do animal, e não tentei mais escapar. Uma paz estranha tomou conta de mim, e achei estar sob a boa influência de algum elixir. Sentia-me plenamente consciente. Meus olhos se acostumavam ao escuro, que, aliás, num ponto ou noutro permitia que se discernissem breves claridades... Imaginei estarmos numa estreita galeria circular e que essa galeria subterrânea dava a volta por toda a imensa área da Ópera. Uma vez, uma única vez eu havia descido aos subsolos, que são incríveis, mas tinha parado no terceiro andar, com medo de seguir mais adiante sob a terra. No entanto, dois andares mais abaixo, abria-se um espaço em que se podia montar uma cidade. Mas as figuras que haviam então surgido me tinham feito não prosseguir. Eram demônios escuros diante de caldeirões e que agitavam pás, forcados, atiçavam brasas, acendiam chamas, ameaçavam quem se aproximasse, escancarando à sua frente bocarras rubras de fornos! No entanto, sendo tranquilamente carregada na garupa de César por aquela noite de pesadelo, de repente percebi longe, bem longe e bem pequenos, como se os visse com uma luneta ao contrário, aqueles mesmos demônios escuros diante dos braseiros vermelhos dos seus fornos. Eles apareciam... e desapareciam... reaparecendo ao ritmo estranho do nosso avanço. Depois desapareceram por completo. A silhueta de homem continuava ao meu lado, e César andava sem necessidade de ser guiado, com passos seguros. Não saberia dizer, nem aproximadamente, quanto tempo essa viagem no escuro durou. Tinha apenas a impressão de que dávamos voltas e mais voltas, descendo por uma inflexível espiral até o centro mesmo dos abismos da terra. Ou minha cabeça é que girava? Mas não, não creio! Sentia-me incrivelmente lúcida. Por um momento César ergueu as narinas, farejou o ar e acelerou um pouco mais a marcha. Senti o ambiente mais úmido, e César parou. A escuridão havia diminuído, uma claridade azulada nos envolvia. Olhei em volta. Estávamos à beira de um lago com águas de chumbo que se perdiam ao longe, na noite, mas a claridade azul iluminava nossa margem, e notei um pequeno barco preso a uma argola de ferro num ancoradouro.

"Eu estava certa de que tudo aquilo existia e de que a visão do lago e do bote nada tinha de sobrenatural. Mas pense nas condições extraordinárias que me tinham levado até ali. É provável que as almas dos mortos não se sentissem mais apreensivas ao abordar o Estige, nem o barqueiro Caronte fosse mais lúgubre e calado que a silhueta humana que me transportou até o barco. Seria o efeito do elixir que terminava ou o frescor ambiente bastou para me despertar completamente? Meu torpor desapareceu e fiz algum gesto que denunciava a volta do pavor. O sinistro companheiro deve ter notado, pois com um aceno ele mandou César embora, que partiu pelas trevas da galeria. Pude ainda ouvir baterem nos degraus de uma escada as suas quatro ferraduras. A silhueta entrou no bote, soltou a amarra, empunhou os remos e os acionou com força e habilidade. Seus olhos, sob a máscara, não se desviavam de mim, que sentia o peso das suas pupilas imóveis. A água em volta não fazia o menor barulho. Deslizávamos sob a luz azulada de que falei, até entrarmos de novo numa zona completamente escura. Quando a barca bateu em algo duro, havíamos chegado. Mais uma vez fui carregada nos braços. Eu tinha recuperado energia suficiente para gritar e fiz isso, muito forte. De repente me calei, agredida por uma luz forte. Isso mesmo, uma luz ofuscante, no meio da qual eu tinha sido deixada. Ergui-me num pulo. Tinha todas as minhas forças de volta. Estava numa sala que me pareceu enfeitada apenas por flores, repleta de flores magníficas e estúpidas, dadas as fitas de seda que as uniam em buquês, como vendem os floristas dos bulevares. Eram flores civilizadas demais, como as que eu normalmente recebia no camarim após cada *première* e, no centro dessa sala, a silhueta escura do homem de máscara estava de pé com os braços cruzados... e finalmente falou. Disse: 'Não tenha medo, Christine; não corre perigo algum.'

"*Era a Voz!* Fiquei tão furiosa quanto surpresa. Pulei contra a máscara e quis arrancá-la para ver o rosto da Voz, e ela completou: 'Não corre perigo algum se não encostar na minha máscara!' E prendendo suavemente meus pulsos, fez com que eu me sentasse. Em seguida, pôs-se de joelhos à minha frente e nada mais disse!

"A humildade do gesto me devolveu alguma coragem. A luz, dando o contorno dos objetos em volta, restabeleceu a realidade da vida. Por mais extraordinária que parecesse, a aventura se cercava agora de coisas mortais que eu podia ver e tocar. A cobertura das paredes, os móveis, os archotes, os vasos e até as flores — que eu podia dizer de onde vinham, quase todas, em seus suportes dourados, e quanto tinham custado — fatalmente reduziam minha imaginação aos limites de uma sala, tão banal quanto tantas outras, mas estas pelo menos tinham a desculpa de não se situarem nos subterrâneos da Ópera. Eu provavelmente tinha pela frente algum excêntrico que misteriosamente se estabelecera nos subsolos como outros, por necessidade e com a muda cumplicidade da administração, encontrando abrigo definitivo nos sótãos daquela torre de Babel moderna em que se faziam intrigas e se cantava em todas as línguas, em que se amava em todos os dialetos.

"Era então a Voz, a Voz que se escondia sob a máscara, insuficiente para disfarçá-la, *e era quem estava de joelhos à minha frente: um homem!*

"Parei de pensar na horrível situação em que me encontrava e nem me perguntei o que seria de mim ou qual seria o obscuro e friamente tirânico plano que me levara àquela sala, presa como numa masmorra ou como uma escrava num harém. Não, não podia acreditar, era a Voz e só isso: um homem! Comecei a chorar.

"Ele provavelmente entendeu o sentido das minhas lágrimas, pois ainda de joelhos disse: 'É verdade, Christine!... Não sou anjo nem gênio ou fantasma... Sou Érik!'

Mais uma vez, a narrativa de Christine se interrompeu. Os dois jovens tiveram a impressão de um eco ter repetido atrás deles: Érik! Qual eco? Eles se voltaram e só então perceberam que a noite havia caído. Raoul fez um movimento para se levantar, mas Christine o impediu:

— Fique ainda! É preciso que saiba de tudo *aqui*!

— Por que tem de ser aqui, Christine? Você pode se resfriar.

— Temos que temer apenas os alçapões, meu amigo, e aqui estamos longe do mundo dos alçapões... além disso, não tenho o direito de encontrar você fora do teatro. Não é bom momento para contrariá-lo. Não vamos levantar suspeitas.

— Christine, Christine! Algo me diz que não devemos esperar mais e que é preciso fugir agora mesmo!

— Já disse que, se ele não me ouvir cantar amanhã, ficará extremamente magoado.

— Será difícil não magoar Érik e fugir dele para sempre...

— Nisso você tem razão, pois com a minha fuga ele provavelmente morrerá.

E ela acrescentou, com a voz abafada:

— Mas estamos em pé de igualdade... pois corremos o risco de que ele nos mate.

— Ele a ama tanto assim?

— A ponto de chegar ao crime!

— Mas é possível encontrar seu esconderijo... Podemos ir lá. Não sendo um fantasma, podemos falar com ele e inclusive forçá-lo a responder!

Christine balançou a cabeça:

— Não! Nada podemos contra Érik! Só o que podemos é fugir!

— E por que, podendo fugir, você voltou para ele?

— Porque foi preciso... Entenderá quando souber como saí dos seus subterrâneos...

— Eu o odeio! — exclamou Raoul. — E você, Christine, preciso que me diga para poder ouvir com mais calma o resto dessa extraordinária história de amor... também o odeia?

— Não! — respondeu ela simplesmente.

— Ei! Por que falar tanto? Provavelmente o ama! O medo, o pavor, tudo isso está próximo do amor e do mais prazeroso amor! O amor que não se confessa — disse Raoul com amargura. — Que causa arrepios, quando se pensa... Mas, imagine só, um homem que mora num palácio debaixo da terra!

E ele riu com sarcasmo...

— Você quer então que eu volte lá! — interrompeu brutalmente a jovem. — Tome cuidado, Raoul; como eu disse, não poderei mais ir embora!

Houve um assustador silêncio dos três... dos dois que conversavam e da sombra que, atrás, só ouvia.

— Antes de responder — continuou afinal Raoul lentamente —, eu gostaria de saber qual sentimento *ele* lhe inspira, já que não o odeia.

— Horror! — respondeu ela, lançando essa palavra com tanta força que encobriu os suspiros que vinham da noite. — O mais terrível — retomou, cada vez mais febril — é que tenho horror sem, no entanto, detestá-lo. Como odiá-lo, Raoul? Imagine-o ajoelhado à minha frente na moradia subterrânea do lago. Acusou a si mesmo, se amaldiçoou, implorou meu perdão... Confessou sua impostura e disse me amar, lançando a meus pés um imenso e trágico amor... Raptara-me por amor! Aprisionara-me com ele sob a terra por amor... mas me respeitou, se arrastou, gemia e chorava! E quando recuperei a segurança e disse só poder desprezá-lo caso não me devolvesse imediatamente a liberdade roubada, coisa incrível, ele a ofereceu: eu podia partir, ele se dispunha a me mostrar o misterioso caminho. Mas bastou que ele se levantasse e fui forçada a me lembrar de que, mesmo não sendo fantasma nem anjo ou gênio, ele continuava a ser a Voz, e a Voz cantou...

"Eu ouvi... e fiquei!

"Naquela noite não trocamos mais palavra alguma. Ele empunhou uma harpa e começou a cantar, com sua voz de homem, voz de anjo, o romance de Desdêmona. A lembrança de ter eu mesma cantado aquela ária me envergonhou. Meu amigo, há uma virtude na música que faz com que nada mais exista do mundo externo, fora daqueles sons que chegam ao seu coração. Toda aquela extravagante aventura foi esquecida. Havia apenas a voz, e eu a seguia inebriada em sua viagem harmoniosa, eu fazia parte do rebanho de Orfeu! A Voz me conduziu à dor, à alegria, ao martírio, ao desespero, à euforia, à morte e a triunfantes himeneus. Eu ouvia, ela cantava. Cantou passagens para mim desconhecidas e me fez ouvir uma música nova, que me causou uma estranha sensação de doçura, de langor, de repouso... Uma música que, depois de me elevar a alma, pouco a pouco a tranquilizou e a levou ao limiar do sonho. Adormeci.

"Quando acordei, estava sozinha numa espreguiçadeira, num pequeno aposento bem simples, com uma cama banal de mogno, paredes cobertas por um tecido com estamparia delicada, iluminado por uma pequena lanterna sobre o mármore de uma cômoda antiga, estilo Luís Felipe. Que novo cenário seria aquele? Passei a mão pela testa, como se quisesse afastar um pensamento ruim. Infelizmente não demorei a perceber não ter sonhado! Estava confinada e só podia sair do meu quarto para um banheiro dos mais confortáveis, com água quente e fria à vontade. Voltando ao quarto, notei na cômoda um bilhete escrito com tinta vermelha que me deu maiores detalhes sobre minha triste situação e, fosse ainda necessário, eliminava qualquer dúvida quanto à realidade do acontecido: 'Querida Christine, esteja perfeitamente tranquila. Você não poderia ter no mundo amigo melhor nem mais respeitoso. Por agora está sozinha nesta morada que lhe pertence. Saio para fazer compras. Trarei roupas e outras coisas de que possa precisar.'

"'Não há dúvida, estou nas mãos de um maníaco!', exclamei. 'O que será de mim? Quanto tempo esse miserável acha que pode me trancar nesta prisão subterrânea?'

"Percorri meu pequeno apartamento como louca, procurando uma saída, sem encontrar. Com raiva lamentei minha estúpida credulidade supersticiosa, tendo até prazer em reclamar da total inocência com que eu tinha aceitado, através das paredes, a Voz do Gênio da Música. Tanta tolice abriu a porta para os mais incríveis desastres, e fiz por merecer! Minha vontade era bater em mim mesma, rir e ao mesmo tempo chorar por mim. E foi nesse estado que Érik me encontrou.

"Depois de dar três pancadas numa porta que eu não tinha visto, ele tranquilamente entrou e a deixou aberta. Trazia caixas e embrulhos que sem pressa deixou em cima da cama, enquanto eu despejava minha raiva e exigia que ele tirasse a máscara, perguntando por que esconderia o rosto alguém que se diz digno.

"Com muita serenidade ele respondeu: 'Você nunca verá o meu rosto.' E me censurou por não ter ainda me aprontado até aquela hora. Declarou serem já duas horas da tarde. Deu-me trinta minutos para que eu me aprontasse e, dizendo isso, teve o cuidado de dar corda no meu relógio e acertar a hora. Depois disso, ele anunciou, estaria me esperando na sala de jantar, onde uma excelente refeição nos esperava. Minha fome era grande, bati a porta no seu nariz e me fechei no banheiro. Tomei um banho, tendo perto uma magnífica tesoura com que estava bem decidida a me matar caso Érik, depois de se comportar como louco, deixasse de se comportar como cavalheiro. O frescor da água me animou, e quando voltei a ver meu carcereiro, estava decidida a me manter educada sem chocá-lo e até eventualmente procurar agradar, para conseguir minha liberdade. Foi ele quem primeiro falou dos projetos que tinha para mim e os detalhou; para me tranquilizar, pelo que disse. Estava gostando demais da minha companhia para perdê-la tão cedo, como chegara a dizer, no dia anterior. Não pude conter uma reação de terror. Ele disse que me amava, mas só falaria disso quando eu o permitisse. O restante do tempo, eu passaria com música.

"'O que entende por 'restante do tempo'?', eu perguntei, e ele respondeu com firmeza: 'Cinco dias.'

"'Depois estarei livre?' 'Estará livre, Christine, pois em cinco dias terá aprendido a não ter medo de mim e por conta própria voltará de vez em quando para visitar o pobre Érik.'

"O tom com que ele pronunciou essas últimas palavras me comoveu profundamente. Tive a impressão de que encobriam um tão real e infeliz desespero que olhei com ternura para ele. Não conseguia ver os olhos por trás da máscara, e isso em nada diminuía a estranha sensação de mal-estar que provocava aquele misterioso pedaço de seda negra. Por baixo, porém, na extremidade da máscara, surgiram uma, duas, três, quatro lágrimas.

"Em silêncio ele me indicou um lugar à frente dele, numa mesinha que ocupava o centro da sala, aquela mesma em que na véspera ele havia tocado harpa. Muito abalada, me sentei. Comi, no entanto, com bastante apetite uns caranguejos e uma asa de frango regada ao vinho licoroso de Tokaji que ele havia trazido pessoalmente, pelo que disse, das caves de Kœnisberg, frequentadas antigamente por Falstaff. Érik, no entanto, não comia nem bebia. Perguntei de que nacionalidade era seu nome, que parecia ter origem escandinava. Ele respondeu não ter nome nem pátria e que havia assumido aquele *por acaso*. Perguntei por que, já que me amava, não encontrara outro meio de demonstrá-lo senão me sequestrando e me enclausurando sob a terra!

"'É bem difícil fazer com que nos amem numa tumba', eu disse.

"'Cada um', respondeu ele num tom bem particular, 'tem os *encontros* que pode'.

"Em seguida se levantou e me estendeu a mão, pois queria, ele disse, me mostrar o lugar, mas rapidamente me retraí, com um grito. O que eu havia tocado era ao mesmo tempo úmido e ossudo, fazendo-me lembrar que suas mãos tinham cheiro de morte.

"'Ah, me desculpe!', gemeu.

"E abriu uma porta.

"'Este é o meu quarto', ouvi-o dizer. 'É bastante curioso... se quiser vê-lo.'

"Não tive qualquer receio. Suas maneiras, suas palavras, tudo nele me deixava confiante... Além disso, senti que não devia demonstrar medo.

"Entrei. Tive a impressão de penetrar numa câmara mortuária. As paredes eram cobertas de negro, mas, em vez dos ornamentos brancos que em geral completam esse fundo funerário, viam-se as notas repetidas de *Dies irae* numa enorme pauta de música. No meio desse quarto havia um dossel com cortinas de brocatel vermelho e, embaixo, um caixão aberto.

"Vendo isso, recuei.

"'É onde durmo', disse Érik. 'Temos que nos habituar a tudo na vida, inclusive à eternidade.'

"Desviei o rosto para afastar a sinistra impressão daquele espetáculo. Percebi então o teclado de um órgão que ocupava toda uma parede. Na estante via-se uma partitura toda anotada em vermelho. Pedi permissão para dar uma olhada e li na primeira página: *Don Juan triunfante*.

"'Pois é', disse ele. 'Eu às vezes componho. Há vinte anos comecei esse trabalho. Quando terminar, ele irá nesse caixão comigo, e não acordarei mais.'

"'Procure então trabalhar nisso o menos possível', respondi.

"'Trabalho às vezes 15 dias e 15 noites sem parar, durante os quais vivo apenas de música, e depois descanso por anos.'

"'Tocaria para mim algo do seu *Don Juan triunfante*?', perguntei, achando que agradaria e ao mesmo tempo superando a repulsa que me dava aquela câmara mortuária.

"'Nunca me peça isso', respondeu ele, com a voz sombria. 'Esse *Don Juan* não foi composto para o libreto de um Lorenzo d'Aponte, inspirado pelo vinho, por namoricos e pela devassidão, afinal castigados por Deus. Se quiser, posso tocar Mozart para você, que derramará suas belas lágrimas e francas reflexões. O meu *Don Juan* queima, Christine, no entanto, não por ser fulminado pelo fogo celeste!'

"Com isso voltamos à sala que deixáramos há pouco. Reparei que em nenhum lugar da moradia havia espelhos. Ia comentar isso, mas Érik acabava de se sentar ao piano para dizer:

"'Veja, Christine, há um tipo de música tão terrível que devora quem dela se aproxima. Você ainda não chegou a isso, felizmente, pois perderia as suas cores suaves e não a reconheceriam mais quando voltasse a Paris. Cantemos ópera, Christine Daaé.'

"Ele disse 'Cantemos ópera, Christine Daaé' como se fosse quase uma ofensa.

"Mas não tive tempo para me aborrecer com o tom que ele havia dado a essas palavras. Começamos na mesma hora o duo de *Otelo*, e o drama já pesava sobre nós. Ele dessa vez deixou para mim o papel de Desdêmona, que cantei com desespero e pavor reais a que nunca havia chegado antes. A proximidade de semelhante parceiro, em vez de me intimidar, me inspirava um terror magnífico. O que se passava em meu ser estranhamente me aproximava da intenção do poeta, e encontrei ênfases que teriam maravilhado o compositor. Já Érik, com voz trovejante, deixava sua alma vindicativa se abater sobre cada nota, aumentando terrivelmente sua potência. O amor, o ciúme e o ódio explodiam em volta de nós com gritos dilacerantes. A máscara negra de Érik me fazia lembrar da máscara natural do Mouro de Veneza. Era o próprio Otelo. Achei que seria atacada, que morreria sob sua ira. No entanto, eu não fazia o menor movimento para fugir e evitar aquela fúria, como a tímida Desdêmona. Pelo contrário, aproximava-me pela força da atração, fascinada, vendo encantos na própria morte, já que decorrente de tanta paixão. Antes de morrer, porém, eu quis ver, para levar sua imagem sublime no meu último olhar, os traços desconhecidos que estariam transfigurados pela chama da arte eterna. Quis ver o *rosto* da Voz e, instintivamente, com um gesto que não pude conter, pois não tinha mais controle sobre mim mesma, meus dedos rápidos arrancaram a máscara...

"Ah! O horror! O horror! O horror!"

Christine parou, ainda com a visão que ela parecia querer afastar com mãos trêmulas, enquanto os ecos da noite, como já haviam antes repetido o nome de Érik, reproduziam três vezes o clamor: "O horror! O horror! O horror!"

Raoul e Christine, mais estreitamente unidos pelo terror da narrativa, ergueram os olhos até as estrelas, que brilhavam num céu calmo e puro.

Ele disse:

— É estranho, Christine, como esta noite tão tranquila parece cheia de rumores. É como se ela se juntasse a nós e também se lamentasse.

A jovem respondeu:

— Agora que você vai conhecer o segredo, os seus ouvidos, como os meus, vão estar cheios dos seus lamentos.

Ela prendeu as mãos protetoras de Raoul nas suas e, sacudida por um demorado tremor, continuou:

— Posso viver cem anos, mas ouvirei sempre o urro sobre-humano que ele deu, o grito da sua dor e da sua raiva infernais, enquanto a coisa se mostrava a meus olhos imensos de horror, e minha boca não se fechava, ainda que dela não saísse qualquer som.

"Ah, Raoul, a coisa! Como nunca mais vê-la, se meus ouvidos estão para sempre repletos dos seus gritos, meus olhos assombrados por aquela imagem? Que imagem! Como não vê-la mais e fazer com que você a possa ver? Raoul, você viu caveiras ressecadas por séculos e, talvez, se não tiver sido vítima de um horrível pesadelo, você tenha visto essa cabeça propriamente, a dele, na noite de Perros. E também viu desfilar, no último baile a fantasia, a 'Morte Vermelha'. Todas essas cabeças, porém, estavam imóveis, sem que o seu mudo horror se agitasse vivo. Mas imagine, se puder, a máscara da Morte passando de repente a viver para exprimir, com os quatro buracos negros dos olhos, do nariz e da boca, a cólera em seu último grau, o furor soberano de um demônio e *sem expressão nos orifícios da visão*, pois, como descobri mais tarde, os seus olhos abrasados só são percebidos na noite profunda... Colada contra a parede, eu devia ser a própria imagem do Pavor, como ele era a da Feiura.

"Érik se aproximou de mim com um ranger terrível dos dentes sem lábios e, enquanto eu caía de joelhos, ele zumbiu, cheio de ódio, coisas impensáveis, palavras soltas, maldições, delírios... Como saber? Como saber?

"Debruçado sobre mim, ele gritou: 'Olhe! Você quis ver, veja! Farte os olhos, embriague a alma com minha feiura maldita! Veja a cara de Érik! Agora você conhece o rosto da Voz! Ouvir-me não bastava? Quis também saber do que sou feito. São curiosas as mulheres!'

"E ele ria, repetindo 'São curiosas as mulheres!', com um riso retumbante, rouco, gosmento, formidável... E dizia coisas como:

"'Está satisfeita? Sou bonito? Quando uma mulher me vê, ela é minha, ama-me para sempre! Sou alguém no estilo Don Juan.'

"Erguendo-se todo, com o punho na cintura, balançando nos ombros a coisa horrível que era a sua cabeça, ele berrou:

"'Olhe! *Sou o Don Juan triunfante!*'

"E, como eu desviava o rosto e implorava misericórdia, ele enfiou os dedos mortos nos meus cabelos e brutalmente me forçou a olhá-lo de frente.

— Chega! Não continue! — interrompeu Raoul. — Vou matá-lo! Vou matá-lo! Em nome de Deus, Christine, diga onde se encontra a *sala de jantar do lago*! É preciso que eu o mate!

— Não fale mais, Raoul, se quer saber!

— Sim, quero saber como e por que você voltou lá! É esse o segredo, Christine, tome cuidado! É o único que me interessa! Mas, de um jeito ou de outro, eu o matarei!

— Ah, meu Raoul! Então ouça! Já que quer saber... ouça! Fui agarrada pelos cabelos e então... e então... Ah, é mais horrível ainda!

— Pois conte, diga logo! — exclamou Raoul com ferocidade. — Diga rápido!

— Então ele disse, entre dentes: "Como? Está com medo de mim? Pode ser! Talvez ache que uso outra máscara, não é? E que isso... isso! Minha cabeça seja uma máscara!", e ele começou a berrar: "É simples, arranque-a como a outra! Vamos, vamos, arranque, faço questão! Suas mãos! Suas mãos, me dê suas mãos! Se não bastarem, empresto as minhas e vamos juntos tirar a máscara." Eu caí no chão, mas ele pegou minhas mãos, Raoul... e as mergulhou no horror do seu rosto... Com minhas unhas ele arranhava a própria pele, sua horrível pele morta!

"'Saiba, saiba!', ele urrava do fundo da garganta, com um bafo de fornalha. 'Saiba que sou feito de morte! Da cabeça aos pés! É um cadáver que a ama, que a adora e não a deixará nunca mais! Nunca mais! Vou aumentar o caixão, Christine, para mais tarde, quando tivermos consumado nosso amor! Veja, não estou rindo mais, não vê? Estou chorando. Chorando por você, Christine, que me arrancou a máscara e por isso não poderá mais me deixar. Enquanto pudesse me achar bonito, Christine, você poderia ir, pois voltaria! Sei que voltaria... mas, agora que me viu, fugirá para sempre... Então ficará aqui!!! Por que foi querer isso? Louca, insensata Christine, que quis me ver! Meu próprio pai nunca me viu, e minha mãe, para não me ver mais, chorando me deu a primeira máscara!'

"Ele finalmente tinha me soltado e estava agora no chão, em soluços horríveis. Depois, como um réptil, se arrastou até seu quarto e fechou a porta. Fiquei sozinha, entregue ao horror e aos pensamentos, mas livre de ver aquilo. Um formidável silêncio, o silêncio sepulcral ficou no lugar daquela tempestade, e pude pensar nas consequências terríveis do gesto de arrancar a máscara. As últimas palavras do Monstro tinham dado informações suficientes. Eu própria causara minha prisão perpétua, e a curiosidade seria a causa da minha desgraça. Ele me avisara: eu não corria risco algum se não tocasse em sua máscara, e foi o que fiz. Amaldiçoei minha imprudência, mas constatei, tremendo, que o raciocínio do monstro era lógico. Sem ter visto o seu rosto, eu certamente voltaria, pois já me sentia tocada, interessada e até me condoía por suas lágrimas ocultas pela máscara, o bastante para aceitar seu convite. Não sou ingrata, e nada daquilo me fizera esquecer da Voz, do quanto me encantara o seu Gênio. Eu voltaria! Mas agora, caso saísse daquelas catacumbas, certamente não! Ninguém quer se aprisionar num túmulo com um cadáver apaixonado!

"Pela maneira alucinada com que ele ainda há pouco me olhara, ou melhor, aproximara de mim as duas cavidades negras do seu olhar invisível, eu me dava conta da grandeza da sua paixão. Para não me pegar nos braços, num momento em que eu não podia oferecer qualquer resistência, era preciso que o monstro tivesse também algo de anjo. Talvez, afinal, ele fosse um pouco o Anjo da Música... E o seria, com certeza, se Deus o tivesse revestido de beleza em vez de podridão!

"Perdida então a pensar no destino que me aguardava, na expectativa pavorosa de ver novamente se abrir a porta do quarto com o caixão e de me deparar com o monstro sem a máscara, acabei indo para o meu próprio apartamento e me armei com a tesoura, que poderia dar fim a toda a minha miséria. Nesse momento, ouvi o som do órgão...

"Foi quando, meu amigo, comecei a entender o que dissera Érik sobre aquilo que ele, com um desprezo que me surpreendeu, chamara de música de ópera. O que ouvi em nada se assemelhava ao que até então me encantava. *Don Juan triunfante* (pois não tive dúvida de que ele se lançara em sua obra para esquecer o horror daquele momento), o seu *Don Juan triunfante* de início me pareceu um longo, horrível e magnífico lamento em que o pobre Érik havia investido toda a sua maldita desgraça.

"Lembrei-me da partitura com notas vermelhas e facilmente imaginei ter sido aquela música escrita com sangue. Ela me fazia ver todos os detalhes do martírio, entrar em todos os recantos do abismo, o abismo em que morava *o homem feio*. Ela me mostrava o compositor batendo aflitivamente sua pobre e medonha cabeça nas paredes fúnebres do seu inferno, lá trancafiado para não causar horror. Arrasada, trêmula, miserável e derrotada, assisti à eclosão daqueles acordes gigantescos em que se divinizava a *Dor*. Depois os sons que subiam do abismo de repente se agruparam num voo prodigioso e ameaçador, e esses acordes rodopiantes pareciam escalar o céu como a águia sobe rumo ao sol. Tal sinfonia triunfal parecia incendiar o mundo, e compreendi que a obra estava finalmente terminada, que a Feiura, carregada nas asas do Amor, ousara olhar de frente a Beleza! Eu estava embriagada, a porta que me separava da câmara mortuária cedeu sob meu esforço. Ele se levantou ao me ouvir, *mas não ousou se virar*.

"'Érik, mostre-me o rosto sem medo!', eu disse. 'Você é o mais doloroso e sublime dos homens, e, se Christine Daaé ainda estremecer ao vê-lo, será pelo esplendor do seu Gênio!'

"Ele então se virou, pois acreditou em mim, e eu também infelizmente acreditei no que dizia. Ele ergueu as mãos descarnadas e se jogou aos meus joelhos com palavras de amor...

"... Com palavras de amor em sua boca de morto... e a música havia silenciado...

"Ele beijava a bainha do meu vestido e não viu que eu fechava os olhos.

"O que posso ainda dizer, meu amigo? Você agora conhece o drama. Por 15 dias isso continuou... 15 dias em que precisei mentir. Uma mentira tão feia quanto o monstro que a inspirava, mas a esse preço recuperei a liberdade. Queimei a máscara. E fiz tudo de forma tão convincente que, mesmo quando não estava cantando, Érik se arriscava a mendigar um olhar meu, como um cachorrinho que gane ao redor do seu dono. Era como ele ficava, a meu redor, como escravo fiel, se esmerando em mil atenções. Aos poucos ganhei sua confiança de tal modo que ele me levou até as margens do seu *lago d'Averno* e passeamos no bote até as águas de chumbo. Nos meus últimos dias de prisão, ele me levava, à noite, para além das grades que fecham os subterrâneos da rua

Scribe, onde nos esperava um cocheiro com um carro, e íamos até as alamedas desertas do *Bois de Boulogne*.

"A noite em que o encontramos por pouco não foi trágica para mim, por causa do ciúme terrível que ele tem de você, e que só pude controlar falando da sua iminente partida… Resumindo, após 15 dias desse abominável sequestro, em que sucessivamente passei do extremo e solidário pesar ou do mais franco entusiasmo ao desespero e ao horror, ele acreditou em mim quando afirmei, ao obter sua permissão para ir embora: *eu vou voltar!*

— E você voltou, Christine — gemeu Raoul.

— Voltei, amigo. E não foram, devo dizer, as terríveis ameaças feitas por ocasião da minha soltura que me ajudaram a manter a palavra, mas a maneira como ele chorou no limiar do seu sepulcro!

"Aquele choro", insistiu Christine, balançando dolorosamente a cabeça, "me prendeu ao pobre homem mais do que eu poderia supor, na hora do adeus. Pobre Érik! Pobre Érik!"

— Christine — disse Raoul se levantando —, você afirma me amar, mas, apenas algumas horas depois de recuperar a liberdade, voltou para junto de Érik! Lembre-se do baile a fantasia.

— Nós havíamos combinado… Lembre também que essas poucas horas foram passadas com você, Raoul… e isso representava um grande perigo para nós dois…

— Mesmo naquelas poucas horas tive dúvidas quanto ao seu amor.

— E ainda tem, Raoul? Saiba então que cada visita minha a Érik aumentou minha aversão, pois em vez de acalmá-lo, como eu esperava, minha presença o enlouquecia ainda mais de amor! E estou com medo, Raoul! Com medo, muito medo!

— Você está com medo, mas, além disso, me ama? Se Érik não fosse tão assustador, ainda me amaria, Christine?

— Infeliz! Por que forçar o destino? Por que perguntar coisas que escondo no fundo da consciência como se esconde o pecado?

Ela se levantou, por sua vez, abraçou a cabeça do rapaz com seus belos braços trêmulos e disse:

— Ah, meu noivo por um dia, se não o amasse, não lhe daria meus lábios. Pela primeira e última vez, aqui estão eles.

Raoul os aceitou, mas a noite ao redor gemeu de tal forma que eles fugiram como de uma tempestade iminente. Seus olhos, no entanto, habitados pelo terror de Érik, puderam ver, antes que os dois desaparecessem na floresta de vigas e estacas do sótão, lá no alto, acima deles, um imenso pássaro noturno que os observava com olhos em brasa e parecia agarrado às cordas da lira de Apolo!

Capítulo XIV

Golpe de mestre de um conhecedor de alçapões

Raoul e Christine correram o quanto puderam. Fugiam justamente do telhado, onde estavam os olhos em brasa visíveis apenas na escuridão da noite. Só pararam no oitavo andar. Não havia espetáculo naquela noite, e os corredores da Ópera estavam desertos.

Um vulto estranho de repente barrou o caminho dos dois jovens e disse:

— Não! Por aqui não!

E o vulto indicou outro corredor, pelo qual chegariam aos bastidores.

Raoul quis parar e pedir maiores explicações, mas a figura indistinta, abrigada numa espécie de casacão e gorro pontudo, foi categórica:

— Rápido, saiam rápido!

Christine já estava puxando Raoul e o obrigava a correr:

— Quem era? Quem era o sujeito? — quis saber ele.

— O Persa! — respondeu ela.

— E o que estava fazendo ali?

— Ninguém sabe! Está sempre na Ópera!

— Isso que você me força a fazer é uma covardia — disse Raoul, muito nervoso. — Pela primeira vez na vida estou fugindo.

— Não se preocupe — tranquilizou-o Christine, que começava ela mesma a se acalmar. — Acho que fugimos de uma sombra da nossa imaginação!

— Se realmente vimos Érik, eu tinha é que tê-lo pregado na lira de Apolo, como os camponeses pregam corujas nas paredes das fazendas bretãs, e não se falaria mais nisso.

— Meu bom Raoul, para tanto precisaria antes chegar à lira de Apolo, e não é uma subida fácil.

— Os olhos em brasa estavam lá.

— Já está você, como eu, vendo-o por todo lugar, mas, se pensarmos melhor, o que imaginamos serem olhos em brasa talvez fossem apenas o brilho dourado de duas estrelas que chegavam até nós por entre as cordas da lira.

E Christine desceu mais um andar, seguida por Raoul. Ele disse:

— Se está mesmo decidida a partir, Christine, insisto que é melhor fazer isso agora mesmo. Por que esperar mais? Ele talvez nos tenha ouvido!

— Não ouviu, bobagem! Ele está às voltas com o *Don Juan triunfante*, nem um pouco preocupado conosco.

— Acredita nisso, mas não para de olhar para trás...

— Vamos ao meu camarim.

— É melhor irmos para fora da Ópera.

— Não antes da fuga! Vai nos dar azar não cumprir o que prometi, e prometi só nos vermos aqui dentro.

— Bom, felizmente ele permitiu isso... Até que foi audaciosa da sua parte essa brincadeira do noivado — observou Raoul, sarcástico e magoado.

— Nem tanto, Érik sabe, e, quando contei, ele disse: "Confio em você, Christine. O sr. Raoul de Chagny está apaixonado e vai partir. Ótimo que, antes disso, se sinta tão infeliz quanto eu!"

— E o que ele quis dizer, fazendo o favor?

— Eu é que pergunto, meu amigo. Somos infelizes quando amamos?

— É o que acontece, Christine, quando amamos sem ter certeza de sermos amados.

— É por Érik que diz isso?

— Por Érik e por mim — respondeu o rapaz, balançando a cabeça, pensativo e desolado.

Chegaram ao camarim de Christine.

— Como pode se sentir mais segura aqui do que no teatro? — perguntou Raoul. — Se o ouvia pelas paredes, ele pode também nos ouvir.

— Não, ele me deu sua palavra de que não ficaria mais atrás das paredes do meu camarim, e acredito nele. O camarim e meu *apartamento no lago* são exclusivamente meus, e ele respeita isso.

— Mas como saiu daqui e foi transportada para o corredor escuro, Christine? Por que não tentamos repetir seus gestos, não quer?

— Acho perigoso, amigo. O espelho poderia outra vez me aspirar e, em vez de fugir, seria obrigada a ir ao final da passagem secreta que leva às margens do lago e de lá chamar Érik.

— E ele a ouviria?

— De qualquer lugar que eu chame, ele ouvirá... Foi o que me disse; é um ser bem estranho. Não creia, Raoul, tratar-se simplesmente de um homem que resolveu viver sob a terra. Ele faz coisas impossíveis para homens comuns, sabe de coisas que o mundo dos vivos ignora.

— Tome cuidado, Christine, está descrevendo um fantasma.

— Mas não é um fantasma. É um homem do céu e da terra, só isso.

— Um homem do céu e da terra... só isso! Você fala dele de uma maneira... Quer mesmo fugir?

— Quero, amanhã.

— Posso dizer por que gostaria que fugisse ainda hoje?

— Diga, meu amigo.

— Porque amanhã você não estará mais decidida a nada!

— Nesse caso, Raoul, me leve mesmo contra a minha vontade! Não foi o que combinamos?

— Então está bem. Até amanhã! Estarei no camarim à meia-noite — disse o rapaz, taciturno. — Aconteça o que acontecer, manterei a promessa. Você disse que depois do espetáculo ele a espera na *sala de jantar do lago.*

— Foi onde marcamos.

— E como vai chegar lá, Christine, já que não sabe sair do camarim "pelo espelho"?

— Indo diretamente à beira do lago.

— Atravessando todos os subsolos? Pelas escadas e corredores utilizados pelos maquinistas e pelo pessoal de serviço? Como manteria em segredo a saída? Todo mundo vai estar seguindo Christine

Daaé, que chegará, assim, com uma multidão de admiradores à beira do lago.

Christine tirou de uma caixa uma enorme chave e a mostrou.

— O que é isso? — perguntou ele.

— A chave da grade na rua Scribe.

— Entendo. De lá se passa diretamente ao lago. Por favor, deixe-a comigo.

— De jeito nenhum! — respondeu ela decidida. — Seria uma traição!

Raoul viu Christine literalmente mudar de cor. Uma palidez mortal tomou conta do seu rosto.

— Ai, meu Deus! — exclamou ela. — Érik! Érik! Tenha pena de mim!

— Calma! — pediu o rapaz. — Não disse que ele não pode ouvi-la?

Mas a atitude da cantora se tornava cada vez mais inexplicável. Ela contorcia os dedos uns nos outros e repetia assustada:

— Ai, meu Deus! Ai, meu Deus!

— Mas o que há? O que você tem? — implorou Raoul.

— A aliança.

— O que tem a aliança? Por favor, Christine, volte a si!

— A aliança de ouro que ele me deu!

— Então foi presente de Érik?

— Você sabe que sim, Raoul! O que não sabe é que no momento em que me deu, ele disse: “Devolvo-lhe a liberdade, Christine, mas à condição de este anel estar sempre no seu dedo. Enquanto o tiver, estará protegida de qualquer perigo e serei seu amigo. Mas se perdê-lo, cuidado, pois Érik se vingará!” Meu amigo, meu amigo! O anel não está mais no meu dedo! Pobres de nós!

Em vão eles procuraram a aliança em volta. Nada encontraram, e Christine não se acalmava.

— Foi quando nos beijamos sob a lira de Apolo no telhado. — Ela tentava, trêmula, dar uma explicação. — A aliança deve ter se soltado do meu dedo, deve ter rolado para a rua lá embaixo! Como encontrá-la agora? E que perigo nos ameaça, Raoul? Ah, fugir! Precisamos fugir!

— Fugir já! — insistiu Raoul mais uma vez.

Ela hesitava, estava prestes a concordar... Depois seus olhos claros se turvaram, e ela disse:

— Não! Amanhã!

E Christine precipitadamente o deixou, transtornada, contorcendo ainda os dedos uns nos outros, na esperança, quem sabe, de que o anel assim reaparecesse.

Raoul voltou então para casa, muito preocupado com tudo o que ouvira.

— Se eu não salvá-la das garras desse charlatão — disse ele sozinho, em voz alta, no seu quarto —, ela está perdida. Mas eu a salvarei!

Apagou a luz. No escuro teve ainda necessidade de insultar Érik e gritou três vezes:

— Charlatão! Charlatão! Charlatão!

De repente, porém, apoiou-se num cotovelo. Um suor frio escorreu por sua testa. Dois olhos, ardentes como brasas, acabavam de se acender nos pés da cama. Fitavam-no sem se moverem, terríveis na escuridão.

Raoul era corajoso e, no entanto, tremia. Esticou o braço aos poucos, sem barulho, até a mesinha de cabeceira. Encontrou a caixa de fósforos e iluminou o quarto. Os olhos desapareceram.

Nada tranquilo, ele pensou: "Christine disse que os olhos *dele* só são vistos no escuro. Os olhos desapareceram, mas talvez *ele* ainda esteja aqui."

Raoul se levantou e, com muito cuidado, olhou por todo o lugar. Inclusive debaixo da cama, como uma criança. Achou estar sendo ridículo e disse em voz alta:

— Em que acreditar? Em que não acreditar, num conto de fadas desse? Onde acaba o real e começa o fantástico? O que ela viu? O que achou ter visto? — E acrescentou, vacilante: — E eu mesmo, o que vi? Vi mesmo os olhos em brasa ainda há pouco? Será que brilharam apenas na minha imaginação? Já não tenho mais certeza nem garanto coisa alguma!

Voltou a se deitar, de novo no escuro.

Os olhos reapareceram.

— Hum! — suspirou ele.

Sentando-se, olhou na direção daqueles dois pontos em brasa, de forma tão firme quanto pôde. Após um silêncio em que procurou juntar toda a coragem, ele de repente gritou:

— É você, Érik? Homem, gênio ou fantasma; é você?

Em seguida pensou: "Se for ele, está na varanda!"

Correu então, no camisolão de dormir, até o movelzinho onde guardava um revólver. Armado, abriu a porta da varanda. A noite estava fresca. Raoul deu uma boa olhada na sacada deserta e voltou para o quarto, fechando-o bem. Voltou a se deitar, arrepiado, com o revólver na mesinha ao lado, ao alcance da mão.

Soprou a vela mais uma vez. Os olhos continuavam ali, na ponta da cama. Estariam entre a cama e o vidro da janela ou atrás do vidro da janela, ou seja, na sacada?

É o que Raoul queria saber. Queria também saber se aqueles dois olhos pertenciam a um ser humano... Queria saber tudo...

Com toda a paciência então, com toda a frieza, *sem perturbar a noite* ao redor, ele pegou o revólver e apontou.

Mirou nas duas estrelas douradas que o fitavam com brilho tão singular e imóvel.

Para ser mais exato, mirou um pouco acima das duas estrelas, pois, se as estrelas fossem olhos, acima desses olhos estaria a testa, e se Raoul não fosse inábil demais...

O disparo ecoou tremendamente na calma da noite. Dos corredores vieram passadas rápidas, e Raoul, sentado na cama, de braço esticado, pronto a atirar novamente, olhava...

As duas estrelas tinham finalmente desaparecido.

Luzes, criados e o conde Philippe terrivelmente assustado:

— O que houve, Raoul?

— Nada grave, devo ter sonhado! — respondeu o rapaz. — Atirei em duas estrelas que não me deixavam dormir.

— Está delirando? Está mal? Por favor, Raoul, o que aconteceu?

O conde pegou o revólver.

— Não, não estou delirando! Aliás, já vamos saber...

Ele se levantou, vestiu um robe, calçou os chinelos, pegou uma lanterna das mãos de um criado e, abrindo a porta de vidro, voltou à varanda.

O conde já havia constatado que a janela tinha sido atravessada por uma bala à altura média de um homem. Raoul se debruçou na varanda com sua lamparina...

— Arrá! — fez ele. — Sangue. Temos sangue aqui, sangue ali... e mais sangue! Melhor assim! Um fantasma que sangra é menos perigoso! — E riu.

— Raoul, Raoul! — O conde sacudia o irmão como se quisesse tirar um sonâmbulo do seu perigoso sonho.

— Calma, irmão, não estou dormindo! — reclamou Raoul meio impaciente. — Está vendo esse sangue, como qualquer um pode ver. Achei estar sonhando e atirei em duas estrelas. Eram os olhos de Érik, e aqui temos o sangue!

E acrescentou, subitamente preocupado:

— No final, talvez tenha sido um erro atirar, e é possível que Christine não me perdoe! Nada disso teria acontecido se eu tivesse pensado em puxar a cortina da janela antes de me deitar.

— Raoul, você ficou louco? Acorde!

— Aliás, irmão, seria melhor que me ajudasse a encontrar Érik... Afinal, um fantasma que sangra deve ser possível de se encontrar...

O camareiro do conde disse:

— É verdade, senhor, há sangue na varanda.

Um criado trouxe um lampião e com sua claridade pôde-se examinar tudo. As marcas de sangue seguiam pela varanda até uma calha e por ela se perdiam.

— Meu amigo — disse o conde Philippe —, você atirou num gato.

— Miséria! — exclamou Raoul com um sarcasmo que incomodou o irmão. — Não é impossível. Com Érik nunca se sabe. Terá sido Érik? O gato? O Fantasma? Gente ou sombra? Não, realmente! Com Érik nunca se sabe!

Raoul começava a apresentar esse tipo de divagação que logicamente tinha muito a ver com suas preocupações, na continuidade das estranhas confidências, reais, mas com aparências sobrenaturais, de Christine Daaé. E essas divagações ajudaram a convencer várias pessoas de que o cérebro do rapaz se desarranjara. O próprio conde achou isso e, mais tarde, foi o que também o juiz encarregado de instruir o processo concluiu a partir do boletim de ocorrência da polícia.

— Quem é Érik? — perguntou o conde, apertando a mão do irmão.

— É o meu rival! E, se não morreu, pior!

Com um gesto, os criados foram dispensados.

A porta do quarto se fechou com apenas os dois Chagny no interior, mas os empregados não se afastaram tão rapidamente, e o camareiro ouviu Raoul dizer claramente em voz alta:

— Esta noite vou levar Christine Daaé embora comigo.

A frase foi posteriormente repetida para o juiz Faure, mas nunca se soube ao certo o que mais os dois irmãos disseram um ao outro naquela noite.

Os empregados contaram também não ter sido aquela a primeira altercação que eles tiveram a portas fechadas.

Do lado de fora se ouviam gritos, entre os quais se distinguia sempre o nome de uma atriz, Christine Daaé.

No desjejum da manhã seguinte, que o conde sempre tomava em seu gabinete de trabalho, ele mandou chamar o irmão. Raoul chegou bastante sombrio e sem falar. A cena foi rápida.

O conde: Leia isso!

*E estendeu o jornal l'*Époque, *indicando um texto de coluna social.*

O visconde leu: "Grande novidade na sociedade elegante: uma promessa de casamento entre a srta. Christine Daaé, artista lírica, e o visconde Raoul de Chagny. Se dermos ouvidos a rumores internos do teatro, o conde Philippe teria garantido que pela primeira vez os Chagny faltariam com a palavra. Como o amor, na Ópera mais do que em outros lugares, é todo-poderoso, podemos nos perguntar de que meios dispõe o conde Philippe para impedir que o irmão leve ao altar a *Nova Margarida*. Dizem que os dois fidalgos se adoram, mas o conde se engana bastante se espera que o amor fraternal se imponha sobre o puro e simples amor!"

O conde: Não vê, Raoul? Está nos expondo ao ridículo! Essa moça virou completamente a sua cabeça com essa fábula de assombrações!

(O conde, então, estava a par da história de Christine.)

O visconde: Adeus, irmão!

O conde: Então é isso? Vai embora esta noite? *(O visconde não respondeu.)* Com ela? Não fará essa bobagem! *(Silêncio do visconde.)* Tenho como impedir!

O visconde: Adeus, irmão!

(O visconde sai.)

Essa cena foi contada ao juiz Faure pelo próprio conde, que só voltou a ver o irmão à noite, na Ópera, minutos antes do desaparecimento de Christine.

O dia inteiro, de fato, foi gasto por Raoul nos preparativos para a fuga.

Cavalos, carro, cocheiro, provisões, bagagem, dinheiro, itinerário (não pegariam trem, procurando despistar o fantasma), tudo isso preencheu o tempo até as nove da noite.

A essa hora, uma espécie de berlinda, com as portas bem fechadas e com as cortinas das janelinhas abaixadas, estacionou na fila junto à Rotunda. Estava atrelada a dois vigorosos cavalos e era conduzida por um cocheiro do qual não se via a fisionomia, oculta pelas volumosas dobras de uma manta. Diante desse carro já estavam três outros. O processo instaurado mais tarde constatou serem os cupês de Carlotta, que repentinamente voltara a Paris, de Sorelli e, à frente deles, o do conde Philippe de Chagny. Da berlinda ninguém desceu, e o cocheiro permaneceu em sua banqueta. Os três outros cocheiros, aliás, também ficaram em seus lugares.

Um vulto, com uma grande capa negra e tendo na cabeça um chapéu mole de feltro, também negro, passou pela calçada entre a Rotunda e os veículos. Pareceu considerar mais atentamente a berlinda. Aproximou-se dos cavalos, observou o cocheiro e depois se afastou sem nada dizer. O mesmo processo investigatório igualmente concluiu que esse vulto seria o do visconde Raoul de Chagny. Pessoalmente não creio, visto que naquela noite, como sempre, o visconde estava de cartola, que, aliás, foi encontrada. Estou mais inclinado a acreditar que fosse o Fantasma, já tendo conhecimento de tudo, como veremos a seguir.

Em cena, mais uma vez *Fausto*. O público era dos mais brilhantes. A sociedade chique estava magnificamente representada. Naquela época, os aficionados, que compravam com antecedência ingressos para toda a temporada, não deixavam de comparecer, não cediam, não revendiam nem dividiam seus camarotes com o mundo das finanças, do comércio ou com estrangeiros. Hoje em dia, no camarote do marquês fulano — que se mantém assim denominado, pois o marquês, por contrato, é o seu titular — encontram-se, por exemplo, certo negociante de carne de porco salgada e sua família — o que é seu direito, pois é quem paga o camarote do marquês. Naquela época, como dizíamos, tais costumes eram ainda bem pouco usuais. Os camarotes da Ópera pareciam salões mundanos onde era mais ou menos certo encontrar ou ver grandes nomes da sociedade, que eventualmente até gostavam de música.

Toda essa gente se conhecia sem nem por isso necessariamente se frequentar. Mas todos os rostos tinham nomes de famílias importantes, e o do conde de Chagny era um dos mais conhecidos.

O mexerico publicado no *l'Époque* já devia ter circulado bastante, pois todos os olhos procuravam o camarote em que o conde Philippe, aparentando perfeita indiferença e tranquilidade, se encontrava só. A parte feminina do elegante público parecia singularmente interessada, e a ausência do visconde motivava mil rumores por trás dos leques. À sua entrada em cena, Christine Daaé foi recebida friamente. Aquele público tão particular não perdoava a cantora por ter mirado tão alto.

A diva se deu conta da disposição negativa de parte da sala, e isso a perturbou.

Os *habitués* que diziam ter conhecimento dos amores do visconde não deixaram de sorrir em certos trechos do papel de Margarida. E também ostensivamente olharam na direção do camarote de Philippe de Chagny quando Christine cantou a frase: *Eu bem gostaria de saber quem é esse jovem, se é grande senhor e qual o seu nome.*

Com o queixo apoiado na mão, o conde não parecia sequer notar tais manifestações. Apenas olhava para o palco, mas de fato via? Dava a impressão de estar longe de tudo...

Christine se sentia cada vez mais insegura. Tremia. Estava a caminho de uma catástrofe... Carolus Fonta se perguntava se a colega não estaria passando mal, se conseguiria sustentar a cena até o fim do ato, que era aquele do jardim. Na sala, todos se lembravam da infelicidade de Carlotta no final desse mesmo ato e do "cuac" histórico que momentaneamente suspendera sua carreira em Paris.

E justamente nesse momento Carlotta entrou num camarote de frente, uma entrada sensacional. A pobre Christine ergueu os olhos para aquele novo motivo de apreensão. Reconheceu a rival. Achou que a espanhola a olhava com sarcasmo, e foi o que a salvou, pois não pensou em mais nada e, outra vez, triunfou.

A partir daquele momento, ela cantou com toda a sua alma. Procurou ultrapassar tudo o que tinha feito até então e conseguiu. No último ato, quando Margarida evoca os anjos e se eleva do chão, a sala inteira, fascinada, se juntou em seu voo, e todos puderam achar que tinham asas.

No centro da plateia, enquanto em cena se desenvolvia esse chamado sobre-humano, um homem se levantou e assim se manteve, olhando fixamente a atriz, como se no mesmo movimento ele também deixasse a terra... Era Raoul.

Anjos puros! Anjos radiosos!
Anjos puros! Anjos radiosos!

E Christine, braços estendidos, garganta em brasa, envolta na glória da sua cabeleira solta nos ombros nus, lançou a súplica divina:

Levai minha alma aos céus!

Foi quando, de repente, se fez uma brusca escuridão no teatro. Tão brusca e rápida que os espectadores mal tiveram tempo de dar um grito de surpresa, pois a luz voltou a iluminar o palco.

... Mas Christine Daaé havia desaparecido!... Para onde fora?... Por qual milagre?... Todos se entreolhavam sem entender, e a comoção chegou ao auge. Tanto no palco quanto na sala. Corriam dos bastidores até o local em que, no instante anterior, Christine cantava. O espetáculo foi suspenso na mais geral desordem.

Mas onde, por onde podia ter passado Christine? Qual bruxaria a havia feito desaparecer na frente de milhares de espectadores entusiasmados, estando inclusive a cantora nos braços de Carolus Fonta? Na verdade, podia-se achar que os anjos, sensíveis à sua ardente súplica, a houvessem realmente "levado aos céus" de corpo e alma.

Raoul, ainda de pé na sala, deu um grito. O conde Philippe se agitou em seu camarote. Olhava-se o palco, olhava-se o conde, olhava-se Raoul, e a pergunta que se fazia era se aquele curioso acontecimento não tinha a ver com a fofoca publicada naquela manhã por um jornal. Mas Raoul deixou às pressas o seu lugar, o conde desapareceu do camarote e, enquanto a cortina descia, os frequentadores com direito de acesso aos bastidores corriam para lá. O público aguardava algum anúncio numa balbúrdia indescritível. Todo mundo falava ao mesmo tempo. Muitos explicavam como as coisas tinham se passado. Uns diziam: "Ela caiu num alçapão"; "Ela foi puxada para as frisas, a pobre cantora talvez seja vítima de alguma nova trucagem inaugurada pela nova direção"; ou ainda: "Foi armado, a coincidência entre o desaparecimento e a escuridão prova isso."

A cortina finalmente voltou a lentamente se erguer, e Carolus Fonta, indo até o pódio do maestro, anunciou com voz grave e triste:

— Senhoras e senhores, algo inexplicável que nos deixa extremamente preocupados acaba de acontecer. Nossa colega Christine Daaé desapareceu à nossa frente, sem que possamos saber como!

Capítulo XV

A singular importância de um alfinete de fralda

No palco, a confusão era enorme. Artistas, maquinistas, figurantes, coristas, espectadores com livre acesso, todo mundo perguntando, gritando, gesticulando: "O que aconteceu?", "Um rapto!", "Foi o visconde de Chagny que a levou!", "Não, foi o conde!", "Ah, lá está Carlotta! Isso foi coisa da Carlotta!", "Não! Foi o Fantasma!".

Havia quem risse, sobretudo depois que um exame cuidadoso dos alçapões e do tablado afastou a possibilidade de um acidente.

Naquela multidão barulhenta, três personagens conversavam em voz baixa, mas com gestos descontrolados. Eram Gabriel, diretor do coro, o administrador Mercier e o secretário Rémy. Tinham se retirado num canto que ligava o palco ao amplo corredor do *foyer* da dança e ali, atrás de enormes acessórios de cena, discutiam:

— Bati na porta e não responderam! Talvez não estejam mais na sala. De todo modo, não tenho como saber, eles levaram as chaves.

Era o que dizia Rémy, sem dúvida se referindo aos diretores, que no último entreato tinham dado ordens para que ninguém os incomodasse, sob qualquer pretexto que fosse: "Não estavam para ninguém."

— Mas é um caso excepcional — dizia Gabriel. — Não é todo dia que uma cantora desaparece em pleno palco!

— Você gritou isso para eles pela porta? — perguntou Mercier.

— Vou voltar lá! — concordou Rémy, saindo às pressas.

Nesse momento, o contrarregra-geral do teatro se aproximou nervoso:

— E então, Mercier, é preciso vir! Por que perdem tempo aqui? A administração precisa fazer alguma coisa.

— Não faço coisa alguma nem quero saber do que quer que seja até a chegada do comissário de polícia — declarou Mercier. — Já mandei que chamassem Mifroid. Vamos esperar.

— Pois digo que é preciso descer imediatamente à cabine de luz.

— Não antes de o comissário chegar...

— Eu próprio já fui lá.

— Ah, sim? E o que viu?

— É simples, não vi ninguém! Ouviu isso? Ninguém!

— E o que quer que eu faça?

— Ora, bolas! — respondeu o homem, passando freneticamente as mãos na farta cabeleira. — É muito óbvio! Se tivesse alguém na sala, poderia explicar a escuridão em que de repente caiu o palco. E Mauclair não se encontra em lugar algum, entende isso?

Mauclair era o responsável pela iluminação do palco, tanto de dia quanto de noite.

— Mauclair não se encontra em lugar algum — repetiu Mercier, abalado. — E os assistentes?

— Nem Mauclair, nem os assistentes! Ninguém na cabine de luz, estou dizendo! Pode bem imaginar — urrou o contrarregra — que essa menina não fez isso sozinha! Houve um golpe bem planejado, que deve ser esclarecido... E onde estão os diretores? Proibi que desçam à cabine de luz e lá postei um bombeiro para impedir qualquer acesso. Fiz bem?

— Fez, fez, com certeza... Mas vamos esperar o comissário.

O contrarregra se afastou dando de ombros, mas irritado, ruminando insultos contra aqueles "bananas" que ficavam tranquilamente num canto enquanto o teatro inteiro estava "de cabeça para baixo".

Tranquilos não era exatamente como se sentiam Gabriel e Mercier. Tinham, porém, recebido uma ordem que os paralisava. Não deviam incomodar os diretores por nada nesse mundo. Rémy desobedecera, e isso não tinha sido bom para ele.

Mas justamente o secretário voltava de sua nova tentativa, com a expressão transtornada.

— E então, falou com eles? — perguntou Mercier.

— Moncharmin acabou abrindo a porta, com os olhos saltando das órbitas. Achei que ia bater em mim. Antes que eu dissesse qualquer coisa, sabe o que ele perguntou, aos berros? "Tem um alfinete de fralda?" Eu disse que não, e ele foi curto e grosso: "Então não me amole!" Quis explicar que no teatro estava acontecendo algo extraordinário, e ele insistia: "Alfinete de fralda, arranje agora mesmo um alfinete de fralda!" Um escriturário ouviu, pois a frase era gritada aos berros, deu o alfinete, e Moncharmin bateu a porta no nosso nariz! Isso foi tudo.

— E você não disse que Christine Daaé...

— Queria ver o que fariam no meu lugar... Ele espumava... Só queria saber do tal alfinete de fralda... Se não tivesse conseguido um naquela hora, acho que ele teria um ataque! Nada disso é normal, os diretores estão ficando loucos...

Revoltado, o secretário solenemente declarou:

— Isso não pode continuar assim! Nunca fui tratado dessa maneira!

Gabriel então disse:

— Isso é coisa do F. da Ó.

Rémy riu. Mercier suspirou; parecia prestes a fazer uma confidência... mas notou um sinal de Gabriel para que se calasse e recuou.

O administrador, no entanto, sentindo sua responsabilidade crescer na medida em que os minutos passavam e ele não podia contar com os diretores, resolveu:

— Pois vou eu mesmo tentar falar com eles.

Subitamente sério e grave, Gabriel puxou-o pelo braço.

— Pense bem, Mercier! Se não saem do escritório, talvez seja por necessidade. O F. da Ó. tem um leque variado de truques!

Mas Mercier estava decidido.

— Vou assim mesmo! Se me tivessem dado ouvidos, há muito tempo a polícia já saberia de tudo!

Virou as costas e se foi.

— *Tudo* o quê? — perguntou imediatamente Rémy. — O que se teria a contar à polícia? Não diz nada, Gabriel? Está sabendo de alguma coisa! Pois é melhor que me diga o que se passa, ou vou começar a espalhar que estão todos loucos! Isso mesmo, estão loucos, é a pura verdade!

Gabriel arregalou os olhos, fingindo nada compreender do inconveniente "chilique" do secretário.

— Que história é essa? — perguntou ele discretamente. — Não sei do que está falando.

Rémy se irritou:

— Esta noite Richard e Moncharmin, aqui mesmo, nos intervalos do espetáculo, agiam como doidos.

— Não notei — resmungou Gabriel, desconversando.

— Então foi o único! Acha que não vi? E que o sr. Parabise, diretor do Crédito Central, também não? Nem o embaixador La Borderie, que também estava perto? Meu caro mestre de canto, todo o público presente notou e fazia sinais, indicando nossos dois diretores!

— E o que faziam os nossos dois diretores? — perguntou Gabriel da maneira mais sonsa.

— O que faziam? Você, melhor do que ninguém, sabe! Pois estava ali! E não os perdia de vista, você e Mercier! Eram os únicos a não rir.

— Continuo sem entender!

Bem frio e "desinteressado", Gabriel estendeu os braços e os deixou cair, como se parasse de se preocupar com a questão... Mas Rémy insistiu:

— E que nova mania é essa? *Agora não querem mais que a gente se aproxime deles*?

— Como assim, *não querem que a gente se aproxime deles*?

— *Não querem mais que a gente encoste neles*?

— Notou, realmente, que os diretores não querem que *encostem neles*? Isso, de fato, seria bem estranho!

— Não concorda? Até que enfim! *E eles andam para trás!*

— Para trás? Você notou que os diretores *andam para trás*? Achei que só caranguejos andassem para trás.

— Não brinque, Gabriel, não brinque!

— Não estou brincando — disse Gabriel, declarando-se sério "como o papa".

— Poderia, por favor, me explicar, Gabriel, você que é próximo da direção, por que no entreato do "jardim", no *foyer*, quando fui cumprimentar o sr. Richard, estendendo a mão, Moncharmin me disse rápido e baixinho: “Afaste-se! Afaste-se! De forma alguma encoste no diretor!” Por acaso tenho alguma doença contagiosa?

— É incrível!

— E pouco depois, quando o embaixador La Borderie também foi falar com Richard, você não viu Moncharmin se meter entre os dois e repetir “Senhor embaixador, por favor, não toque no diretor!”?

— Espantoso! E o que fazia Richard enquanto isso?

— O que fazia? Você viu perfeitamente! Dava a meia-volta, *cumprimentava sem que houvesse alguém à sua frente* e se retirava “andando para trás”!

— Para trás?

— E Moncharmin, logo em seguida, igualmente deu a meia-volta, ou seja, completou atrás de Richard um rápido semicírculo e também se retirou *andando para trás*! E foram dessa forma até a escada da administração, andando de costas... de costas! Resumindo, se não estão loucos, pode me dizer o que foi isso?

— Talvez ensaiassem um número de balé — sugeriu Gabriel sem muita convicção.

O secretário Rémy se sentiu ultrajado pela vulgaridade da brincadeira num momento tão dramático. Suas sobrancelhas franziram, a boca se crispou, e ele se debruçou ao ouvido do outro:

— Não se faça de engraçado comigo, Gabriel. Acontecem coisas aqui, nas quais você e Mercier podem estar envolvidos.

— O quê, por exemplo?

— Christine Daaé não foi a única a bruscamente desaparecer esta noite.

— Verdade?!

— Não me venha com “Verdade?”. Pode me dizer por que, quando a velha Giry desceu ao *foyer*, Mercier pegou-a pelo braço e a levou rapidinho com ele?

— É mesmo? Não vi.

— Viu muito bem, Gabriel, tanto que seguiu Mercier e a velha Giry até a sala da administração. Depois disso, você e Mercier voltaram a ser vistos, e não mais a velha Giry...

— E acha que a comemos?

— Não, mas a deixaram bem trancada na sala, e sabe o que ouve quem passa por perto da porta? Ouve alguém dizendo: "Ah, que bandidos, que bandidos!"

Nesse momento da constrangedora conversa, chegava Mercier, esbaforido:

— Pronto! — disse ele, quase sem poder articular as palavras. — Não podem imaginar... Eu gritei: "É grave! Abram! Sou eu, Mercier." Ouvi passadas. A porta se abriu, e Moncharmin apareceu. Estava muito pálido. Perguntou o que eu queria, e eu disse: "Sequestraram Christine Daaé." Sabe o que ele respondeu? "Que bom para ela!" E bateu a porta, me entregando isto.

O administrador mostrou, Rémy e Gabriel olharam.

— O alfinete de fralda! — exclamou o secretário.

— Estranho! Muito estranho! — murmurou Gabriel, sem poder evitar um arrepio.

De repente uma voz os fez se virarem, os três.

— Por favor, me desculpem, podem me dizer onde se encontra Christine Daaé?

Apesar da gravidade da situação, a pergunta provavelmente os teria feito estourar de rir, não fosse tão dolorosa a imagem que tinham à frente, fazendo-os imediatamente sentir muita pena. Era o visconde Raoul de Chagny.

Capítulo XVI

Christine! Christine!

O primeiro pensamento a se firmar em Raoul, quando ele se deu conta do fantástico desaparecimento de Christine Daaé, foi o de culpar Érik. Não havia mais dúvida quanto ao poder quase sobrenatural do Anjo da Música dentro da Ópera, onde ele diabolicamente estabelecera seu império.

O jovem então se precipitou na direção do palco, num acesso de desespero e de amor.

— Christine! Christine! — gemia ele, sem saber bem o que fazer, chamando-a como se ela fosse responder do fundo do abismo escuro para o qual o monstro a havia carregado como uma presa, extasiada ainda em sua divina interpretação e envolta na branca mortalha na qual ela se oferecia aos anjos do Paraíso! — Christine! Christine! — repetia Raoul... com a impressão de ouvir os apelos da jovem pelo frágil estrado que os separava.

Ele prestava atenção, procurava escutar... andava de um lado para o outro do palco como um desvairado. Ah, descer! Era preciso descer, descer ao poço de trevas, que tinha todos os seus acessos fechados.

Aquele tênue tampão que normalmente corria tão facilmente nos trilhos, deixando que se visse o abismo para o qual todo o seu desejo o empurrava... Tábuas que seus pés faziam estalar, com o prodigioso vazio dos "subsolos" ecoando sob seu peso... Aquelas mesmas tábuas estavam agora pregadas como nunca: pareciam inamovíveis... Pareciam nunca terem corrido... e estava vedada para qualquer pessoa a escada que descia ao andar abaixo do palco!

— Christine! Christine!

As pessoas o afastavam rindo... Zombavam... Comentavam que o pobre noivo estava meio "confuso".

Teria Érik, em sua louca corrida por corredores escuros e misteriosos que só ele conhecia, levado a doce criança para o seu horrível antro em estilo Luís Felipe à beira do lago do Inferno?

— Christine, me responda, Christine! Pelo menos está viva? Já não deu seu último suspiro sob o bafo ardente do monstro num minuto de sobre-humano terror?

Terríveis pensamentos se atropelavam como fulminantes raios no cérebro tumultuado de Raoul.

É claro, Érik devia ter descoberto os planos de fuga, descoberto que Christine o traía. De que vingança seria capaz?

A que ponto chegaria o Anjo da Música, ferido em cheio em seu orgulho? Nos braços todo-poderosos do monstro, Christine estava perdida!

E Raoul se lembrou das duas estrelas de ouro que tinham vindo na noite anterior espioná-lo na varanda, por que não as eliminou de vez com um tiro mais certeiro?

Eram com certeza olhos extraordinários que se dilatam no escuro e brilham como estrelas, ou como olhos de gato (como se sabe, alguns albinos que parecem ter olhos de coelho durante o dia têm olhos de gato à noite).

Não! Ele tinha certeza de ter atirado em Érik. Por que não o matou?! O monstro tinha fugido pela calha como um gato ou como presidiários que, como também se sabe, são capazes de escalar paredes impossíveis e se sustentar em calhas.

Provavelmente Érik tinha alguma má intenção, mas, uma vez ferido, escapou e se voltava agora contra Christine.

Era em que aflitivamente pensava o pobre Raoul, correndo ao camarim da cantora...

— Christine!... Christine!...

Lágrimas amargas queimaram suas pálpebras quando ele viu, espalhadas nos móveis, as roupas que deviam vestir a noiva no momento da fuga. Ah! Por que não aceitou partir antes? Por que demoraram tanto? Por que não levaram mais a sério a ameaça... e os sentimentos do monstro? Por que oferecer ainda — piedade suprema! — àquela alma de demônio o canto celeste:

Anjos puros! Anjos radiosos!
Levai minha alma ao céu!

Com o peito afogado em prantos, promessas e ameaças, Raoul infrutiferamente passava a palma das mãos no espelho que certa noite se abriu para que Christine descesse à tenebrosa moradia subterrânea. Apoiou, tateou, pressionou, mas o espelho, pelo visto, só obedecia a Érik... Talvez não sejam gestos que comandam um espelho assim? Talvez bastem algumas palavras exatas? Quando era pequeno, ouvira histórias em que objetos obedeciam assim a certas palavras...

Mas de repente Raoul se lembrou: "Uma grade que dá para a rua... Um subterrâneo indo diretamente do lago à rua Scribe...". Christine tinha dito isso! E, mesmo depois de constatar que infelizmente a pesada chave não estava na caixa, ele correu para a rua Scribe...

Lá, suas mãos trêmulas tatearam as gigantescas pedras, procurando saídas... Encontraram grades... Seriam essas? Ou aquelas? Ou esse respiro para a circulação do ar? Ele inutilmente tentou ver por entre as barras... Que noite profunda no interior! Tentou ouvir... Que silêncio! Rodou em torno do prédio. Ah! Viu uma grade bem ampla! Barras prodigiosas de ferro... Era a porta do hall da administração!

Raoul correu até a zeladora:

— Desculpe, senhora, sabe de uma porta gradeada, isso, uma porta com barras, barras... de ferro... dando para a rua Scribe... e que leva ao lago? A senhora sabe, o lago? Isso, um lago! Um lago debaixo da terra... debaixo da Ópera!

— Já me disseram que há um lago debaixo da Ópera, mas não sei de porta nenhuma... Nunca fui lá.

— E a rua Scribe, senhora? A rua Scribe? Já foi à rua Scribe?

Ela riu, caiu na gargalhada! Raoul foi embora resmungando, correu, subiu escadas, desceu outras, atravessou todo o setor da administração, voltou à claridade do palco.

E parou, com o coração batendo de estourar no peito arfante: será que encontraram Christine Daaé? Viu três homens e perguntou:

— Por favor, me desculpem, podem me dizer onde se encontra Christine Daaé?

Os três homens riram.

No mesmo minuto, o palco fervilhou com um novo rumor e, na multidão de trajes pretos que, com muita gesticulação, procurava contar o que havia acontecido, surgiu um sujeito calmo e amável, rosto rosado e bochechudo, cabelos frisados, com olhos azuis bem claros que transmitiam uma serenidade maravilhosa. O administrador Mercier indicou o recém-chegado a Raoul, dizendo:

— Aqui está a pessoa a quem deve agora fazer a pergunta. Apresento-lhe o senhor comissário de polícia Mifroid.

— Ah! Meu caro visconde de Chagny! Ótimo que esteja aqui — disse o policial. — Se puder vir comigo... E onde estão os diretores? Onde estão?

À falta de resposta do administrador, o secretário Rémy tomou a iniciativa de dizer que os diretores estavam trancados no escritório deles e nada sabiam ainda do acontecido.

— Será possível? Vamos então a esse escritório!

E Mifroid, seguido por um grupo cada vez maior de pessoas, dirigiu-se ao setor administrativo. Mercier aproveitou a confusão para passar uma chave a Gabriel e dizer baixinho:

— Isso não anda nada bem. Deixe a velha Giry ir tomar um pouco de ar fresco...

Gabriel se afastou.

Logo estavam todos diante da porta dos diretores. Mercier insistentemente chamou, em vão: a porta se manteve fechada.

— Abram em nome da lei! — comandou então, com voz clara e alguma preocupação, Mifroid.

A porta finalmente foi aberta. Muitos aproveitaram para entrar atrás do comissário.

Raoul foi um dos últimos. Enquanto se dispunha a seguir o grupo, uma mão se apoiou num ombro seu e ele ouviu, bem junto do seu ouvido:

— *Ninguém tem nada a ver com os segredos de Érik.*

Ele se virou, controlando um grito. A mão que antes descansava em seu ombro fechava agora os lábios de um personagem com rosto de ébano, olhos de jade e um gorro de astracã... O Persa!

O desconhecido prolongou o gesto recomendando discrição e, no momento em que o visconde, estupefato, ia pedir explicação sobre o misterioso aviso, o Persa o cumprimentou e desapareceu.

Capítulo XVII

Surpreendentes revelações da sra. Giry sobre suas relações pessoais com o Fantasma da Ópera

Antes de seguirmos o comissário de polícia Mifroid à sala dos ilustres diretores, o leitor deve me permitir informá-lo de alguns acontecimentos extraordinários que se passaram nesse mesmo escritório ao qual o secretário Rémy e o administrador Mercier inutilmente tentaram ter acesso e onde os srs. Richard e Moncharmin se haviam tão hermeticamente trancado, com um intuito que o leitor ainda ignora, mas que vejo como meu dever histórico — quero dizer: enquanto historiador — revelar.

Já tive a oportunidade de dizer o quanto o humor dos diretores tinha se deteriorado nos últimos tempos e dei a entender que essa desagradável degradação não tinha como causa única a queda do lustre nas condições que todos conhecem.

Contemos então ao leitor — apesar do desejo da diretoria de manter segredo sobre isso — que o Fantasma pôde tranquilamente pôr a mão nos seus primeiros vinte mil francos! É claro, houve choro e ranger de dentes, mas a coisa se passou mesmo assim da forma mais simples do mundo:

Certa manhã, os diretores encontraram em cima da mesa do escritório um envelope previamente preparado. O envelope era endereçado *Para o sr. F. da Ó. (confidencial)* e estava acompanhado de um bilhete do próprio F. da Ó.: “É chegada a hora de cumprir as cláusulas do Caderno de Encargos. Coloquem vinte notas de mil francos nesse envelope, lacrem-no com o próprio selo da diretoria e entreguem-no à sra. Giry, que fará o necessário.”

Os diretores não pensaram duas vezes e, sem perderem tempo se perguntando ainda como tais invasões diabólicas podiam acontecer num gabinete que eles tinham todo o cuidado de fechar à chave, viram nisso uma boa ocasião para desmascarar o misterioso chantagista. Depois de tudo contar, pedindo muito sigilo, a Gabriel e Mercier, eles puseram os vinte mil francos no envelope e o entregaram, sem fazer qualquer pergunta à sra. Giry, reintegrada às suas funções. A funcionária não se mostrou minimamente surpresa. Nem é preciso dizer que foi vigiada! Ela, aliás, se dirigiu imediatamente ao camarote do Fantasma e lá deixou o precioso envelope na prancheta acoplada ao braço da poltrona. Os dois diretores, assim como Gabriel e Mercier, estavam escondidos de forma a não perder de vista nem por um segundo o envelope. Durante todo o espetáculo, e nem depois, houve qualquer movimentação, e os dois vigias também não se moveram. O teatro se esvaziou, a sra. Giry foi embora, e os quatro homens de tocaia continuavam nos seus lugares. Afinal se cansaram e abriram o envelope depois de constatarem não ter sido violado o selo.

Primeiro Richard e Moncharmin verificaram que as notas continuavam ali, mas logo depois se deram conta de não serem mais as mesmas. As vinte notas de verdade tinham sido substituídas por vinte notas de um tal "Banco da Santa Farsa"! O acesso inicial de raiva logo cedeu vez a um pânico generalizado!

— Ele deixa Robert Houdin no chinelo! — exclamou Gabriel.

— É verdade — concordou Richard —, só que a um preço mais alto!

Moncharmin queria já chamar a polícia, Richard se opôs. E provavelmente tinha um plano, pois disse: "Não vamos ser ridículos! Paris inteira riria de nós. O F. da Ó. ganhou o primeiro round, ganharemos o segundo." Ele já pensava com impaciência na mensalidade seguinte.

De todo modo, tinham sido tão perfeitamente enganados que não conseguiram superar certo abatimento nas semanas seguintes. E isso, afinal, é bem compreensível. Além do mais, a polícia não foi desde logo chamada porque, não devemos esquecer, os diretores achavam no fundo que toda aquela estranha aventura podia ser apenas uma detestável brincadeira montada provavelmente por seus antecessores, e nada se devia então divulgar até se descobrir o "truque". A essa possibilidade, por parte de Moncharmin se acrescentava uma desconfiança com relação ao próprio Richard, que às vezes era dado a fantasias burlescas. E foi assim que, prontos para qualquer eventualidade, eles aguardaram novos acontecimentos, vigiando e fazendo com que vigiassem a velha Giry, com quem Richard preferiu que não se comentasse nada daquilo, dizendo:

— Se ela for cúmplice, há muito tempo o dinheiro está longe. Mas para mim é apenas uma imbecil!

— Há imbecis demais nesse negócio! — respondera naquela ocasião Moncharmin, meditativo.

— Quem poderia imaginar? — lamentou Richard. — Mas não se preocupe, da próxima vez terei tudo preparado.

Essa próxima vez chegou... e coincidiu com o dia do desaparecimento de Christine Daaé.

Pela manhã uma correspondência do Fantasma havia chegado, lembrando ser dia de pagamento, e ele amavelmente indicava: "Façam como da última vez. *Tudo se passou muito bem*. Entreguem o envelope com os vinte mil francos à nossa excelente sra. Giry." E acompanhava o bilhete um envelope igual ao anterior. Era só colocar dentro o dinheiro.

Essa transação devia ser feita naquela noite, meia hora antes do espetáculo. E é então nessa meia hora anterior ao erguer da cortina para aquela famosa apresentação de *Fausto* que invadiremos o antro diretorial.

Richard mostrou o envelope a Moncharmin, contou à frente dele os vinte mil francos e os colocou dentro do envelope, sem, no entanto, lacrar.

— E agora, que venha a lanterninha — disse ele.

Mandaram que a chamassem. Ela entrou fazendo uma bela reverência. Continuava com seu vestido de tafetá preto, que já ia se tornando ferrugem ou meio lilás, e o chapéu cor de fuligem com penas. Parecia estar de ótimo humor e disse logo:

— Boa noite, cavalheiros! É para levar o envelope, imagino?

— Exatamente, senhora — disse Richard com toda a amabilidade. — É para levar o envelope... e para outra coisa também.

— Pois não, senhor diretor, às ordens! Qual seria essa outra coisa, por favor?

— Antes de tudo, eu teria uma pergunta a fazer.

— Faça isso, dona Giry está aqui para responder.

— Continua em bons termos com o Fantasma?

— Os melhores possíveis, senhor diretor, os melhores possíveis.

— Ah, que ótimo! Mas, diga, sra. Giry — continuou Richard como quem faz uma importante confidência —, cá entre nós, podemos lhe dizer isso... pois não é idiota.

— Ora, senhor diretor! — exclamou a mulher, parando um pouco o amável balanço das duas penas do chapéu cor de fuligem. — Ninguém nunca teve dúvidas quanto a isso, o senhor pode acreditar!

— Acreditamos e temos certeza de que nos entenderemos. Diga, essa história de fantasma... é uma piada, não é? Pois veja, ainda entre nós... isso já durou demais.

A velha olhou para os dois diretores como se eles tivessem falado chinês. Aproximou-se da mesa de Richard e perguntou, com estranhamento:

— O que está querendo dizer? Não estou entendendo!

— Creio que entende perfeitamente. Em todo caso, será preciso entender... Para começar, diga como ele se chama.

— Ele quem?

— A pessoa de quem a senhora é cúmplice!

— Sou cúmplice do Fantasma? Eu? Cúmplice em quê?

— A senhora faz tudo que ele quer.

— Ah! Mas ele não chega a pedir muito, sabe?

— E sempre lhe deixa gorjetas.

— Disso não posso reclamar!

— Quanto ganha para levar esse envelope?

— Dez francos.

— Caramba! Não é muito!

— Por quê?

— Vou lhe dizer daqui a pouco, dona Giry. Nesse momento, gostaríamos de saber por que motivo... extraordinário... a senhora se dedica de corpo e alma a esse Fantasma e não a outro qualquer... Não bastam cem tostões aqui, dez francos ali para garantir a amizade e a dedicação de dona Giry.

— Isso é verdade!... E, bom, vou dizer, o motivo posso até contar, seu diretor! Pois não há vergonha nenhuma nisso, pelo contrário.

— Não temos a menor dúvida.

— Mas, veja bem... o Fantasma não gosta que eu fique contando suas histórias.

— Hã-rã! — animou-se Richard.

— Mas esta aqui tem a ver só comigo! — retomou a velha. — Então, foi no camarote nº 5... Uma noite, encontrei uma mensagem para mim... uma espécie de bilhete escrito com tinta vermelha... Eu nem preciso ler para o senhor, pois sei de cor e salteado o que dizia... e nunca vou esquecer, mesmo que viva cem anos!

Com toda a dignidade e uma tocante eloquência, a sra. Giry recitou o que dizia o tal bilhete:

"Senhora:

— 1825, a srta. Ménétrier, do corpo de baile, tornou-se marquesa de Cussy.

— 1832, a srta. Marie Taglioni, bailarina, tornou-se condessa Gilbert des Voisins.

— 1846, a grande Sota, bailarina, casou-se com um irmão do rei da Espanha.

— 1847, Lola Montès, bailarina, casou-se morganaticamente com o rei Luís da Baviera e passou a se chamar condessa de Landsfeld.

— 1848, a srta. Maria, bailarina, tornou-se baronesa d'Hermeville.

— 1870, Thérèse Hessler, bailarina, casou-se com Don Fernando, irmão do rei de Portugal..."

Richard e Moncharmin ouviam a pobre mulher, que, à medida que avançava na curiosa listagem daqueles gloriosos himeneus, empolgava-se, empertigava-se, ganhava ares mais ousados e no fim, inspirada como a sibila no seu tripé, lançou com voz vibrante de orgulho a última frase do profético bilhete: *"1885, Meg Giry, imperatriz!"*

Esgotada por esse esforço supremo, a velha senhora desabou numa cadeira e completou:

— Senhores, tudo isso vinha assinado embaixo: *O Fantasma da Ópera!* Eu já tinha ouvido falar dele, mas não acreditava tanto. No dia em que me avisou que a minha pequena Meg, carne da minha carne, fruto das minhas entranhas, seria imperatriz, passei a acreditar fielmente.

No fundo, no fundo, nem era preciso se deixar impressionar pelo semblante exaltado de dona Giry para entender tudo que fora possível obter daquela boa pessoa com apenas duas palavras: fantasma e imperatriz.

Mas quem manejava os fios daquela extravagante marionete? Quem?

— A senhora nunca o viu, apenas ouviu e acredita em tudo o que ele diz? — perguntou Moncharmin.

— Piamente. Para começar, ao Fantasma é que devo a inclusão da minha pequena Meg no corpo de baile. Eu tinha dito a ele: "Para que ela seja imperatriz em 1885, não há tempo a perder, Meg precisa agora mesmo entrar no corpo de baile." E ele respondeu: "Está bem." Bastou uma palavra sua, e o sr. Poligny a integrou…

— Então concorda que Poligny o viu!

— Tanto quanto eu, mas também ouviu! O Fantasma disse algo a seu ouvido, sabe, no dia em que ele saiu tão pálido do camarote nº 5.

Moncharmin deixou escapar um gemido:

— Deus do céu, que história!

— Ah, eu sempre suspeitei de uns segredos entre o Fantasma e o sr. Poligny — insinuou dona Giry. — Tudo o que o Fantasma pedia o sr. Poligny providenciava. Ele nunca dizia não ao Fantasma.

— Ouviu isso, Richard? Poligny aceitava tudo do Fantasma.

— Ouvi, ouvi perfeitamente! — disse Richard. — Poligny é amigo do Fantasma. E, como dona Giry é amiga de Poligny, estamos bem mal parados — acrescentou, de forma um tanto rude. — Mas não estou nem aí para ele. Não escondo que quem me interessa agora é a senhora! Dona Giry, sabe o que há nesse envelope?

— Santo Deus, não! — assustou-se ela.

— Pois então olhe!

A funcionária deu uma olhada desconfiada dentro do envelope, e imediatamente seus olhos brilharam:

— Notas de mil francos!

— Exatamente, dona Giry! Notas de mil francos! E a senhora sabia muito bem disso!

— Juro que não, senhor diretor, juro...

— Não jure, dona Giry! E agora vou dizer outra coisa, que foi o que me fez chamá-la. A senhora será presa!

As duas penas pretas do chapéu cor de fuligem, normalmente em forma de pontos de interrogação, empertigaram-se como pontos de exclamação; já o chapéu propriamente oscilou, balançando em cima do coque em tumulto. A surpresa, a indignação, o repúdio e o pavor se traduziram ainda, na mãe da pequena Meg, por uma espécie de pirueta extravagante, um *jeté* e um *glissade* da virtude ofendida, que levou, num salto, a velha Giry ao nariz do diretor, que por sua vez não pôde evitar um recuo até a poltrona.

— Serei presa?!

A boca a dizer essas palavras parecia querer cuspir na cara do sr. Richard os três dentes que ainda lhe restavam.

O diretor foi heroico e não recuou mais. Seu ameaçador dedo duro já apontava, para os magistrados ausentes, a lanterninha do camarote nº 5.

— Será presa, dona Giry, como ladra!

— Repita!

Mas ela já esbofeteava o diretor antes que seu colega Moncharmin pudesse intervir. Foi a resposta da vingança! Pois não coube à mão magra e descarnada da enfurecida velha atingir a bochecha da autoridade e sim ao próprio envelope, causa de todo aquele escândalo. O envelope mágico se abriu com a pancada, espalhando as notas no ar, que rodopiaram como num voo fantástico de borboletas gigantes.

Os dois diretores deram um grito, e o mesmo pensamento os jogou de joelhos no chão, recolhendo como loucos e examinando a preciosa papelada.

— *São ainda as verdadeiras?* — perguntava um.

— *São ainda as verdadeiras?* — perguntava outro.

— São ainda as verdadeiras!!!

Acima deles, os três dentes da sra. Giry rangiam chacoalhantes, agitados por horríveis interjeições. Mas só se identificava o *leitmotiv*:

— Eu, uma ladra?! Uma ladra, eu?!

Ela sufocava e finalmente declarou:

— Estou arrasada!

Mas de repente ela estava de novo cara a cara com Richard e vociferou:

— *E o senhor, seu Richard, deve saber melhor do que eu onde foram parar os vinte mil francos!*

— Eu? — surpreendeu-se Richard. — E por que saberia?

Imediatamente Moncharmin, severo e desconfiado, quis que a mulher se explicasse.

— O que isso quer dizer? — perguntou ele. — E por que, dona Giry, Richard deve, *melhor que a senhora*, saber onde foram parar os vinte mil francos?

Richard, por sua vez, sentiu que ficava ruborizado com o olhar de Moncharmin e sacudiu a mão da funcionária com violência. Sua voz saiu quase como um trovão: retumbante, repercutente… e fulminante:

— Por que, melhor que a senhora, eu saberia onde foram parar os vinte mil francos? Por quê?

— Porque foram parar no seu bolso! — disse a velha com uma voz fraquinha, olhando agora para o diretor como se ele fosse o diabo.

Foi a vez de Richard se sentir arrasado, primeiro pela resposta inesperada e depois pelo olhar cada vez mais desconfiado de Moncharmin. Com isso ele perdeu força naquele momento difícil, em que precisava estar forte para repelir tão execrável acusação.

É por isso que as pessoas mais inocentes, pegas de surpresa em sua paz de espírito ao sofrerem um choque imprevisto, às vezes empalidecem, ruborizam, titubeiam, se empertigam, se desconcertam, protestam ou calam em momentos em que deveriam falar; permanecem frias nos momentos em que deveriam suar e suam nos momentos em que deveriam estar frias. Esses inocentes, como eu dizia, acabam parecendo culpados.

Moncharmin interrompeu o impulso vingativo com que Richard, que era inocente, ia agredir a velha e passou a interrogá-la de maneira amável:

— Como pode colocar meu colaborador Richard sob suspeita de embolsar vinte mil francos?

— Eu nunca fiz isso! — declarou a mulher. — Já que eu mesma coloquei os vinte mil francos no bolso do sr. Richard.

Em seguida, ela acrescentou a meia voz:

— Bom, não tem jeito! O Fantasma haverá de me perdoar!

Richard voltou a berrar, e Moncharmin, com autoridade, mandou que ele se calasse:

— Por favor, por favor! A mulher vai se explicar. Deixe que eu a interrogue.

E acrescentou, dirigindo-se ainda ao colega:

— É realmente estranho que isso o afete tanto! Estamos prestes a ver esse mistério se esclarecer, e você nesse estado! É um erro seu... Da minha parte estou me divertindo muito.

A funcionária ergueu a cabeça com ares de mártir, resplandecente pela fé na própria inocência.

— O senhor diz que havia vinte mil francos no envelope que pus no bolso do sr. Richard; eu, no entanto, não sabia, repito... E nem o sr. Richard, aliás.

— Hã-rã! — alegrou-se Richard, com um ar de bravura que desagradou Moncharmin. — Eu de nada sabia, mesmo! A senhora pôs vinte mil francos no meu bolso, e eu não sabia! Fico mais tranquilo, dona Giry.

— É mesmo — concordou a terrível velhota. — Isso mesmo. Não sabíamos, nenhum dos dois... Mas o senhor deve ter acabado se dando conta.

Richard com certeza teria devorado a mãe da pequena Meg se Moncharmin não estivesse ali! Mas este último agora a protegia e voltou ao interrogatório:

— Que tipo de envelope colocou então no bolso de Richard? Não foi o que lhe demos, aquele que a senhora levou na nossa frente ao camarote nº 5 e que era o único a conter vinte mil francos?

— Bem! Foi o envelope que o senhor diretor me deu que eu coloquei de mansinho no bolso do senhor diretor — explicou a velha. — Já o que deixei no camarote nº 5 era outro, exatamente igual, previamente preparado pelo Fantasma e que eu tinha escondido na minha manga a mando dele.

Dizendo isso, dona Giry tirou da manga um envelope em tudo idêntico ao que continha os vinte mil francos. Os diretores o pegaram. Ao examiná-lo, constataram que estava lacrado com o selo exclusivo da diretoria. Abriram-no e dentro estavam vinte notas do Banco da Santa Farsa, como as que já os haviam surpreendido no mês anterior.

— Como é simples! — comentou Richard.

— Como é simples! — repetiu Moncharmin, mais solene do que nunca.

— Os golpes mais famosos — respondeu Richard — foram sempre os mais simples. Basta que um comparsa...

— Ou uma comparsa! — acrescentou com voz neutra Moncharmin, que continuou de olhos pregados na suspeita, como se a quisesse hipnotizar: — Foi o Fantasma que lhe deu esse envelope e também disse para trocá-lo por este outro? Ele que a mandou colocar este último no bolso de Richard?

— O próprio!

— A senhora poderia nos dar uma mostra dessa sua habilidade? Aqui está o envelope, faça como se não soubéssemos de nada.

— Pois não, cavalheiros!

A velha pegou o envelope com os vinte mil francos e tomou a direção da porta, preparando-se para sair.

Os dois diretores correram até ela.

— Essa não! Nada disso! Não vamos cair nessa de novo!

— Sinto muito, me desculpem — explicou-se a velha. — Disseram que eu agisse como se não soubessem de nada. Se é assim, vou embora com o envelope!

— Mas como então vai colocar o envelope no meu bolso? — insistiu Richard, a quem Moncharmin vigiava com o olho esquerdo, enquanto o direito se mantinha fixo em dona Giry (é algo bastante cansativo, mas Moncharmin estava disposto a tudo para descobrir a verdade).

— Devo fazer isso no momento em que o senhor menos espera. Sabem que venho sempre no início da noite dar uma volta pelos bastidores e muitas vezes acompanho, mãe que sou, minha filha ao *foyer* da dança. Levo para ela as meias de proteção, para quando está brincando, e algo com que se refrescar... Ou seja, vou e venho do *foyer* à vontade... Os espectadores com livre acesso também, assim como os diretores... Tem sempre muita gente... Passo por trás do senhor e enfio o envelope no bolso da casaca, não é nenhuma bruxaria.

— Não é nenhuma bruxaria — repetiu Richard com os olhos faiscantes como os de Júpiter. — Nenhuma bruxaria, mas acabo de pegá-la em flagrante mentira, sua bruxa velha!

O insulto ofendeu menos a digna senhora do que o atentado sofrido por sua boa-fé. Ela se endireitou toda, com os três dentes para fora.

— E por quê?

— Porque naquela noite fiquei o tempo todo na sala, vigiando o camarote nº 5 e o envelope falso que a senhora lá deixou. Não fui ao *foyer* da dança nem por um segundo.

— Acontece, seu diretor, que não foi naquela noite que coloquei o envelope no seu bolso! Foi na apresentação seguinte... Ah! Foi na noite em que o subsecretário de Belas-Artes...

Ao ouvir isso, Richard a interrompeu bruscamente:

— Ei! É verdade! — concordou pensativo. — Estou lembrado agora! O subsecretário de Estado veio aos bastidores. Mandou me chamar. Desci por um momento ao *foyer* da dança. Estava nos degraus do *foyer*... Tive a impressão de que haviam esbarrado em mim... Virei, e a senhora estava logo ali, só a senhora... Posso até vê-la, posso ainda vê-la!

— Pois é, foi assim! Assim mesmo! Eu acabava de cumprir minha tarefa! Esse seu bolso, aliás, é bem cômodo!

E dona Giry uma vez mais juntou o gesto às palavras. Passou por trás de Richard e escorregou o envelope num dos bolsos da casaca de forma tão rápida que até Moncharmin, que prestava toda a atenção, ficou impressionado.

— É claro! — exclamou Richard, ficando pálido. — Foi muito bem pensado da parte do F. da Ó. O problema, para ele, se colocava da seguinte forma: eliminar todo intermediário perigoso entre quem dá os vinte mil francos e quem fica com eles! Nada melhor do que vir buscá-los no meu bolso sem que eu notasse, pois eu nem sabia que estavam ali... É incrível!

— Sem dúvida, incrível — completou Moncharmin... —, mas está esquecendo, Richard, que dez desses vinte mil francos fui eu que dei, e não puseram nada no meu bolso!

Capítulo XVIII

Ainda sobre a singular importância de um alfinete de fralda

A última frase de Moncharmin mostrava de maneira bem evidente a desconfiança com que ele passava a ver o colega, e disso resultou um imediato entrevero, no final do qual ficou resolvido que Richard se curvaria a todas as indicações de Moncharmin que pudessem ajudar a descobrir o miserável que os trapaceava.

Foi como chegamos ao "entreato do jardim", durante o qual o secretário Rémy, conhecido por sua perspicácia, bem observou o estranho comportamento dos seus chefes. E nada será mais fácil do que mostrar a razão daqueles procedimentos tão excepcionalmente esquisitos e, sobretudo, tão discrepantes com relação à ideia que se tem da dignidade do cargo de diretor da Academia Nacional de Música.

De fato, o comportamento das duas autoridades era motivado pela descoberta de sua última discussão: (1º) Richard deveria repetir exatamente os gestos executados no momento do desaparecimento dos primeiros vinte mil francos; (2º) Moncharmin não poderia perder de vista por um segundo sequer o bolso de trás de Richard, no qual já se encontraria o segundo envelope de vinte mil francos.

Richard, tendo às suas costas e a alguns passos dele o colega, foi se colocar no exato lugar em que se encontrava ao cumprimentar, no mês anterior, o subsecretário de Estado de Belas-Artes.

Dona Giry passou, esbarrou de leve no diretor, se livrou dos vinte mil francos no seu bolso e se foi...

Ou, melhor dizendo, foi levada por Mercier, que, executando a ordem que lhe fora dada pouco antes da reconstituição da cena, devia trancar a boa senhora na sala da administração. O intuito era o de impedir que ela, de alguma forma, se comunicasse com seu Fantasma. E dona Giry não esperneou, pois a essa altura não passava de uma pobre coitada desplumada e arrepiada, com olhos arregalados de galinácea assustada e com a crista toda desarrumada, já ouvindo no corredor as passadas vibrantes dos policiais com que a haviam ameaçado e soltando suspiros capazes de abalar as colunas da grande escadaria.

Enquanto isso, Richard se inclinava, fazia reverência, cumprimentava e saía andando de costas, como se o excelso e poderoso subsecretário de Estado de Belas-Artes estivesse à sua frente.

Tais demonstrações não teriam, é claro, despertado nenhuma curiosidade particular caso o excelentíssimo subsecretário de Estado estivesse diante do diretor, mas causaram aos que assistiram àquela cena bem natural, embora inexplicável naquele momento, um estranhamento mais do que compreensível, uma vez que diante do diretor não havia ninguém.

Richard cumprimentou o vazio... fez reverência ao nada e recuou, andando para trás, diante de coisa nenhuma.

Para completar o quadro, a poucos passos dele, Moncharmin fazia o mesmo, afastou Rémy e pediu ao embaixador La Borderie, assim como ao executivo do Crédito Central, que "não encostassem no diretor".

E isso tudo para que Richard não pudesse transferir a culpa para o embaixador, o banqueiro ou o próprio Rémy, caso os novos vinte mil francos desaparecessem logo depois.

Pois ele mesmo havia confirmado não ter encontrado ninguém depois de ser abordado por dona Giry por ocasião daquela primeira cena. Por que então, já que se deviam repetir exatamente os mesmos gestos, ele hoje encontraria alguém?

Depois de andar reverentemente de costas, o diretor, por prudência, continuou dessa mesma maneira até o corredor da administração... Com Moncharmin a observá-lo pela retaguarda e ele próprio se prevenindo contra quem eventualmente "viesse pela frente".

Devemos insistir no fato de que tal maneira de andar pelos bastidores, adotada pelos diretores da Academia Nacional de Música, obviamente não passava despercebida.

E foi o que aconteceu.

Felizmente para eles, no momento em que tudo isso acontecia, as "ratinhas" estavam quase todas nos andares superiores: os diretores teriam sido um prato cheio para a zombaria das meninas.

Mas eles só pensavam nos seus vinte mil francos.

Chegando ao corredor semiobscuro da administração, Richard disse em voz baixa a Moncharmin:

— Tenho certeza de que ninguém encostou em mim. Fique agora suficientemente afastado, no escuro, mas de olho, até eu chegar à porta do gabinete... Não vamos levantar suspeitas e veremos o que acontecerá.

Mas Moncharmin respondeu:

— Não, Richard! Continue à minha frente... sigo *imediatamente* atrás! Sem me afastar!

— Mas desse jeito não vão ter como nos roubar os vinte mil francos!

— Espero mesmo que não!

— Nesse caso, tudo o que fizemos é absurdo!

— Estamos fazendo exatamente o que fizemos da última vez... Na última vez, eu o encontrei quando você saiu do palco, no final desse corredor... e vim *pelas suas costas*.

— Está certo! — suspirou Richard balançando a cabeça e obedecendo sem discutir.

Dois minutos depois, os dois diretores se trancavam no gabinete.

O próprio Moncharmin tirou a chave e guardou.

— Ficamos trancados da última vez — explicou ele — até a hora em que você saiu e foi para casa.

— É verdade! E ninguém veio aqui?

— Ninguém.

— Nesse caso — disse Richard, fazendo um esforço para se lembrar de cada detalhe —, provavelmente me roubaram indo da Ópera para casa...

— Não! — cortou de forma bastante incisiva Moncharmin. — Não teria sido possível. Eu que o levei no meu carro. Os vinte mil francos *desapareceram quando você já estava em casa*... Não tenho mais sombra de dúvida quanto a isso.

Ele se fixava nessa convicção.

— Não pode ser! — protestou o outro. — Tenho toda a confiança nos meus criados. E, se um deles tivesse feito isso, teria desaparecido depois.

Moncharmin deu de ombros, mostrando não querer entrar nesses pormenores.

Só aí Richard começou a notar que o colega estava tendo uma atitude bem estranha com relação a ele.

— Moncharmin, é bom parar!

— Digo o mesmo, Richard!

— Atreve-se a desconfiar de mim?

— De uma deplorável brincadeira sua!

— Não se brinca com vinte mil francos!

— É o que eu acho! — declarou o outro, abrindo um jornal e pondo-se ostensivamente a ler.

— E o que vai fazer, ler o jornal?

— Isso mesmo, Richard, até a hora de levá-lo para a sua casa.

— Como da última vez?

— Como da última vez.

Richard arrancou o jornal das mãos do colega, que se pôs de pé extremamente irritado, mas encontrando à sua frente alguém ainda mais exasperado, que lhe disse, cruzando os braços no peito (gesto de insolente desafio, desde que o mundo é mundo).

— Vou lhe dizer então o que *poderia eu pensar* se, como da última vez, depois de estar esse tempo todo na sua companhia, você me desse uma carona até minha casa, e nesse momento eu descobrisse que os vinte mil francos tinham desaparecido… como da última vez.

— E o que poderia pensar? — perguntou Moncharmin vermelho, quase roxo.

— Poderia pensar que, não tendo você se afastado um palmo e sendo o único a ter se aproximado de mim, como da última vez, poderia pensar, caso os vinte mil francos não estivessem mais no meu bolso, que eles possivelmente estivessem no seu!

Diante dessa hipótese, Moncharmin deu um pulo.

— *Ah, um alfinete de fralda!* — gritou ele.

— O que quer fazer com um alfinete de fralda?

— Prender em você! Um alfinete de fralda! Um alfinete de fralda!

— Quer prender em mim um alfinete de fralda?

— Isso! Prender em você os vinte mil francos! Desse modo, seja aqui, no trajeto até a sua casa ou depois de chegar, você vai sentir a mão no seu bolso... Verá se é a minha, Richard! E agora é você que desconfia de mim! Um alfinete de fralda!

Foi nesse momento que Moncharmin abriu a porta e gritou:

— Um alfinete de fralda! Quem tem um alfinete de fralda?

Já sabemos de que maneira, nesse instante, Rémy, que não tinha alfinete de fralda nenhum, foi recebido, mas felizmente um escriturário tinha o alfinete tão desejado.

Conto então o que aconteceu em seguida.

Depois de fechar a porta, Moncharmin se ajoelhou às costas de Richard, dizendo:

— Espero que os vinte mil francos continuem aí.

— Eu também.

— Os verdadeiros? — perguntou Moncharmin, bem decidido a não se deixar, dessa vez, "enrolar".

— Dê uma olhada! Pessoalmente, prefiro nem encostar neles — declarou Richard.

Moncharmin pegou o envelope no bolso do colega e, nervoso, tirou o dinheiro, pois dessa vez, para poder regularmente averiguar a presença das notas, ele não o havia lacrado nem colado. Tranquilizou-se constatando estarem todas lá, perfeitamente autênticas. Reuniu-as de volta no bolso e cuidadosamente as perfurou com o alfinete.

Depois ele se sentou sem tirar mais os olhos dos fundilhos de Richard, que, à sua escrivaninha, não se mexeu mais.

— Tenha paciência — aconselhou Moncharmin. — Serão só mais alguns minutos... O relógio logo vai bater as 12 pancadas da meia-noite. Foi quando, na última vez, fomos embora.

— Sem problemas, terei toda a paciência necessária!

Os minutos passavam lentos, pesados, misteriosos, sufocantes. Richard tentou descontrair o ambiente.

— Vou acabar acreditando nos poderes do fantasma. Nesse momento mesmo, não sente nessa sala algo inquietante, desagradável e ameaçador?

— Sinto — confessou o outro, que estava de fato impressionado.

— O Fantasma! — continuou Richard em voz baixa, como se temesse ouvidos invisíveis. — O Fantasma! Se tiver mesmo sido um fantasma que uma vez bateu três vezes nessa mesa e que nós muito claramente ouvimos... um fantasma que deixa envelopes mágicos... que fala no camarote nº 5... que mata Joseph Buquet... que solta o lustre... e nos rouba! Quer dizer, quer dizer... Só estamos você e eu aqui, se as notas desaparecerem por si só, teremos mesmo de acreditar no Fantasma...

O relógio em cima da lareira nesse momento fez o barulhinho do destrave, e a primeira pancada da meia-noite soou.

Os dois diretores estremeceram. Uma ansiedade os afligia sem que soubessem a causa, e em vão eles tentavam combatê-la. O suor escorria nas suas testas, e a 12ª pancada soou de maneira estranha para eles.

Quando o relógio finalmente sossegou, eles deram um suspiro e se levantaram.

— Podemos ir — disse Moncharmin.

— Vamos — concordou Richard.

— Antes disso, permite que eu dê uma olhada no seu bolso?

— Faço questão!

O colega o apalpava, e Richard perguntou:

— Estão aí?

— Bem, o alfinete está...

— Claro que sim, como você mesmo disse, não poderiam nos roubar sem que eu sentisse.

Porém, com as mãos ainda no bolso do colega, Moncharmin berrou:

— *O alfinete está, mas as notas não!*

— Não brinque com isso, não nessa hora!

— Passe você mesmo a mão!

Richard tirou a casaca. Os dois homens se voltaram para o bolso... *O bolso estava vazio.*

O mais curioso é que o alfinete continuava espetado no mesmo lugar.

Estavam lívidos, não havia mais como duvidar de um ato de mágica.

— O Fantasma — balbuciou Moncharmin.

Richard, porém, deu um pulo na sua direção:

— Só você tocou no meu bolso! Quero meus vinte mil francos! Devolva meu dinheiro!

— Por minha alma — suspirou o acusado, que parecia prestes a se desmanchar no chão —, juro que não estão comigo.

Batiam de novo na porta, e ele foi abrir, andando como um autômato e quase não reconhecendo o administrador Mercier. Não compreendeu o que este último dizia nem saberia dizer o que respondeu. No final, com um gesto inconsciente, colocou na mão do fiel e completamente estupefato funcionário o alfinete de fralda, que já não tinha mais utilidade…

Capítulo XIX

O comissário de polícia, o visconde e o Persa

A primeira coisa que o comissário de polícia fez ao entrar na sala dos diretores foi perguntar pela cantora:

— Christine Daaé está aqui?

E atrás dele vinha, como já dissemos, uma compacta multidão.

— Christine Daaé? Não, por quê? — respondeu Richard.

Já Moncharmin não tinha força para dizer o que quer que fosse... Seu estado de espírito estava bem pior que o do outro diretor, pois este último podia ainda suspeitar dele, que se via então mais exposto a um grande mistério... aquele que faz tremer toda a humanidade desde a sua origem: o Desconhecido.

Richard continuou, pois o agrupamento de pessoas em torno deles e do policial fazia um silêncio assustador:

— Por que me pergunta se Christine Daaé está aqui, comissário?

— Por ser preciso encontrá-la, senhores diretores da Academia Nacional de Música — declarou solenemente o policial.

— Como assim é preciso encontrá-la?! Ela desapareceu?

— Em plena apresentação!

— Em plena apresentação? Isso é incrível!

— Não acha? E o que parece igualmente incrível é que seja eu a contar o fato aos senhores!

— Tem razão... — caiu em si Richard, colocando a cabeça entre as mãos e murmurando: — Que novidade é essa agora? Caramba, isso leva mesmo qualquer um a pedir demissão!

Ele arrancou alguns fios do próprio bigode sem sequer se dar conta e continuou, como num sonho:

— Ela então desapareceu em plena apresentação?

— Exato, foi raptada no momento da prisão, quando pedia ajuda aos céus, mas não creio que tenha sido levada por anjos.

— Pois tenho certeza que sim!

Todos se voltaram. Um jovem, pálido e trêmulo de emoção, repetiu:

— Tenho certeza que sim!

— Tem certeza de quê? — perguntou Mifroid.

— Christine Daaé foi sequestrada por um anjo, senhor comissário. E posso dizer seu nome.

— Ah, visconde de Chagny! O senhor diz que Christine Daaé foi raptada por um anjo, pelo Anjo da Ópera, provavelmente?

Raoul olhou em volta. Com toda a evidência, procurava alguém. Naquele momento em que era tão necessária a ajuda da polícia, ele bem que gostaria de rever por ali o misterioso desconhecido que pouco antes lhe recomendara cautela. Não o viu. Precisava então falar. Não seria cabível, porém, se explicar diante de tanta gente curiosa.

— Isso mesmo, pelo Anjo da Ópera... mas sei onde ele mora e posso contar, quando estivermos a sós.

— Tem razão, visconde.

Mostrando uma cadeira a Raoul e sentando-se ao lado, o policial fez sinal para que todos saíssem, com exceção naturalmente dos diretores. Estes, na verdade, de bom grado também se retirariam, de tanto que pareciam alheios a tudo aquilo.

Raoul então se decidiu:

— Comissário, esse anjo se chama Érik, mora na Ópera e é *o Anjo da Música*!

— *O Anjo da Música!* Realmente! Isso é bem curioso! *Anjo da Música?*

Virando-se para os diretores, Mifroid perguntou:

— Os senhores têm esse anjo aqui na Ópera?

Os dois apenas acenaram negativamente com a cabeça, sem o menor sorriso.

— Eles certamente ouviram falar do Fantasma da Ópera — emendou Raoul. — Basta dizer a eles que o Fantasma da Ópera e o Anjo da Música são a mesma coisa. E se chama Érik.

Mifroid tinha se levantado e olhava para o rapaz com atenção.

— Desculpe, visconde, mas está querendo zombar da Justiça?

— Eu? — espantou-se Raoul, mas já se dando dolorosamente conta: "Mais um que não vai querer me ouvir."

— Se não for o caso, que diabos está querendo dizer com esse seu Fantasma da Ópera?

— Apenas que esses cavalheiros já ouviram falar dele.

— Os senhores conhecem o Fantasma da Ópera?

Richard se levantou, com mais alguns pelos de bigode na mão.

— Não, senhor comissário! Não o conhecemos, mas gostaríamos de conhecer, pois ainda hoje ele nos roubou vinte mil francos!

Dizendo isso, o diretor lançou a seu sócio um olhar terrível que parecia significar: "Devolva-me o dinheiro ou conto tudo." Moncharmin compreendeu perfeitamente, tanto que teve um gesto de desânimo e disse:

— Conte, conte tudo!

Mifroid, por sua vez, olhava seus três interlocutores perguntando-se se não teria vindo parar num hospício. Passou as mãos pelos cabelos e propôs:

— Um fantasma que numa mesma noite sequestra uma cantora e rouba vinte mil francos é um fantasma bem ocupado! Será melhor avançarmos por partes. Primeiro a cantora e depois os vinte mil francos. Diga-me, visconde, falando sério. Acredita então que Christine Daaé foi raptada por um indivíduo chamado Érik. Conhece esse indivíduo? Já o viu?

— Já, senhor comissário.

— Onde?

— Num cemitério.

O policial teve um sobressalto, voltou a olhar atentamente Raoul e disse:

— Claro! É onde normalmente se encontram os fantasmas. E o que fazia o senhor nesse cemitério?

— Desculpe — disse Raoul —, dou-me perfeitamente conta da estranheza das minhas respostas e da má impressão que podem causar. Mas por favor acredite que falo com todo o discernimento. Disso depende a salvação da pessoa que mais amo no mundo, tanto quanto ao meu querido irmão, Philippe. Gostaria de convencê-lo em poucas palavras, pois o tempo urge, e os minutos são preciosos. Infelizmente, se eu não contar desde o início a mais estranha história que se possa imaginar, o senhor não acreditará em mim. Direi, comissário, tudo que sei sobre o Fantasma da Ópera, só que não é muito.

— Mas diga, diga mesmo assim! — exclamaram Richard e Moncharmin subitamente interessados.

Porém, infelizmente para eles, a esperança que por um instante tiveram ao descobrir algum detalhe capaz de dar uma pista sobre quem os vinha enganando logo se desfez diante da triste evidência de que Raoul de Chagny estava completamente louco. Toda aquela história de Perros-Guirec, de caveiras e de violino encantado só podia brotar no cérebro transtornado de um infeliz apaixonado.

Inclusive era visível que o comissário Mifroid tinha cada vez mais a mesma opinião e certamente teria interrompido aquela narrativa sem pé nem cabeça se as circunstâncias não a houvessem por si só interrompido.

A porta acabava de se abrir, dando passagem a um indivíduo numa extravagante e ampla casaca negra, tendo na cabeça uma cartola ao mesmo tempo surrada e lustrosa enfiada até as orelhas. Ele foi ao ouvido do comissário e cochichou alguma coisa. Era provavelmente um agente da polícia com alguma informação urgente.

Enquanto ouvia, Mifroid não tirava os olhos de Raoul e enfim, se dirigindo a ele, começou:

— Visconde, chega de fantasma. Vamos falar um pouco do senhor, se concordar. Devia esta noite fugir com Christine Daaé?

— Estávamos combinados.

— Na saída do teatro?

— Exatamente.

— Tudo estava preparado para isto?

— Estava, sim.

— O carro que o senhor contratou devia levar ambos embora. O cocheiro estava prevenido, o itinerário já traçado… E o melhor: teriam a cada etapa cavalos descansados…

— Era esse o plano, senhor comissário.

— No entanto, o carro continua lá, esperando suas ordens, ao lado da Rotunda, não é?

— Exato.

— Sabe que junto ao seu carro havia três outros?

— Não prestei atenção a isso.

— Eram os carros da srta. Sorelli, que não encontrou lugar no pátio da administração, o da cantora Carlotta e o do seu irmão, conde de Chagny…

— É possível.

— No entanto, certo é que o seu próprio veículo, o de Sorelli e o de Carlotta, com seus respectivos cocheiros, continuam no mesmo lugar, na calçada da Rotunda… mas o do conde de Chagny se foi.

— Isso não me parece tão relevante, senhor comissário.

— Hum… O conde não se opunha a seu casamento com a srta. Daaé?

— É um assunto que só interessa à família.

— Já é uma resposta… ele então se opunha… e por isso o senhor ia fugir com Christine Daaé, para longe das possíveis represálias do seu irmão. Pois veja, visconde, permita-me dizer que o seu irmão foi mais rápido que o senhor e sequestrou Christine Daaé!

— Deus! — gemeu Raoul, levando a mão ao coração. — Não é possível… Tem certeza?

— Imediatamente após o desaparecimento da artista, organizado com cumplicidades que logo serão descobertas, ele se lançou no carro, que partiu numa carreira louca por toda a Paris.

— Toda a Paris — repetiu o pobre enamorado… — O que entende por toda a Paris?

— E fora de Paris…

— Fora de Paris… qual estrada?

— A estrada de Bruxelas.

Um grito rouco escapou do peito do infeliz Raoul.

— Juro que os alcançarei.

E com dois saltos ele já estava fora do gabinete.

— E traga-a de volta — gritou bem-humorado o comissário. — Não concorda que isso se sustenta melhor que a história do Anjo da Música?

Voltando-se aos demais ali presentes, que assistiam a tudo aquilo muito surpresos, ele deu essa pequena, mas nada pueril aula sobre a atividade policial:

— De forma alguma sei se o conde de Chagny de fato sequestrou Christine Daaé... mas preciso saber, e nesse momento ninguém melhor que o visconde para dar essa informação... A essa hora ele já está correndo, voando! Tornou-se o meu principal auxiliar! É como se exerce a arte da polícia, que parece tão complicada, mas se revela simples quando descobrimos que pode ser realizada por pessoas que não são da polícia!

O bravo comissário talvez não se mostrasse tão satisfeito consigo mesmo se soubesse que a corrida do seu eficiente auxiliar tinha sido interrompida logo no primeiro corredor, já esvaziado dos curiosos, que se tinham dispersado. Tudo parecia deserto.

Raoul, no entanto, teve seu caminho barrado por uma volumosa sombra.

— Aonde vai tão rápido assim, sr. de Chagny? — perguntou a sombra.

Sem paciência, o rapaz ergueu o rosto, mas reconheceu o gorro de astracã que já havia visto antes e parou.

— Outra vez! — exclamou ele com uma voz febril. — Aquele que conhece os segredos de Érik e não quer que eu o mencione. Quem é o senhor, afinal?

— O visconde sabe muito bem... Sou o Persa — disse a sombra.

Capítulo XX

O visconde e o Persa

Raoul se lembrou então de que, numa noite de espetáculo, seu irmão tinha mostrado a ele aquele estranho personagem do qual não se sabia muito, a não ser que era persa e morava num pequeno e velho apartamento da rua de Rivoli.

O homem com tez de ébano, olhos de jade e gorro de astracã se virou para ele e disse:

— Espero, sr. de Chagny, que não tenha traído o segredo de Érik.

— E por que teria protegido aquele monstro? — respondeu altivamente Raoul, tentando se livrar do intruso. — Seria um amigo seu?

— Espero que nada tenha dito sobre Érik, porque o segredo de Érik é o de Christine Daaé, e falar de um é falar da outra!

— O senhor sem dúvida parece estar a par de muitas coisas que me interessam — disse Raoul, cada vez mais impaciente —, no entanto, estou sem tempo para ouvi-lo.

— Volto a perguntar, visconde, aonde vai com tanta pressa?

— Não adivinha? Vou socorrer Christine Daaé.

— Nesse caso, não saia daqui, pois é onde se encontra Christine Daaé!

— Com Érik?

— Com Érik!

— Como sabe disso?

— Assisti à apresentação, e somente Érik seria capaz de imaginar semelhante ato! Reconheci a mão do monstro! — acrescentou, com um profundo suspiro.

— Então o conhece?

O Persa não respondeu, mas Raoul ouviu um novo suspiro.

— Por favor — pediu o jovem. — Não sei o que quer… mas pode fazer algo por mim? Quero dizer, por Christine Daaé?

— Creio que sim, sr. de Chagny, e por isso estou aqui.

— O que pode fazer?

— Tentar levá-lo até ela… mas é onde ele também está!

— É algo que tentei muito esta noite, sem nada conseguir. Se puder realmente me fazer esse favor, será como se eu lhe devesse a vida. Só mais uma coisa, o comissário de polícia acaba de dizer que Christine Daaé foi sequestrada pelo meu irmão, conde Philippe.

— Não creio.

— Não seria possível, não é?

— Não sei se impossível, mas, pela forma como ocorreu o sequestro… Que eu saiba, o conde Philippe *nunca se dedicou a truques de mágica*.

— Seus argumentos são mesmo convincentes, e não passo de um louco! Ah, por favor, vamos rápido, rápido! Sigo-o em tudo! Como não acreditaria no senhor neste momento em que ninguém acredita em mim? E não sorri com o canto da boca quando falo de Érik.

Dizendo isso, o rapaz, cujas mãos ardiam febris, num gesto espontâneo segurou as do Persa… que estavam geladas.

— Silêncio! — pediu o Persa, parando e prestando atenção nos barulhos distantes do teatro e nos menores estalidos nas paredes e nos corredores vizinhos. — Não repetiremos mais essa palavra aqui. Diremos *ele* e, com isso, serão maiores as chances de passarmos despercebidos…

— Acha então que ele pode estar tão perto de nós?

— Tudo é possível… Isso se não estiver com sua vítima neste momento *na morada do lago*.

— Então sabe também dessa morada? Se ele não estiver lá, pode estar nessa parede, nesse piso, nesse teto! Onde mais? Com o olho nessa fechadura, o ouvido nessa viga?

Mas o Persa, pedindo que Raoul procurasse abafar o barulho dos passos, o conduziu por corredores que ele não conhecia e pelos quais nunca havia passado, nem quando Christine o levava para passear naquele labirinto.

— Tomara que Darius já tenha chegado! — disse o Persa.

— Quem é Darius? — perguntou Raoul, sem parar de correr.

— É o meu criado.

Os dois chegaram a um imenso espaço deserto, mal-iluminado por um candeeiro. Bem no centro o Persa parou e baixinho, tão baixinho que mal pôde ser ouvido pelo companheiro, perguntou:

— O que disse ao comissário?

— Disse que o raptor de Christine Daaé era o Anjo da Música, conhecido como Fantasma da Ópera, e que seu verdadeiro nome é...

— Psss! E o comissário acreditou?

— Não.

— Deu alguma importância ao que disse?

— Nenhuma!

— Achou que o senhor é louco?

— Com certeza.

— Melhor assim! — suspirou o Persa.

Retomaram a corrida.

Depois de subir e descer várias escadas que Raoul não conhecia, chegaram a uma porta, aberta com uma chave-mestra que o Persa tirou do bolso do colete. Ambos estavam, naturalmente, em trajes escuros. A diferença é que, no lugar da cartola, usada por Raoul, o Persa tinha um gorro de astracã, como já foi dito. Tratava-se de uma afronta ao código de elegância que regia os bastidores, onde a cartola era de praxe, mas sabe-se que a França permite tudo aos estrangeiros: o boné de viagem dos ingleses, o gorro de astracã dos persas.

— A sua cartola vai atrapalhar na expedição que faremos — disse o Persa. — É melhor deixá-la no camarim.

— Que camarim? — perguntou Raoul.

— Este, de Christine Daaé, claro!

O rapaz não sabia ser possível chegar ao camarim de Christine por outro caminho além do que ele normalmente fazia. Só então viu que estava na extremidade do mesmo corredor.

— Puxa! O senhor conhece bem a Ópera!

— Menos que *ele*! — respondeu com modéstia o Persa, fazendo sinal para que entrassem.

O camarim estava tal como Raoul o havia visto pouco antes.

Depois de fechar a porta, o Persa se dirigiu à fina divisória que separava o camarim de um amplo quarto de serviço anexo. Ele encostou o ouvido e tossiu forte.

Notou-se imediatamente certa movimentação no tal quarto, e poucos segundos depois batiam à porta do camarim.

— Entre! — disse o Persa.

Um homem se apresentou, usando também um gorro de astracã e um casacão comprido.

Ele os cumprimentou, tirou de dentro do sobretudo uma caixa ricamente lavrada, deixou-a em cima da penteadeira, novamente os cumprimentou e se preparou para sair.

— Ninguém o viu entrar, Darius?

— Não, amo.

— Que ninguém então o veja sair.

O criado deu uma rápida olhada no corredor e logo desapareceu.

— Podem muito bem nos surpreender aqui — disse então Raoul, que estava pensativo —, e isso não seria bom. O comissário não deve demorar a vir investigar o camarim.

— Não se preocupe, não é o comissário que devemos temer — disse o Persa, tendo aberto a caixa. Dentro havia um par de pistolas de cano longo, de desenho e ornamentos magníficos.

— Assim que houve o sequestro de Christine Daaé, mandei avisar meu criado para que trouxesse essas armas. Conheço-as há muito tempo, e não há mais seguras.

— Pretende participar de um duelo? — perguntou o rapaz, surpreso diante do que via.

— Será de fato um duelo, meu caro — respondeu o homem, examinando o bom funcionamento das pistolas. — E que duelo!

Dito isso, ele entregou uma das armas a Raoul, dizendo:

— Nesse duelo, seremos dois contra um, mas esteja pronto para tudo. Não escondo que teremos de enfrentar o pior adversário que se possa imaginar. Mas o senhor ama Christine Daaé, não é?

— Se a amo?! Mas, não sendo o seu caso, por que se dispõe a arriscar a vida por ela? Deve certamente odiar Érik!

— Não, meu amigo — disse com tristeza o Persa. — Não o odeio. Se o odiasse, há muito tempo ele não causaria mal a ninguém mais.

— Ao senhor ele fez mal?

— Disso eu já o perdoei.

— É realmente extraordinário ouvi-lo falar desse homem! Diz ser um monstro, conhece seus crimes, ele já lhe causou danos, e mesmo assim vejo no senhor a mesma estranha piedade que já me surpreendia na própria Christine.

O Persa não respondeu. Tinha pegado um banquinho e colocado junto à parede oposta ao grande espelho que preenchia todo o outro lado do cômodo. Subiu então no banquinho e, com o nariz colado ao papel de parede, parecia procurar alguma coisa.

— E então? — chamou Raoul, que fervilhava de impaciência. — Estou esperando, vamos?

— Onde? — perguntou o outro, sem se virar.

— Ora! Atrás do monstro! Vamos descer! Não me disse que sabia como?

— É o que estou procurando.

O nariz do Persa percorreu ainda uma boa parte do muro, até ele finalmente dizer:

— Ah, é aqui!

Ele indicava com o dedo um ponto acima da sua cabeça no desenho do papel. Em seguida se virou, desceu do banquinho e anunciou:

— Em meio minuto estaremos *no caminho dele*!

Atravessando o camarim, ele foi colocar a palma da mão na superfície do espelho.

— Não, ainda não está cedendo... — murmurou.

— Ah, nós vamos sair pelo espelho?! — animou-se Raoul. — Como Christine.

— Então sabe que Christine saiu por esse espelho?

— Bem na minha frente… Eu estava escondido atrás daquela cortina e a vi desaparecer, não pelo espelho, mas dentro do espelho!

— E o que fez?

— Achei ser uma ilusão dos meus sentidos! Que estava louco! Ou sonhando!

— Ou podia ser uma nova invenção do Fantasma — ironizou o Persa. — Ah, sr. de Chagny — continuou, sempre apalpando o espelho —, seria ótimo que se tratasse de um fantasma! Poderíamos manter na caixa nosso par de pistolas! Deixe o seu chapéu, por favor… ali… e agora feche a casaca o melhor que puder sobre o peitilho… como eu… abaixe as abas… erga a gola… precisamos estar o mais invisíveis possível.

E ele acrescentou, após um curto silêncio, apoiando-se no espelho:

— O disparo do contrapeso, quando acionada a mola no interior do camarim, é lento. Não é o que acontece quando se está atrás da parede, podendo agir diretamente sobre o contrapeso. Quando é assim, o espelho gira automaticamente, numa velocidade louca…

— Que contrapeso? — perguntou Raoul.

— Ora, o que suspende todo esse lado e o encaixa no seu eixo! Ou acha que ele se desloca sozinho, por encanto? — brincou o Persa, puxando Raoul com uma mão para junto dele, enquanto a outra (que empunhava a pistola) se apoiava no espelho. — Daqui a pouco, se prestar atenção, verá o espelho se erguer alguns milímetros e depois se deslocar, também alguns milímetros, da esquerda para a direita. Ele vai então se encaixar num eixo e girar. A gente nunca imagina tudo que se pode fazer com um contrapeso! Uma criança é capaz de, com um dedinho, girar uma casa… Quando uma parede inteira, por mais pesada que seja, é conduzida pelo contrapeso a seu eixo, em bom equilíbrio, ela não pesa mais do que um pião na sua ponta.

— Não está girando! — impacientou-se Raoul.

— Certo, mas tem que esperar um pouco! Deixe a pressa para mais tarde! A engrenagem deve estar enferrujada ou o dispositivo de disparo não funciona mais.

A expressão do Persa ficou mais tensa.

— Ou pode haver outra coisa.

— Por exemplo?!

— Ele pode simplesmente ter cortado a corda do contrapeso e imobilizado o sistema inteiro.

— Por que faria isso? Ele não sabia que desceríamos por aqui.

— Mas pode ter previsto, pois sabe que conheço o sistema.

— Ele que mostrou?

— Não! Acabei achando de tanto andar atrás dele, curioso com seus misteriosos desaparecimentos. É o sistema mais simples de portas secretas! Mecânica antiga que vem desde os palácios sagrados de Tebas, com suas cem portas, mas também utilizada na sala do trono de Ecbátana e na sala do tripé em Delfos.

— Não está girando... E Christine, meu amigo, Christine...

Com frieza, o Persa o fez notar:

— Faremos tudo o que for humanamente possível fazer, mas pode ser que ele nos impeça desde já.

— Ele então controla as paredes?

— As paredes, as portas, os alçapões. Nós o chamávamos: *o senhor dos alçapões*.

— Foi também o que Christine disse... com o mesmo tom de mistério e concedendo a ele o mesmo fantástico poder. Mas tudo isso me parece bem estranho. Por que as paredes obedeceriam a ele apenas? Não foi quem as construiu!

— Foi, sim!

E, como Raoul o olhava sem entender, o Persa fez sinal para que se calasse e depois apontou para o espelho... Houve uma vaga agitação do reflexo. A imagem dos dois estremeceu com um leve movimento ondulante, e tudo voltou a se imobilizar.

— Está vendo, realmente não vai se mover! Vamos por outro caminho!

— Não há outros esta noite! — declarou o Persa, repentinamente lúgubre. — Agora esteja atento, e pronto para atirar!

Ele próprio preparou sua pistola diante do espelho. Raoul fez o mesmo. Com o braço que estava livre, o Persa puxou o rapaz para si, e de repente o espelho girou refletindo luzes, num movimento ofuscante. Moveu-se como essas portas giratórias usadas hoje em dia, em locais públicos... Girou levando com ele Raoul e o Persa, num movimento irresistível, lançando-os bruscamente da plena luz à mais profunda escuridão.

Capítulo XXI

Nos andares inferiores da Ópera

— Mantenha a mão livre, pronta para atirar! — repetiu apressado o companheiro de Raoul.

Atrás deles, a parede dera um giro completo, voltando ao seu lugar.

Os dois permaneceram parados por um momento, com a respiração suspensa.

Reinava naquelas trevas um profundo silêncio que nada perturbava.

O Persa finalmente se moveu, e Raoul notou que ele se pusera de joelhos e procurava alguma coisa, tateando no escuro.

A escuridão de repente foi ligeiramente rompida por uma pequena lanterna,* e Raoul instintivamente procurou recuar para a penumbra, como que querendo se proteger de algum inimigo secreto. Mas logo percebeu ser o Persa, de quem ele seguia todos os gestos, o responsável por aquele súbito fulgor. O pequeno círculo avermelhado passou a esmiuçar de cima a baixo as paredes em volta. À esquerda, havia uma sólida murada e, à direita, um tapume de madeira. O piso e o teto eram também de tábuas. Para Raoul, era por onde Christine havia passado no dia em que seguira o *Anjo da Música*. Devia ser o caminho habitual de Érik, pelas paredes, para se aproveitar da boa-fé e da inocência da jovem cantora. Lembrando-se do que dissera o Persa, Raoul achou que o caminho tinha sido aberto, difícil imaginar como, pelo próprio Fantasma. Mais tarde ele descobriu que Érik na verdade o havia encontrado tal qual. Tratava-se de um corredor secreto cuja existência o Fantasma por muito tempo

* Em francês *lanterne sourde*, que será sempre traduzido como simplesmente lanterna, mas trata-se da lanterna poligonal com laterais que podem ficar opacas, de maneira que quem a carrega possa clarear dirigindo o foco de luz, sem iluminar a si mesmo, mas também obscurecê-la toda, sem apagar a chama. (N. T.)

foi o único a conhecer. Tinha sido criado por ocasião da Comuna de Paris, para que os carcereiros pudessem conduzir diretamente os prisioneiros às celas abertas no subsolo, pois os insurgentes tinham ocupado a obra logo depois do início da rebelião de 18 de março, usando a superfície como área para os balões que partiam, levando seus panfletos incendiários às demais regiões da França, e feito do pavimento mais inferior uma prisão de Estado.

De joelhos, o Persa deixara a lanterna no chão e parecia ocupado em escarafunchar o piso, mas de repente apagou a luz.

Raoul ouviu um ligeiro estalo e percebeu no chão do corredor um quadrado tenuemente iluminado. Era como se uma janela acabasse de se abrir, dando para o subsolo ainda iluminado da Ópera. Ele não via mais o Persa, mas o sentiu de repente a seu lado, traído apenas pela respiração.

— Siga-me e faça tudo o que eu fizer.

O Persa disse isso e se ajoelhou junto à abertura iluminada. Agarrando-se com as mãos na beirada, escorregou até o andar inferior com a pistola entre os dentes.

Estranhamente, Raoul passara a ter total confiança no companheiro, apesar de nada saber a seu respeito. Junte-se a isso o fato de a maior parte das explicações dadas só terem aumentado a estranheza da aventura. Mas não havia a menor dúvida quanto ao Persa estar a seu favor e contra Érik naquele momento tão decisivo. Ele lhe parecera sincero ao se referir ao outro como "monstro", e a solicitude que demonstrava não parecia suspeita. Além disso, se houvesse algum sinistro projeto no ar, o Persa não o teria armado pessoalmente. De todo modo, era preciso, de um jeito ou de outro, chegar até onde Christine se encontrava. Não tinha muita escolha. Caso hesitasse ou levantasse dúvidas quanto às intenções do parceiro, ele se sentiria o último dos covardes.

Raoul então se ajoelhou e se pendurou pelas mãos no alçapão.

— Pode se soltar — ele ouviu, sendo aparado na queda pelo amigo, que imediatamente disse que se deitasse, fechando acima deles o tampo, sem que se pudesse ver como.

Ficaram os dois lado a lado no chão. Raoul quis perguntar uma coisa, mas o outro pressionou a mão na sua boca, e quase em seguida pôde-se ouvir uma voz, que ele reconheceu como sendo a do comissário de polícia que pouco antes o interrogara.

Raoul e o Persa estavam atrás de um tapume, que os dissimulava perfeitamente. Perto deles, uma escadinha estreita subia até um pequeno cômodo, no qual o comissário devia estar andando de um lado para o outro e fazendo perguntas, pois se ouviam os passos e a voz ao mesmo tempo.

A claridade ambiente era bem fraca, mas depois da escuridão que reinava no corredor secreto Raoul não tinha dificuldade para distinguir bem a forma das coisas.

E não pôde conter uma abafada exclamação, pois havia ali três cadáveres.

O primeiro estava estirado no estreito piso da escadinha que subia à porta, atrás da qual se ouvia o comissário. Os dois outros haviam rolado degraus abaixo, caindo esparramados. Passando a mão pelo tapume que os escondia, Raoul poderia tocar qualquer um daqueles infelizes.

— Silêncio! — pediu ainda o Persa, quase num sopro.

Também ele havia visto os corpos e usou uma só palavra:

— *Ele!*

A voz do comissário soava com mais força, pedindo agora explicações do contrarregra sobre o sistema de iluminação. O policial devia então estar na cabine de luz, na França chamada cabine "do órgão", ou num de seus anexos. Contrariamente ao que se poderia achar, sobretudo em se tratando de um teatro de ópera, esse "órgão" não se destina à música.

Na época dessa nossa história, a eletricidade só era empregada para alguns efeitos cênicos bem restritos e para as chamadas do público. O imenso edifício e o próprio palco eram iluminados a gás hidrogênio, e um aparelho especial com uma variedade de tubos, donde ter sido chamado "órgão", era usado para graduar e modificar a iluminação cênica.

Sob o palco, ao lado do "buraco do ponto", uma cabine se destinava ao chefe da iluminação, que de lá dava diretrizes a seus auxiliares, controlando a execução. Era nessa cabine que, em todas as apresentações, estava Mauclair.

Mas Mauclair não se encontrava lá, nem os auxiliares se apresentavam a seus postos.

— Mauclair! Mauclair!

A voz do contrarregra percutia agora no subsolo como num tambor. Mas nada de Mauclair.

Já dissemos que uma porta se abria para a escadinha vinda do segundo subsolo. O comissário empurrou-a, mas ela resistiu. Ele disse:

— Estranho! — E perguntou ao contrarregra: — É sempre tão difícil assim de se abrir?

O funcionário, com uma pancada forte de ombro, forçou-a. Ao mesmo tempo que se deparava com um corpo humano, ele não pôde conter uma exclamação, pois imediatamente o reconheceu:

— Mauclair!

Todos que haviam acompanhado o comissário à cabine se aproximaram, preocupados.

— Pobre homem, está morto! — gemeu o contrarregra.

Mifroid, porém, a quem nada mais surpreendia, já se debruçava sobre o pesado corpo da vítima e corrigiu:

— Não! Mas está como morto, de tão bêbado! Não é a mesma coisa...

— Isso nunca aconteceu antes — declarou o outro.

— Ou deram a ele um narcótico... É bem possível.

Mifroid se levantou, desceu alguns degraus e gritou:

— Veja!

Ao bruxuleio de uma pequena lamparina vermelha, ao pé da escada, dois outros corpos estavam estirados. O contrarregra os identificou como sendo dos ajudantes de Mauclair. Mifroid os auscultou e declarou:

— Dormem profundamente. É um caso bem curioso! Não podemos mais ter dúvidas quanto à atuação de um desconhecido no serviço de iluminação... Um desconhecido que evidentemente trabalhava para o sequestrador. Mas que ideia mais estranha essa de raptar uma artista em pleno palco! É procurar aumentar muito o grau de dificuldade... Se não for isso, não conheço meu ofício.

E ele gritou:

— Chamem o médico do teatro! — repetindo em seguida para si mesmo: — É estranho, muito estranho!

Depois, dirigindo-se a pessoas que, de onde estavam, Raoul e o Persa não podiam ver, ele perguntou:

— O que os senhores dizem disso? São os únicos a nada dizer. No entanto, devem ter alguma opinião a respeito...

Os dois viram então Moncharmin e Richard entrarem no campo de visão, nada à vontade, e ouviram a voz desassossegada do primeiro:

— Passam-se coisas aqui, comissário, para as quais não temos explicações.

E eles novamente recuaram para um ponto cego.

— Obrigado pela informação — ironizou Mifroid.

Com o queixo apoiado na concavidade da mão direita, sinal de profunda reflexão, o contrarregra disse nesse momento:

— Não é a primeira vez que Mauclair pega no sono em pleno teatro. Uma noite o encontrei roncando na cabine, com sua caixinha de rapé.

— Tem muito tempo isso? — perguntou Mifroid, limpando com extremo cuidado as lentes dos óculos, pois ele era míope, distúrbio que pode afetar mesmo os mais belos olhos do mundo.

— Hum... Nem tanto tempo assim... Ah! Foi na noite... isso mesmo, na noite em que Carlotta, o senhor deve saber, comissário, teve o seu famoso cuac!

— É mesmo? Na noite do cuac?

Mifroid devolveu ao nariz o par de lentes transparentes e olhou atentamente o contrarregra, parecendo querer entrar em sua mente.

— Mauclair então cheira rapé? — perguntou, como quem não quer nada.

— Com certeza... Veja, justamente ali, em cima da prancheta, a tabaqueira... É, ele usa muito o tabaco em pó!

— Somos dois! — disse Mifroid, colocando a caixinha no bolso.

Raoul e o Persa assistiram, sem que ninguém suspeitasse, ao transporte dos três corpos, arrastados por maquinistas. O comissário os acompanhou, e todos os presentes o seguiram. Por algum tempo ainda seus passos podiam ser ouvidos no tablado do palco.

Com tudo voltando à calma, o Persa se levantou e fez sinal ao companheiro para que fizesse o mesmo. Raoul obedeceu, mas sem manter a mão à altura dos olhos, pronta para atirar, e foi chamado à atenção, pois devia manter a posição não importa o que acontecesse.

— Isso cansa inutilmente o braço! — justificou-se o jovem. — Se eu de fato precisar atirar, estarei menos firme.

— Nesse caso, troque a arma de mão! — aconselhou o Persa.

— Não atiro com a mão esquerda!

A isso o Persa respondeu com uma estranha declaração, que em nada esclarecia a situação na alvoroçada cabeça do jovem:

— *Não se trata de atirar com a esquerda ou com a direita, mas sim de ter uma das mãos mostrando estar pronta para puxar o gatilho da arma. O braço deve estar flexionado. A pistola, propriamente, se quiser, pode até guardá-la no bolso.*

E acrescentou:

— Que isso fique claro, ou não me responsabilizo por mais nada! É questão de vida ou morte. Agora silêncio e siga-me!

Estavam então no segundo subsolo. Raoul mal percebia, aqui e ali, alguns tênues brilhos de luz em suas prisões de vidro. Era uma ínfima parte desse mundo sublime e infantil, divertido como um teatro de fantoches e assustador como um abismo, que são os andares subterrâneos da Ópera.

São cinco formidáveis subsolos. Reproduzem todos os planos do palco, com seus alçapões e passagens dissimuladas. Apenas as fendas abertas no tablado para a troca dos cenários eram ali substituídas por trilhos visíveis. Vigas transversais apareciam no lugar das tampas de alçapão. Postes assentados em bases de ferro fundido ou pedra e frechais formavam séries de chassis que permitiam o trânsito das grandes alegorias e outras combinações ou trucagens. Esses aparelhos exigiam alguma estabilidade e por isso eram interligados por meio de ganchos de ferro, de acordo com a necessidade do momento.

Guinchos, miolos cilíndricos e contrapesos eram encontrados em grande número por ali. Serviam para a manobra dos volumosos cenários, para a operação de mudanças visuais e para que subitamente pudessem desaparecer personagens das fábulas. Era a partir dos subsolos, disseram os srs. X., Y. e Z., autores de um interessante estudo sobre as obras do palácio Garnier, que transformavam inválidos doentios em belos cavaleiros, bruxas horríveis em fadas de radiante juventude. Satã vinha dos subsolos assim como neles mergulhava de volta. Era de onde escapavam os clarões do inferno, onde coros de demônios se organizavam.

Nos subsolos os fantasmas se sentem em casa...

Raoul seguia o Persa e também, ao pé da letra, suas recomendações, sem mais questioná-las... pois o enigmático indivíduo, afinal, era sua única esperança.

O que faria ele sem o companheiro naquele dédalo assustador? A cada metro estaria perdido no incrível entrelaçamento de vigas e cabos. Ficaria preso, sem poder escapar, naquela gigantesca teia de aranha.

E caso conseguisse atravessar aquela rede de cordas e de contrapesos que incessantemente se reconstituía à sua frente, ainda correria o risco de cair num daqueles buracos que o tempo todo se abriam sob os pés e dos quais nem se percebia o tenebroso fundo.

Eles desciam... cada vez mais.

Já se encontravam no terceiro subsolo.

A caminhada se mantinha sempre iluminada por alguma luzinha distante...

Quanto mais desciam, mais o Persa parecia tomar cuidado... Ele com frequência esperava que Raoul se aproximasse e recomendava a postura que havia indicado, mostrando como ele mesmo mantinha a mão, agora sem a arma, mas sempre dando a impressão de poder disparar um tiro, caso empunhasse a pistola.

De repente, uma voz ecoou e os deixou paralisados. Alguém acima deles gritava alto.

— No palco, todos os “fechadores de portas”. O comissário de polícia quer vê-los.

Ouviram-se passos, e vultos escuros atravessaram as sombras ainda mais escuras. O Persa tinha puxado Raoul para trás de um batente. Eles viram passar perto e acima deles velhos curvados pelos anos e pelo fardo dos cenários de óperas. Alguns mal se arrastavam... outros, por hábito, com a coluna curvada, de braços esticados, procuravam portas para fechar.

Eram os encarregados de fechar portas... Antigos maquinistas exauridos, dos quais diretores mais humanitários se apiedaram, empregando-os nessa função de fechar portas nos subsolos e nos sótãos.* Eles iam e vinham sem parar, nos andares superior e inferior do palco, fechando portas e alçapões. Naquele tempo, pois acredito que hoje estejam todos mortos, eram também chamados "caçadores de correntes de ar".

Pois as correntes de ar, de onde quer que venham, são muito prejudiciais para a voz.

O Persa e Raoul se alegraram muito com aquele chamado que os livrava de eventuais testemunhas, pois alguns encarregados de fechar portas, nada tendo para fazer nem onde morar, por preguiça ou por necessidade, passavam a noite na Ópera. Poderiam esbarrar ou tropeçar num deles, que estranharia o fato de estarem por ali. A investigação policial momentaneamente salvava os dois companheiros desses encontros inoportunos.

Mas não puderam aproveitar por muito tempo a tranquilidade. Outras sombras desciam o mesmo caminho pelo qual os "fechadores de portas" tinham subido. Todas carregavam uma pequena lanterna... que elas balançavam em todas as direções, examinando tudo ao redor e parecendo, visivelmente, procurar alguma coisa ou alguém.

— Droga! — resmungou o Persa. — Não sei o que procuram, mas podem muito bem nos encontrar... Vamos sair daqui, rápido! Mão à frente, amigo, sempre pronta para atirar! Flexione mais o braço, assim... com a mão à altura do olho, como se estivesse num duelo à espera do sinal de "fogo!". A pistola pode descansar no bolso! Rápido,

---

* Pedro Gailhard, ex-diretor da Ópera, pessoalmente me contou ter criado cargos desse tipo para antigos maquinistas que ele não queria demitir.

vamos descer — disse, conduzindo Raoul ao quarto subsolo. — À altura do olho; é questão de vida ou morte! Por aqui! Por esta escada! Ah, que duelo, meu caro! Que duelo!

No quinto subsolo, o Persa respirou mais fundo... Parecia um pouco mais seguro do que antes, sobretudo na pausa do terceiro, mas mesmo assim ele não descansava a mão em seu gesto preparatório para o tiro.

Uma vez mais Raoul teve com que se surpreender — sem nem por isso, diga-se, fazer qualquer observação, pois não era o momento! —, uma surpresa silenciosa, relativa àquela estranha concepção de defesa pessoal que consistia em deixar a arma no bolso, enquanto a mão se mantinha pronta para agir, como se a pistola estivesse à altura do olho; posição de aguardo do comando de "fogo!" nos duelos daquele tempo.

A esse respeito, Raoul se lembrava ainda de ter ouvido o companheiro dizer: "São pistolas que posso garantir."

Ele considerava então lógica a pergunta: que diferença faz se uma pistola funciona bem ou não se um atirador acha desnecessário usá-la?

Mas o Persa interrompeu essas vagas cogitações. Fazendo sinal para ele ficar onde estava, subiu alguns degraus da escada da qual acabavam de sair. Mas rapidamente voltou.

— Estamos sendo tolos — disse ele baixinho. — Vamos logo estar livres dessas sombras com as lanternas.... São os bombeiros que fazem a ronda.*

Os dois permaneceram então quietos por mais cinco longos minutos, e o Persa levou Raoul novamente até a escada. De repente, porém, com um gesto ele ordenou nova paralisação.

... À frente deles, algo se movia no escuro.

— De barriga no chão! — disse baixinho o Persa.

Os dois se deitaram.

Bem a tempo.

* Naquela época, os bombeiros, além do trabalho durante os espetáculos, cuidavam da segurança da Ópera, mas esse serviço foi extinto. Perguntei o motivo a Pedro Gailhard, e ele me disse que os bombeiros não conheciam bem os subsolos e poderiam até *causar um incêndio*.

... Um vulto, desta vez sem lanterna alguma... uma sombra que simplesmente atravessava a sombra.

Passou bem ao lado, sem esbarrar neles, que, no entanto, sentiram no rosto o vento morno de uma capa...

Pois puderam ver bastante bem que o vulto usava uma capa cobrindo-o de cima a baixo. Tinha um chapéu mole de feltro na cabeça.

A aparição se foi, andando rente ao muro e dando às vezes uns chutes nas suas quinas.

— Ufa! — suspirou o Persa. — Escapamos por pouco... Essa sombra me conhece e por duas vezes já me levou ao gabinete dos diretores.

— É alguém da segurança do teatro?

— É bem pior! — respondeu ainda o Persa, sem maiores explicações.*

— Não era... *ele*?

— *Ele?* Quando ele não chega por trás, sempre se veem os olhos de ouro! É até uma vantagem que temos no escuro. Mas ele pode chegar por trás... sem ruído... e estaremos mortos se não tivermos a pistola sempre à mão, pronta para atirar, à altura do olho, à frente.

O Persa nem acabara de formular o seu refrão quando, diante dos dois, uma figura fantástica surgiu.

Um ser inteiro... Um rosto, e não apenas dois olhos de ouro.

... Mas um rosto luminoso... em chamas!

Exato, um rosto em chamas que vinha na direção e à altura da cabeça deles, *mas sem corpo*!

E essa coisa soltava fogo.

---

* Não haverá explicação alguma sobre esse vulto. Enquanto tudo nessa história verídica é normalmente explicado, mesmo que ao longo de acontecimentos aparentemente anormais, não se dará qualquer explicação quanto ao que o Persa quis dizer com esse "É bem pior!" (do que se fosse alguém da segurança do teatro). O leitor terá que imaginar por si só, pois o autor prometeu ao ex-diretor da Ópera, Pedro Gailhard, manter segredo sobre esse personagem de capa, extremamente curioso e útil. Condenado a viver no subsolo do teatro, esse obscuro e errante vulto prestou enormes serviços àqueles que nas noites de gala, por exemplo, ousavam se aventurar *nos sótãos*. Refiro-me aqui a serviços de Estado, e mais do que isso não posso dizer, juro!

Parecia, no escuro, uma chama com forma humana.

— Caramba! — exclamou o Persa quase sem destravar os dentes. — É a primeira vez que a vejo! O tenente dos bombeiros não estava louco! Ele de fato viu! Que diabo é isso? Não é *ele*, mas talvez *ele* a tenha enviado!... Cuidado! Cuidado!... Mão à altura do olho, pelo amor de Deus... à altura do olho!

A bola de fogo, que parecia um rosto do inferno, um demônio ardente, continuava a se aproximar sempre à mesma altura, sem corpo, diante dos dois companheiros incrédulos...

— *Ele* talvez esteja nos enviando isso pela frente para nos surpreender por trás... ou pelos lados... Com ele nunca se sabe! Já vi muitos dos seus truques... mas esse... esse eu não conhecia. Vamos fugir! É mais prudente... não concorda? Mais sensato! E mão à altura do olho.

Eles fugiram pelo corredor subterrâneo que se estendia à frente.

Correram por uns segundos que pareceram muito, muito longos e pararam.

— *Ele*, no entanto, raramente vem aqui! — disse o Persa. — Esse lado de cá não é do seu interesse... não leva ao lago nem à morada do lago. Mas ele talvez saiba que estamos *no seu encalço*! Mesmo que eu tenha prometido deixá-lo em paz e não me meter mais nas suas histórias.

Ao dizer isso, o Persa virou o rosto, e Raoul fez o mesmo.

Viram que a cabeça de fogo os havia seguido... E também correra, até mais que eles, pois tinha se aproximado.

Ao mesmo tempo, começaram a perceber certo rumor que não tinham ideia de que natureza podia ser, apenas se deram conta de que parecia se deslocar e se aproximar com a chama de cara humana. Eram rangidos ou talvez fricções, como se milhares de unhas arranhassem uma lousa, o som áspero e insuportável que às vezes uma pedrinha no bastão de giz produz ao riscar a superfície do quadro-negro.

Eles recuaram ainda, mas a bola de fogo avançava cada vez mais e ganhava terreno. Já podiam muito bem distinguir seus traços. Os olhos eram redondos e parados, o nariz meio torto, a boca grande com o beiço inferior em semicírculo, pendente. Mais ou menos como os olhos, o nariz e o beiço da lua em sua fase vermelha, cor de sangue.

Como podia aquela lua vermelha deslizar nas trevas, na altura de um homem e sem ponto de apoio, nenhum corpo para suportá-la, pelo menos aparentemente? E como podia vir tão ligeira, em linha reta, com seus olhos fixos, parados? E todos aqueles rangidos, estalos e atritos que a acompanhavam, de onde vinham?

Em determinado momento, o Persa e Raoul não puderam mais recuar e se colaram ao máximo no muro, sem saber o que seria deles diante daquela figura incompreensível de fogo e, cada vez mais, do crescente e intenso rumorejar, fervilhante, vivo, mais "numeroso", pois parecia produzido por centenas de barulhinhos menores que se agitavam no escuro sob a cabeça ardente.

E ela veio vindo, a cabeça ardente... já bem perto! Com seu barulho... à altura deles.

Grudados no muro, os dois sentiram os cabelos arrepiados de pavor nas suas cabeças, pois acabavam de descobrir a origem daqueles mil pequenos guinchos. Eles vinham aos montes, rolando na sombra como incalculáveis pequenas ondulações, mais rápidas que as ondas da maré cheia na areia; ondulaçõezinhas escuras em rebanhos sob a lua, sob a lua-cabeça-ardente.

E essas ondinhas passavam por entre as pernas deles, subiam por elas, irresistivelmente. Raoul e o Persa não puderam mais conter os gritos de medo e de dor.

Não podiam tampouco manter a mão à altura do olho — posição, num duelo de pistola daquela época, de expectativa da ordem de "fogo!". Pois as mãos desceram às pernas para livrá-las daquelas coisinhas brilhantes arrastando pontas afiadas, ondulaçõezinhas cheias de patas, de unhas, de garras e de dentes.

Raoul e o Persa estavam prestes a desmaiar como o tenente Papin, dos bombeiros. Mas a cabeça de fogo se virou para eles, ao ouvi-los gritar, e disse:

— Não se mexam! Não se mexam e, principalmente, não venham atrás de mim! Sou eu o matador de ratos! Deixem-me passar com meus ratos!

E a cabeça de fogo bruscamente desapareceu no escuro, com o corredor à frente dela se iluminando, simples resultado da manobra do matador de ratos com sua lanterna. Antes, para não afugentar os ratos à sua frente, ele a havia voltado para o próprio rosto e agora, para agilizar a fuga, iluminava o espaço escuro à frente... De repente o matador de ratos deu um salto, levando com ele toda a multidão peluda que subia em tudo e guinchava com seus mil rumores.

Livres, Raoul e o Persa voltaram a respirar, mas ainda trêmulos.

— Eu devia ter lembrado que Érik uma vez mencionou o matador de ratos — disse o Persa. — Mas ele não disse que aspecto tinha... É estranho que eu nunca o tivesse visto.* Ufa! Acreditei ser ainda um dos truques *dele*, mas o monstro nunca vem para esses lados de cá!

— Estamos então muito longe do lago? — perguntou Raoul. — Por que não vamos logo? Vamos direto para lá! Assim que chegarmos, vamos chamar, sacudir as paredes, gritar... Christine vai ouvir! E *ele* também! E, já que o conhece, poderemos conversar.

— Pobre inocente! — disse o Persa. — Nunca chegaríamos na morada do lago pelo lago!

— Por que não?

— Foi onde ele concentrou toda a sua defesa... Eu mesmo nunca pude chegar naquela margem... na margem da casa! Seria preciso atravessar o lago... e é muito bem guardado! É provável que alguns ex-maquinistas e velhos fechadores de portas que desapareceram tenham simplesmente tentado atravessar o lago... É terrível... Eu mesmo quase fiquei por lá... Por sorte o monstro me reconheceu a tempo! Um conselho: nunca se aproxime do lago... E sobretudo tape os ouvidos se ouvir *a Voz sob a água*, a voz da Sereia.

— Mas, nesse caso — irritou-se Raoul com impaciência e raiva —, o que fazemos aqui? Se o senhor não pode ajudar Christine, deixe-me morrer por ela!

O Persa tentou acalmar o jovem:

---

* Pedro Gailhard, ex-diretor da Ópera, me falou um dia, na casa de praia da sra. Pierre Wolff, do imenso estrago causado pelos ratos nos subterrâneos. Por isso se contratou, a preço bem alto, um especialista na eliminação dessa praga. De 15 em 15 dias ele percorria os subsolos.

— Temos uma só maneira de salvar Christine Daaé, acredite. Será entrando na morada sem que o monstro perceba.

— Há essa possibilidade?

— Se não houvesse, não o teria chamado.

— E por onde podemos entrar na morada do lago, sem passar pelo lago?

— Pelo terceiro subsolo, que infelizmente não pudemos explorar e ao qual vamos voltar. Vou lhe mostrar o ponto exato — confidenciou o Persa com a voz repentinamente alterada. — Fica entre uma viga de sustentação e um cenário abandonado do *Rei de Lahore*... Exatamente, no exato lugar onde morreu Joseph Buquet...

— O chefe maquinista que encontraram enforcado?

— Isso mesmo — concordou o Persa, com um tom estranho. — Enforcamento do qual não se encontrou mais a corda! Mas anime-se, vamos! E com a mão *en garde*, lembre-se... Mas onde estamos?

O Persa precisou reacender a lanterna, dirigindo o foco para dois vastos corredores que se cruzavam em ângulo reto, cujas arcadas se perdiam no infinito.

— Devemos estar na parte reservada principalmente aos serviços de água. Não vejo a claridade que vem dos aquecedores.

Ele foi na frente procurando o caminho e parando assim que achava estar vindo algum funcionário da *hidráulica*. Depois tiveram que evitar o brilho de uma espécie de forja subterrânea que estava sendo apagada pelos "demônios", percebidos por Christine no dia do seu primeiro sequestro.

Com isso eles pouco a pouco voltavam aos prodigiosos andares abaixo do grande palco.

Deviam estar bem no fundo da *caldeira*, em grande profundidade, se lembrarmos que foi necessário escavar a terra 15 metros abaixo dos lençóis d'água que existiam nessa área de Paris. E que toda essa água precisou ser escoada... Era tanta que, para se ter uma ideia do volume bombeado, seria preciso imaginar a superfície do pátio do Louvre e uma altura de uma vez e meia as torres da catedral de Notre Dame. Mesmo assim, foi preciso manter um lago.

Nesse momento, o Persa encostou num muro e disse:

— Se não me engano, esta pode ser uma parede da morada do lago.

Era num muro daquela caldeira que ele batia. E talvez não seja inútil o leitor saber como foram construídos o fundo e as paredes dessa imensa cavidade.

Para evitar que as águas cercando a construção ficassem em contato imediato com os muros de sustentação de toda a aparelhagem teatral, com vigas, madeiramentos, ferragens e painéis pintados à têmpera, ou seja, todo um material que se deve preservar da umidade, *o arquiteto foi obrigado a montar uma parede dupla em toda a caldeira.*

Só essa parede dupla custou o trabalho de um ano inteiro. Era contra a primeira parede, do interior, que o Persa batia, falando a Raoul da morada do lago. Para alguém que conhece a arquitetura do monumento, o gesto do Persa parecia indicar que *a misteriosa casa de Érik tinha sido montada dentro daquela muralha dupla* construída como dique: uma parede de tijolos, uma enorme quantidade de cimento e outra parede com vários metros de espessura.

Ouvindo o que disse o Persa, Raoul se lançou avidamente contra o paredão, tentando escutar.

Mas, é claro, nada ouviu, a não ser passos distantes em algum andar das partes altas do teatro.

O Persa tinha novamente apagado a lanterna.

— Cuidado! — disse ele. — Lembre-se da mão! Não fale! Vamos tentar entrar na casa.

Raoul foi levado à escadinha que eles pouco antes tinham descido.

Subiram, parando a cada degrau, espiando a escuridão e o silêncio.

Voltaram assim ao terceiro subsolo.

O Persa fez sinal para que o comparsa se pusesse de joelhos, e foi assim, se arrastando ajoelhados e com o apoio de uma das mãos — estando a outra na posição de sempre — que eles chegaram à parede do fundo.

Havia ali um amplo painel abandonado do cenário de *Rei de Lahore*.

E, pertinho dele, uma viga de sustentação...

Entre a peça do cenário e a viga, mal havia espaço para um corpo.

Um corpo que um dia tinha sido encontrado pendurado… o corpo de Joseph Buquet.

O Persa, de joelhos, parou… prestando atenção.

Por um momento ele pareceu hesitar e olhou para Raoul. Depois olhou para o alto, na direção do segundo subsolo, no qual se entrevia a fraca claridade de um lampião, por entre duas tábuas do assoalho.

Essa claridade incomodava o Persa.

Mas ele afinal se decidiu e balançou a cabeça.

Passou entre a viga de sustentação e o cenário do *Rei de Lahore*.

Raoul foi logo atrás.

A mão livre do Persa tateava a parede, e Raoul o viu por um instante se apoiar com força, como havia feito na parede do camarim de Christine.

Uma pedra se moveu…

Abriu-se um buraco na parede…

O Persa tirou a pistola do bolso e indicou a Raoul que fizesse o mesmo. Engatilhou a arma.

Com firmeza e sempre de joelhos ele entrou pelo buraco que a pedra, se soltando, havia aberto.

Raoul, que queria ser o primeiro a passar, teve que se contentar em segui-lo.

A passagem era bem estreita, e o Persa parou logo em seguida. Podia-se ouvi-lo tatear em volta. Ele sacou novamente a lanterna e se debruçou. Examinou o terreno embaixo e imediatamente cortou a claridade. Raoul o ouviu dizer baixinho:

— Vamos precisar dar um salto de alguns metros para baixo, sem fazer barulho. Tire os sapatos.

Ele próprio já tirava os seus e os passou a Raoul.

— Deixe-os ali na parede… podemos pegá-los ao retornar.*

---

* Nunca foram encontrados esses dois pares de sapatos deixados, segundo os papéis do Persa, entre a viga de sustentação e o cenário do *Rei de Lahore*, no lugar em que Joseph Buquet fora encontrado enforcado. Devem ter sido levados por algum maquinista ou "fechador de porta".

O Persa se adiantou um pouco e deu meia-volta, ficando então de frente para Raoul, e disse:

— Vou me pendurar pelas mãos na quina da pedra e cair *dentro da casa dele*. Faça exatamente como eu e não se preocupe, pois vou apará-lo.

Ele fez o que disse, e Raoul ouviu, pouco depois, um barulho abafado, evidentemente causado pela queda do companheiro, temendo que isso traísse a presença deles.

No entanto, mais do que esse barulho, a completa falta de qualquer outro barulho era muito mais aflitiva. Como podia? Segundo o Persa, eles estavam dentro da morada do lago, e não se ouvia Christine! Nenhum grito, nenhum pedido de socorro, nenhum gemido! Por todos os deuses, teriam chegado tarde demais?

Arranhando os joelhos na parede, agarrando-se à quina de pedra com dedos tensos, ele, por sua vez, pulou.

E logo sentiu um abraço.

— Sou eu! Não fale! — disse o Persa.

Permaneceram imóveis, ouvindo...

Nunca o escuro ao redor parecera mais opaco...

Nem o silêncio mais pesado e opressivo...

Raoul enfiava os dedos na boca para não gritar "Christine! Sou eu! Se não estiver morta, responda, Christine!".

O Persa voltou a direcionar a lanterna, iluminando o alto, procurando o buraco pelo qual tinham descido, e não o encontrava mais...

— Hum, a pedra voltou à sua posição por si mesma — concluiu.

Depois o foco de luz desceu ao longo da parede e iluminou o chão.

O Persa se abaixou e pegou algo, uma espécie de cabo que ele examinou por um segundo e jogou de volta com horror.

— *O fio do Pendjab!* — murmurou.

— O que é? — perguntou Raoul.

— Pode muito bem ser a corda do enforcado, que tanto procuraram — explicou ele com repugnância.

Tomado por súbita ansiedade, fez o pequeno foco vermelho da lanterna correr pelas paredes... E assim iluminou, o que ali era bem estranho, um tronco de árvore que parecia ainda bem vivo, com suas folhas... e galhos que subiam pelo muro, indo se perder no teto.

O foco de luz tinha um diâmetro pequeno, e era difícil entender o que se via... um trecho com galhos... uma folha... outra e, ao lado, nada mais... apenas o foco de luz que parecia refletir a si mesmo... Raoul passou a mão por esse quase nada, por esse reflexo, e exclamou:

— Olha... a parede é um espelho!

— Pois é, um espelho! — concordou o Persa, em tom de profunda comoção. — E ele acrescentou, passando na testa suada a mão que empunhava a pistola: — Caímos na câmara dos suplícios!

Capítulo XXII

Interessantes e instrutivas atribulações de um persa no subsolo da Ópera

Narrativa do Persa

O Persa pessoalmente contou como até aquela noite havia tentado, sem sucesso, penetrar na morada do lago pelo próprio lago, explicando como descobriu a entrada pelo terceiro subsolo, e como, enfim, o visconde de Chagny e ele se viram às voltas com a demoníaca imaginação do Fantasma aplicada à *câmara dos suplícios*. Transcrevo então a narrativa que ele nos deixou (sob condições que serão explicitadas mais adiante), da qual não alterei palavra alguma. E isso por entender que não devo omitir as aventuras pessoais do *daroga** em torno da casa do lago antes da sua "queda" ali na companhia de Raoul. Se por acaso esse interessante capítulo der a impressão de que estamos nos afastando da câmara dos suplícios, lembrem-se que é para voltarmos em seguida, melhor informados sobre detalhes importantes e sobre certas atitudes e maneiras de agir do Persa que possam ter parecido estranhas.

Ele então escreveu:

Foi a primeira vez que penetrei na morada do lago. Inutilmente eu havia pedido ao *senhor dos alçapões* — é como, na Pérsia, chamávamos Érik — que abrisse para mim suas misteriosas portas. Ele sempre se recusara. Eu, que era pago para conhecer muitos dos seus segredos e truques, tinha sem sucesso tentado, pela esperteza, conseguir meu objetivo. Desde que descobrira Érik na Ópera, onde ele parecia ter escolhido morar, eu frequentemente o espionava, às vezes à margem mesmo do lago, quando ele se imaginava sozinho e tomava seu pequeno bote,

---

* *Daroga*, na Pérsia, era o comandante-geral da polícia de Estado.

acostando na muralha oposta. Mas a pouca claridade ambiente nunca permitiu que eu visse o lugar exato em que ele acionava sua porta no paredão. A curiosidade e também um assustador pressentimento que tive, pensando em certas coisas que o monstro tinha dito, me levaram, um dia em que também achei estar sozinho, a pegar o pequeno bote e me dirigir àquela parte do muro em que vi Érik desaparecer. Foi quando surgiu a Sereia que guardava o caminho e cujos encantos por pouco não me foram fatais. Tudo se passou da seguinte maneira: logo que deixei a margem, o silêncio em volta foi pouco a pouco quebrado por uma espécie de emanação cantante que me envolveu. Era ao mesmo tempo respiração e música, brotando suavemente das águas e se espalhando sem que eu pudesse saber como. Aquilo ocupava tudo ao meu redor, mas era tão agradável que não causava medo. Pelo contrário, querendo estar mais próximo da origem de tão doce e atraente harmonia, debrucei-me na amurada da embarcação, querendo estar junto à água, pois com certeza era de onde o canto vinha. Eu já estava no meio do lago, e não havia ninguém mais comigo no bote. A voz — pois agora eu distintamente percebia se tratar de uma voz — estava bem perto, por cima da água. Debrucei-me mais... e mais... O lago estava perfeitamente calmo, e o raio de lua que, depois de penetrar pelo respiro da rua Scribe, o iluminava, não deixava que se visse qualquer coisa em sua superfície lisa e escura como tinta. Cheguei a bater nas minhas orelhas para livrá-las de alguma possível interferência, mas era óbvio nada haver de tão harmonioso quanto a brisa cantante que me circundava e fascinava.

Fosse eu supersticioso ou facilmente impressionável, não poderia deixar de imaginar alguma sereia encarregada de perturbar o aventureiro ousado o bastante para querer atravessar as águas da casa do lago, mas felizmente venho de um país que aprecia tanto o fantástico que o conhece a fundo. Eu próprio o havia estudado em outras épocas e por isso sei o quanto é possível, com os mais simples truques e alguma perícia, mexer com a pobre imaginação humana.

Tinha certeza então de se tratar de uma nova invenção de Érik, mas tão perfeita que, me debruçando no bote, eu nem era levado pela vontade de descobrir o truque, queria apenas usufruir do encanto.

Debrucei-me perigosamente, cada vez mais... a ponto de cair.

Dois braços poderosos de repente saltaram das águas e me agarraram pelo pescoço, me arrastando para o abismo com uma força irresistível. Eu certamente estaria perdido se não tivesse podido gritar, e foi como Érik me reconheceu.

Pois era o próprio e, em vez de me afogar, o que certamente era sua intenção, ele nadou e me deixou tranquilamente na margem.

— Veja como é imprudente! — disse ele, pondo-se de pé e deixando que escorresse aquela água do inferno. — Por que tentar chegar na minha morada, se não o convidei? Nem a você, nem a ninguém mais no mundo! Só me salvou a vida para torná-la insuportável? Por maior que tenha sido o favor, talvez um dia Érik se esqueça disso, e você sabe que nada, nem o próprio Érik, pode deter Érik.

Ele falava, mas tudo o que eu queria naquele momento era saber o segredo do *truque da sereia*, como eu já o chamava. Ele aceitou satisfazer essa curiosidade pois, mesmo sendo um verdadeiro monstro — e isso é indiscutível, pois infelizmente o vi em ação ainda na Pérsia —, Érik tem um lado de presunção e de vaidade muito infantil, e o seu maior prazer, tendo surpreendido as pessoas, é provar a engenhosidade realmente milagrosa da sua mente.

Ele riu e mostrou um longo caniço oco.

— É primário, mas bem cômodo para respirar e cantar debaixo d'água! Ensinei o truque a piratas do Tonquim, que graças a isso puderam passar horas no fundo do rio.*

Reagi com raiva:

— Pois isso quase me matou! E talvez tenha sido fatal para outras pessoas!

Ele não respondeu e apenas fez uma careta ingênua de ameaça, que eu conhecia bem.

Não aceitei que se safasse tão fácil e acrescentei com firmeza:

---

* Um relatório colonial do Tonquim, enviado a Paris no final de julho de 1900, descrevia como o célebre chefe de quadrilha De Tham, perseguido com seus piratas por soldados franceses, conseguiu escapar — ele e o bando — graças aos caniços.

— Você bem sabe o que prometeu, Érik! Chega de crimes!

— Acha mesmo que cometi crimes? — perguntou com seu tom mais amável.

— Infeliz! Já esqueceu *Horas cor-de-rosa de Mazandarão*?

— É verdade — respondeu, subitamente triste —, seria melhor ter esquecido, mas até que a jovem sultana se divertiu bastante.

— Tudo isso ficou no passado — declarei —, mas quero que preste conta do presente pois, não fosse eu, esse presente não existiria para você! Lembre-se disso, Érik: salvei a sua vida!

Aproveitei o rumo que a conversa tinha tomado para perguntar algo que não me saía da cabeça há algum tempo.

— Érik, tem uma coisa, quero que jure para mim...

— O quê? Mas sabe que não cumpro meus juramentos. Isso só serve para enganar os tolos.

— Mas diga uma coisa... A mim você pode dizer...

— Pergunte.

— O lustre, o lustre, Érik.

— O que tem o lustre?

— Sabe muito bem o que estou perguntando.

— Ah! — Ele riu, sarcástico. — É verdade, o lustre... vou dizer! *Não fui eu!* O material estava gasto, muito gasto...

Rindo, Érik era mais assustador ainda. Ele saltou no bote com um riso tão sinistro que não pude deixar de tremer.

— Muito gasto, querido *daroga*! Muito, muito gasto! Caiu sozinho... Buuum! E agora, um conselho, *daroga*, trate de se secar, pode pegar um resfriado sério! E nunca mais roube o meu bote... nem tente entrar na minha casa... Nem sempre estou por lá... *daroga*. E não gostaria de dedicar a você a minha *missa dos mortos*!

Rindo ele se foi, de pé a manobrar o remo da popa, com um balanço de macaco. Sua silhueta parecia a de um rochedo fatal naquelas águas, com olhos de ouro. Em pouco tempo apenas os olhos brilhavam, e depois tudo desapareceu na escuridão do lago.

A partir desse dia, desisti de querer atravessar o lago! É claro, era um caminho bem guardado, e mais ainda seria agora, depois da minha tentativa frustrada. Mas tinha certeza de não ser a única possibilidade, pois algumas vezes havia visto Érik desaparecer no terceiro subsolo sem que eu pudesse imaginar como, apesar de sempre vigiá-lo. Nunca é o bastante repetir: desde que o descobrira morando na Ópera, eu vivia na permanente expectativa das suas atrocidades, não só por me afetarem diretamente, mas sobretudo pelo que ele era capaz de fazer.* Sempre que acontecia algum acidente ou fatalidade, eu não deixava de pensar: pode ser coisa do Érik!, assim como outros no teatro diziam: é coisa do Fantasma! Quantas vezes não ouvi pessoas dizerem isso com um sorriso! Pobres delas! Se soubessem que esse tal Fantasma existia em carne e osso, bem mais terrível que a tola sombra evocada, juro que parariam de zombar! Se soubessem do que Érik era capaz, sobretudo num terreno fértil como a Ópera... Se pudessem enxergar a fundo o meu assustador pressentimento...

Minha vida propriamente estava em suspenso... Mesmo que Érik muito solenemente garantisse ter mudado e se tornado o mais inofensivo dos homens, *pois alguém o amava pelo que ele era*, frase que me deixou extremamente perplexo, eu tremia sempre que pensava nele. Sua horrível, única e repulsiva feiura o excluía da humanidade, e frequentemente tive a impressão de que, por isso mesmo, ele deixara de ter qualquer escrúpulo com relação à raça humana. A maneira como ele falou da nova paixão só fez aumentar minha apreensão, pois percebi, nisso a que ele se referiu no tom de fanfarrice que me era familiar, um pretexto para novos dramas, ainda mais terríveis que os anteriores. Eu sabia a que grau sublime ou desastroso podia chegar a dor de Érik. O que ele me disse então — e que vagamente anunciava a mais horrível catástrofe — não parou mais de agir sobre meu assustador pressentimento.

---

* O Persa, nesse momento, poderia ter reconhecido que as ações de Érik também lhe interessavam porque, se o governo de Teerã o soubesse ainda vivo, suspenderia sua modesta pensão de ex-*daroga*. Mas é justo acrescentar que ele tinha nobre e generoso coração, e sem dúvida as possíveis catástrofes afetando o público o preocupavam muito. Aliás, em toda esta aventura aqui narrada, seu comportamento comprova amplamente essa opinião, que vai além de qualquer elogio.

Por outro lado, descobri a estranha troca que se estabelecera entre o monstro e Christine Daaé. Escondido no depósito anexo ao camarim da jovem cantora, assisti às admiráveis sessões de música que claramente a deixavam em maravilhoso êxtase, mas não achei que a voz de Érik — que podia, como ele bem quisesse, ser forte como o trovão ou doce como a dos anjos — a fizesse se esquecer da sua feiura. Compreendi tudo ao descobrir que Christine nunca o havia visto! Tive a oportunidade de entrar no camarim e, me lembrando dos ensinamentos do próprio Érik, não foi difícil descobrir o truque que faz girar a parede do espelho, como também o dispositivo com tijolos ocos e transmissores de voz pelo qual ele conseguia fazer Christine ouvi-lo como se estivesse ao lado. Descobri assim o caminho que leva ao olho d'água no esconderijo criado pelos revoltosos da Comuna. Do mesmo modo, encontrei o alçapão que permitia a Érik penetrar diretamente no andar abaixo do palco.

Alguns dias depois, qual não foi minha surpresa ao ver com meus olhos e ouvir com meus ouvidos que Érik e Christine tinham se encontrado pessoalmente. De fato, vi o monstro debruçado ao lado da pequena nascente que brota na terra, na trilha da Comuna, umedecendo a testa da jovem, que estava desmaiada. Um cavalo branco, o cavalo do *Profeta*, que havia desaparecido dos estábulos subterrâneos da Ópera, aguardava tranquilamente ao lado. Deixei que me visse, e foi terrível. Os dois olhos de ouro dardejaram faíscas e, antes de poder dizer qualquer coisa, fui atingido na cabeça e perdi os sentidos. Quando me recuperei, Érik, Christine e o cavalo branco tinham desaparecido. Não tive dúvida quanto à pobre moça estar presa na morada do lago. Sem pensar duas vezes, resolvi voltar à margem, apesar do perigo de qualquer tentativa por ali. Escondido no escuro, por 24 horas fiquei à espera do monstro, sabendo que ele precisaria sair para buscar alimentos etc. Por falar nisso, quando ele saía à rua ou ousava se mostrar em público, aplicava, no horrível buraco escancarado no lugar do nariz, um simulacro em papel machê, com bigode, o que não chegava a disfarçar completamente sua aparência macabra, pois quando ele passava, as pessoas brincavam: deixaram aberto o portão do cemitério! Mas, de um jeito ou de outro, aquilo mais ou menos — muito mais ou menos — o tornava suportável de se ver.

Eu estava então de tocaia à beira do lago — o lago Averno, como ele várias vezes me disse ter batizado seu lago, em tom de deboche. Cansado de esperar, já achava que ele podia ter usado outra saída, a do "terceiro subsolo", quando ouvi um ligeiro marulho no escuro e vi os dois olhos de ouro brilharem como faróis. O bote acostou, e Érik veio diretamente a mim:

— Há 24 horas está aí, e isso me irrita! Estou avisando que assim tudo vai acabar muito mal! E você será o culpado, pois tenho tido uma paciência absurda! Acha que me segue, imenso idiota — transcrevo, como disse, textualmente —, e eu é que o sigo. Sei tudo o que sabe a meu respeito. Poupei-o ontem na *minha trilha da Comuna*, mas aviso: não quero mais vê-lo! Está sendo bem imprudente, juro! Não sei se ainda entende meias palavras!

Ele estava tão furioso que na hora achei melhor não interrompê-lo. Depois de bufar como um urso, esclareceu seu infame plano — que só confirmava meu assustador pressentimento.

— É preciso que entenda de uma vez por todas. Insisto: de uma vez por todas! Pois já foi pego duas vezes pelo homem do chapéu de feltro, que não sabia o que você podia estar fazendo nos subsolos e o levou aos diretores. Eles o veem apenas como um persa meio maluco, doido por trucagens e bastidores de teatro (eu estava lá, acredite, lá na sala; saiba que estou por todo o lugar). Com suas imprudências, eles vão acabar se perguntando o que você tanto procura... e vão também acabar descobrindo que procura Érik. E vão querer, como você, encontrar Érik e sua casa do lago... Se isso acontecer, meu caro, azar!... Não garanto mais nada!

Ele bufou de novo como um urso e continuou:

— Mais nada! Se os segredos de Érik deixarem de ser segredos de Érik, será pior para *muitos da raça humana*! É tudo o que tenho a dizer e, se não for um imenso idiota (*literalmente*), isso deve bastar, a menos que realmente não entenda meias palavras!

Ele tinha se sentado na parte de trás do barco e batia no fundo de madeira com o calcanhar, esperando minha resposta. Eu disse apenas:

— Não vim procurar Érik...

— E procura o quê?

— Você sabe perfeitamente, Christine Daaé!

Ele gritou:

— Tenho direito de ter encontros em minha casa. Sou amado pelo que sou.

— Não é verdade. Ela foi sequestrada e é sua prisioneira.

— Ouça! Promete não se meter mais nas minhas coisas se eu provar que sou amado pelo que sou?

— Prometo — respondi sem hesitar, achando ser impossível um monstro como ele apresentar qualquer prova nesse sentido.

— Pois então é simples! Christine Daaé sairá daqui quando bem entender e vai voltar... Exatamente, vai voltar. Por ser o que ela quer... e isso por me amar pelo que sou.

— Não sei se vai voltar... mas é seu dever deixá-la partir.

— Meu dever, imenso idiota?! (*literalmente*) Não é meu dever, é minha vontade... É vontade minha deixá-la partir, e sei que voltará... pois me ama! Tudo isso, posso garantir, vai acabar em casamento... um casamento na igreja da Madeleine, imenso idiota! (*literalmente*) Não acredita? Minha missa de casamento já está escrita... você vai ver esse *Kyrie*...

Ele batucou ainda os calcanhares no fundo do bote, marcando um ritmo, e acompanhou a meia voz, cantando:

— *Kyrie!... Kyrie!... Kyrie Eleison!*... Você vai ver que missa!

— Bom, acreditarei se vir Christine Daaé deixar a casa do lago e voltar por vontade própria!

— E não se meterá mais na minha vida? Pois então poderá ver isso esta noite. Venha ao baile a fantasia. Christine e eu estaremos lá... Esconda-se depois no depósito ao lado do camarim. Verá como Christine quer voltar à trilha da Comuna.

— Farei isso!

Se fosse verdade tudo aquilo, eu teria que aceitar, pois nada impede que uma pessoa bonita ame o mais horrível monstro, sobretudo aquele, que contava com a sedução da música, e sendo a pessoa bonita uma emérita cantora.

— Agora então vá embora! Tenho que ir às compras!

Foi o que fiz, ainda preocupado com Cristine Daaé, mas sobretudo, no fundo, com meu assustador pressentimento, que ele tão formidavelmente despertara, ao se referir às minhas imprudências.

Eu me perguntava: como tudo isso vai acabar? Mesmo sendo bastante fatalista, eu não podia deixar de sentir uma indefinida ansiedade, dada a tremenda responsabilidade que assumi, um dia, deixando que vivesse um monstro que agora ameaçava *muitos da raça humana*.

Para minha enorme surpresa, tudo se passou como ele havia anunciado. Christine Daaé saiu e voltou várias vezes à casa do lago sem, aparentemente, ser forçada. Procurei então me desinteressar daquele mistério do amor, mas era difícil para mim não pensar em Érik, sobretudo por causa do assustador pressentimento. De todo modo, resignando-me à extrema prudência, não cometi mais o erro de voltar à beira do lago ou à trilha da Comuna. Mas fiquei obcecado pela porta secreta do terceiro subsolo e algumas vezes estive lá, sabendo que ficava deserto a maior parte do dia. Passei horas a fio escondido atrás de um cenário do *Rei de Lahore* que tinha sido deixado ali, não sei por quê, aliás, já que poucas vezes se montou essa ópera. Tanta paciência acabou sendo recompensada, e um dia vi o monstro vindo na minha direção, movendo-se de joelhos. Ele não sabia da minha presença, eu tinha certeza. Passou entre o cenário e uma viga de sustentação, foi até o muro e destravou, num ponto que de longe pude localizar, uma engrenagem que moveu uma pedra e abriu uma passagem. Desapareceu por ali, e a pedra voltou a seu lugar logo depois. Eu conseguira o segredo do monstro, segredo que podia, chegado o momento, me dar acesso à morada do lago.

Por segurança, esperei no mínimo meia hora e fui destravar a mola. Tudo se repetiu, mas não entrei no buraco, sabendo que Érik estaria em casa. Por outro lado, a ideia de ser surpreendido por ele me trouxe à lembrança a morte de Joseph Buquet e, não querendo comprometer minha grande descoberta, que podia ser útil a muita gente, *a muitos da raça humana*, deixei o subsolo do teatro depois de colocar a pedra de volta com todo o cuidado, pelo sistema que era o mesmo desde a Pérsia.

Como se pode imaginar, eu continuava interessado no envolvimento entre Érik e Christine Daaé, não por alguma circunstancial e doentia curiosidade, mas pelo tal assustador pressentimento, que não me deixava. Eu pensava: "Se Érik descobrir não ser amado pelo que é, podemos esperar qualquer coisa dele." Sem deixar então de lado minhas perambulações pela Ópera, acabei descobrindo a verdade sobre os tristes amores do monstro. Ele controlava Christine pelo terror, mas o doce coração da jovem pertencia inteiro ao visconde Raoul de Chagny. Enquanto os dois, numa inocente brincadeira de noivado, se perdiam pelos subsolos da Ópera — fugindo do monstro —, não imaginavam que alguém os protegia. Eu estava decidido a qualquer coisa, inclusive a matar o monstro e me explicar em seguida à Justiça. Mas nada de Érik — e isso nem um pouco me tranquilizava.

Vou dizer qual era o meu cálculo. Achei que o monstro, sem conseguir ficar em casa por causa do ciúme, me possibilitaria entrar sem perigo pela passagem do terceiro subsolo. Por todo mundo, eu queria saber o que exatamente havia lá! Um dia, cansado de esperar a boa ocasião, desloquei a pedra e imediatamente ouvi uma música formidável: o monstro trabalhava em casa, com todas as portas abertas, em seu *Don Juan triunfante*. Eu sabia que era a obra da sua vida. Não me mexi e permaneci prudentemente em meu buraco escuro. Ele em certo momento parou de tocar e começou a andar como um louco pela casa. E disse em voz alta e bem clara: "Isto precisa estar acabado *antes*! E bem acabado!" A frase não me pareceu tranquilizadora e, retomada a música, fiz sem barulho a pedra voltar a seu lugar. No entanto, mesmo tapado o buraco, eu ouvia ainda um vago canto distante, bem distante, vindo do fundo da terra, como o canto da sereia que ouvi emergir da água. Lembrei-me do que tinham dito alguns maquinistas, que não foram levados muito a sério, no momento da morte de Joseph Buquet: "Havia, junto do enforcado, um som difuso que parecia o canto dos mortos."

No dia do sequestro de Christine Daaé, só cheguei ao teatro bastante tarde, tenso e temendo más notícias. Meu dia tinha sido horrível, pois desde a leitura de um jornal pela manhã, anunciando o casamento da cantora com o visconde de Chagny, eu não parara de me perguntar se, afinal, *não devia denunciar o monstro*. Mas caí em mim, convencido de que semelhante iniciativa só precipitaria a possível catástrofe.

Ao descer do carro diante da Ópera, olhei-a como se, na verdade, me surpreendesse o fato de ela *ainda estar de pé*!

Mas no Oriente Médio somos todos um tanto fatalistas e entrei, *achando que tudo podia acontecer*!

O sequestro de Christine Daaé, no ato da prisão, causou naturalmente um alvoroço geral, mas me encontrou preparado. Era claro, para mim, ser obra de Érik, como rei dos mágicos que ele sem dúvida é. Achei ser o fim de Christine Daaé *e talvez de todos nós*.

Tanto que em certo momento me perguntei se não devia aconselhar, aos que continuavam no teatro, a sair dali depressa. Mas novamente pensei duas vezes, pois tinha certeza de que não me levariam a sério. Outra possibilidade era a de gritar "Fogo, fogo!", e todos correriam, mas quem sabe causasse pânico, gerando outra catástrofe, até pior.

Era necessário agir, e resolvi fazer isso sozinho. A ocasião, aliás, me pareceu propícia. Érik possivelmente, naquele momento, só pensava na prisioneira. Eu devia aproveitar para penetrar na sua morada pelo terceiro subsolo e pensei então em levar comigo aquele pobre visconde desesperado, que aceitou minha proposta com tanta confiança que me comoveu. Eu tinha mandado buscar em casa minhas pistolas, e meu criado Darius foi nos encontrar com a caixa no camarim de Christine. Entreguei uma ao visconde, aconselhando que se mantivesse sempre pronto, como eu mesmo, a atirar, pois Érik poderia, afinal, estar nos esperando atrás da parede. Teríamos que tomar a trilha da Comuna e passar pelo alçapão.

O ingênuo visconde, ao ver as pistolas, perguntou se estávamos indo a um duelo e confirmei: e que duelo! Mas não havia tempo, é claro, para maiores explicações. O jovem visconde é corajoso, mas ignorava tudo a respeito do adversário que teríamos pela frente! Antes assim!

O que pode ser um duelo com o pior dos valentões, se comparado a um combate contra o mais genial prestidigitador? Eu próprio tinha dificuldade diante da ideia de lutar contra alguém que só é visível quando quer e, por outro lado, vê tudo ao seu redor, quando tudo para você parece nebuloso! Contra alguém que dispõe do estranho saber, da sutileza, imaginação e habilidade que dão acesso a todas as forças naturais combinadas, para com elas criar, diante dos nossos olhos e dos nossos ouvidos, a ilusão que será, em seguida, a causa da nossa perdição... E isso tudo nos subsolos da Ópera, ou seja, no próprio país da fantasmagoria! Pode-se imaginar tudo isso sem tremer? Seria possível imaginar o que poderia acontecer, diante dos olhos e dos ouvidos de um frequentador da Ópera que fosse preso lá dentro, nos seus cinco subsolos e 25 andares superiores, com um Robert Houdin feroz e farsista que ora debocha, ora odeia? Que ora rouba, ora mata? Imaginem isso, lutar contra o senhor dos alçapões? Santo Deus! Não foi ele que construiu em todos os nossos palacetes esses que são os melhores dos alçapões, os incríveis alçapões giratórios? Combater o senhor dos alçapões no palácio dos alçapões?

Minha esperança era então que ele, depois de levar desacordada Christine Daaé para a morada do lago, não a tivesse deixado sozinha. Mas meu terror era que já estivesse em algum lugar à nossa espera, preparando o *laço do Pendjab*.

Ninguém melhor que ele manejava o laço do Pendjab, pois Érik era não só o rei dos prestidigitadores, mas também o príncipe dos estranguladores. Depois de entreter a jovem sultana, à época de *Horas cor-de-rosa de Mazandarão*, ela própria havia sugerido que ele a divertisse ainda com coisas que dessem medo. E foi logo no laço do Pendjab que Érik pensou. Ele tinha estado na Índia e adquirido uma perícia incrível em estrangular. Propôs então que o fechassem num pátio com um guerreiro, em geral um condenado à morte, armado de lança e espada. Ele próprio dispunha apenas do pequeno laço, e era sempre no momento em que o guerreiro achava que o mataria com um golpe fatal que se ouvia o assobio do fio. Com um simples jogo de pulso, Érik apertava o fino laço no pescoço do adversário e o arrastava até a sultana e suas acompanhantes, que assistiam de uma janela e aplaudiam. A jovem favorita aprendeu por sua vez o manejo do laço e matou assim algumas das suas acompanhantes e inclusive amigas que a visitavam.

Mas prefiro deixar para trás esse assunto medonho de *Horas cor-de-rosa de Mazandarão*. Só me lembrei disso por ter precisado, chegando com o visconde de Chagny ao subsolo da Ópera, protegê-lo contra a possibilidade, sempre presente, do estrangulamento. De fato, uma vez no subsolo, as pistolas não podiam mais servir, pois Érik, não tendo impedido nossa entrada na trilha da Comuna, não apareceria às nossas vistas. Mas podia, é claro, nos estrangular. Não podia explicar tudo isso ao visconde e, mesmo que pudesse, não teria gastado esse tempo dizendo que em algum lugar, no escuro, um laço do Pendjab estava prestes a assobiar. Para que complicar as coisas? Limitei-me então a aconselhar ao sr. de Chagny que guardasse sempre a mão à altura do olho, com o braço flexionado como se prestes a atirar, só esperando a ordem de "fogo". Nessa posição, é impossível, mesmo ao mais hábil estrangulador, lançar com bom resultado o seu fio do Pendjab. Além do pescoço, o laço prenderia também o braço ou a mão, ficando sem efeito e podendo ser facilmente retirado.

Depois de evitar o comissário de polícia e alguns fechadores de portas, nos livramos em seguida dos bombeiros, e pude também, pela primeira vez, ver o matador de ratos. Passamos ainda, o visconde e eu, despercebidos pelo homem do chapéu de feltro e chegamos sem outras dificuldades ao terceiro subsolo. Entre a viga de sustentação e o cenário do *Rei de Lahore*, movi a pedra e saltamos para dentro da morada que Érik construiu entre as paredes duplas das fundações da Ópera. *(E fez isso com toda a tranquilidade, pois foi um dos primeiros empreiteiros de alvenaria do arquiteto Philippe Garnier, tendo misteriosamente continuado a trabalhar sozinho durante a suspensão da obra, por ocasião da guerra com a Prússia, do cerco de Paris e da Comuna.)*

Eu conhecia Érik suficientemente para então não ter a pretensão de descobrir todos os truques que ele podia ter fabricado durante aquele tempo. Por isso não me sentia tão seguro ao saltar para dentro da sua casa. Sabia o que ele havia montado num palacete de Mazendarão. Na mais elegante construção do mundo, foi armada uma casa demoníaca, em que a mais simples palavra pronunciada podia ser transportada por meio de artifícios acústicos. Quantos dramas de família, quantas tragédias sangrentas o monstro proporcionou com seus alçapões! Sem contar que nunca se podia, nos palácios assim "preparados", saber por onde ele próprio andava. Foram invenções espantosas. Com certeza a mais estranha, curiosa, horrível e perigosa de todas foi *a* câmara dos suplícios. Exceto por casos excepcionais, como o da jovem sultana que gostava de ver pessoas comuns sofrendo, só eram jogados ali condenados à morte. Foi, na minha opinião, a mais atroz criação de *Horas cor-de-rosa de Mazendarão.* E quando o indivíduo fechado na *câmara dos suplícios* "não aguentava mais", tinha sempre permissão para dar fim a tudo aquilo com o laço do Pendjab, que ficava à sua disposição ao pé da árvore de ferro!

Qual não foi então minha angústia, assim que entrei na casa do monstro, ao ver que o cômodo em que o visconde e eu acabávamos de saltar era a reconstituição exata da câmara dos suplícios de *Horas cor-de-rosa de Mazendarão*?

A nossos pés, vi o laço do Pendjab do qual tanto me precavi durante todo o trajeto. Tive certeza de ser o mesmo que fora usada em Joseph Buquet. O chefe maquinista provavelmente viu Érik deslocar a pedra do terceiro subsolo. Curioso, deve ter passado antes que a pedra voltasse a seu lugar e caído na câmara dos suplícios, da qual só saiu enforcado. Imaginei Érik arrastando o corpo de volta ao cenário do *Rei de Lahore* e suspendendo-o ali, para dar exemplo e também aumentar *o pavor supersticioso que o ajudava a proteger os acessos da sua caverna!*

Depois de pensar melhor, ele deve ter voltado para buscar o laço do Pendjab, que é feito com tripas de gato e poderia despertar a curiosidade da polícia. Era como se explicava o desaparecimento da corda do enforcado.

E ali estava, no chão da câmara dos suplícios, o laço! Não sou medroso, mas um suor frio me inundou o rosto.

A lanterna, cujo pequeno círculo avermelhado me ajudava a esquadrinhar a famosa câmara, tremia na minha mão.

O sr. de Chagny percebeu e perguntou:

— O que há?

Fiz um sinal brusco para que se calasse, pois tinha ainda a suprema esperança de que estivéssemos na câmara dos suplícios sem que o monstro soubesse.

Essa esperança de forma alguma significava salvação, pois era de se imaginar que, pela via do terceiro subsolo, a câmara dos suplícios tivesse a função de defender a *morada do lago*, talvez automaticamente.

Exato! Talvez os suplícios começassem *automaticamente*.

Quem poderia dizer quais gestos nossos provocariam isso?

Recomendei a mais absoluta imobilidade a meu companheiro.

Um esmagador silêncio nos oprimia.

E minha lanterna vermelha continuava a percorrer a câmara dos suplícios… Eu a reconhecia… reconhecia.

Capítulo XXIII

Na câmara dos suplícios

Continuação da narrativa do Persa

Estávamos numa saleta perfeitamente hexagonal, com suas seis paredes cobertas por espelhos... de cima a baixo. Nas quinas, distinguiam-se facilmente os "disfarces" também de espelho... com suas divisões para o rolar dos cilindros... Sim, eu reconhecia... como reconhecia a árvore de ferro com seu galho de ferro... para os enforcados.

Eu tinha pegado meu companheiro pelo braço, pois ele, ansioso, queria gritar pela noiva, avisando que vinha salvá-la. Meu medo era que o jovem não conseguisse se conter.

Ouvimos de repente um barulho à nossa esquerda.

Foi primeiro como uma porta que batesse, no cômodo ao lado, e depois uma espécie de gemido abafado. Segurei mais forte o braço do visconde de Chagny, e ouvimos essas palavras:

— É pegar ou largar! A *missa de casamento* ou a *missa dos mortos.*

Era a voz do monstro.

Ouviu-se um novo gemido.

Depois, um longo silêncio.

Isso me deixava seguro quanto à nossa presença ali ser ignorada, pois de outra forma Érik evitaria que o ouvíssemos. Bastava, para tanto, fechar bem a janelinha invisível pela qual os sádicos assistem ao espetáculo da câmara dos suplícios.

Além disso, é claro que, se *ele* soubesse da nossa presença, os suplícios já teriam começado.

Tínhamos então uma boa vantagem: estávamos ao seu lado, e ele não sabia.

O importante era sustentar essa vantagem, e para mim o maior perigo estava na impulsividade do jovem visconde, que queria atravessar paredes e chegar à moça, sendo provavelmente dela os gemidos que intermitentemente ouvíamos.

— A missa dos mortos não é nada alegre! — continuou Érik. — Já a missa de casamento, como pode imaginar, é magnífica! É preciso decidir, saber o que se quer! Para mim, é impossível continuar a viver dessa maneira, no fundo da terra, num buraco como uma toupeira! Terminei *Don Juan triunfante* e agora quero viver como todo mundo. Ter mulher como todo mundo, e podermos sair aos domingos para passear. Inventei uma máscara que me deixa igual a qualquer um. Ninguém vai nem se virar depois que eu passar. Você será a mais feliz das mulheres. E cantaremos juntos, o quanto quisermos, só nós dois. Está chorando? Tem medo de mim? No fundo, não sou mau. Ame-me e verá. *Só faltou que me amassem para que eu fosse bom!* Se você for capaz disso, serei manso como um cordeiro, e poderá fazer de mim o que quiser.

Os gemidos que acompanhavam essa espécie de ladainha do amor aumentaram, cada vez mais. Eu nunca tinha ouvido nada tão desesperado, e finalmente o sr. de Chagny e eu percebemos que aquelas lamentações eram do próprio Érik. Já Christine devia estar em algum lugar, talvez do outro lado da parede que tínhamos à nossa frente, muda de horror, sem ter mais força para gritar, com o monstro a seus pés.

As lamentações eram profundas, estrondeantes e condoídas como as de um oceano, e três vezes Érik as deixou escapar do rochedo da sua garganta:

— Você não me ama! Você não me ama! Você não me ama!

Em seguida, mais suavemente ele continuou:

— Por que está chorando? Sabe o quanto isso me faz mal.

Houve um silêncio.

Cada silêncio daquele era para nós uma esperança, pois pensávamos: "Ele talvez tenha deixado Christine sozinha logo ali, do outro lado da parede."

Tudo que queríamos era avisá-la da nossa presença sem que o monstro percebesse.

Só poderíamos sair da câmara dos suplícios se ela a abrisse pelo lado de fora. Só então seria possível ajudá-la, pois ignorávamos como localizar a porta.

De repente, o silêncio foi quebrado pelo barulho de uma campainha elétrica.

Houve uma agitação no cômodo, e ouvimos a voz poderosa de Érik:

— Tocaram! É só entrar! — disse ele de forma lúgubre. — Mas quem se atreve ainda a nos incomodar? Espere um pouco aqui... *Direi à sereia que receba o visitante.*

Ouvimos passos que se afastavam, e uma porta foi fechada. Nem cheguei a pensar no novo horror que se preparava. Esqueci que o monstro provavelmente saía para algum crime. Tudo o que me vinha à cabeça era que Christine estava sozinha do outro lado da parede!

Mas o visconde de Chagny já chamava.

— Christine! Christine!

Como podíamos ouvir o que se dizia no cômodo ao lado, não tinha por que não nos ouvirem também. No entanto, o visconde precisou repetir várias vezes o chamado.

Uma voz bem fraquinha afinal chegou até nós.

— Estou sonhando...

— Christine! Christine! Sou eu, Raoul!

Nada.

— Responda, Christine! Se estiver sozinha, por tudo o que é sagrado, responda!

Ouviu-se então o nome de Raoul, murmurado.

— Sou eu, sou eu! Não está sonhando! Tenha confiança, Christine! Estamos aqui para salvá-la... mas não cometa imprudências! Se ouvir o monstro, avise.

— Raoul! Raoul!

Foi preciso repetir várias vezes que ela não estava sonhando e que Raoul de Chagny tinha conseguido chegar ali, levado por um bom amigo que conhecia o segredo da morada de Érik.

Mas, logo depois daquela rápida alegria que trazíamos, veio um terror ainda maior. Ela queria que Raoul fosse imediatamente embora.

Temia que Érik o descobrisse e, nesse caso, ele o mataria sem pensar muito. Em poucas palavras atropeladas ela nos contou que, enlouquecido de amor, Érik estava decidido a *matar todo mundo e a si mesmo junto* se ela não aceitasse se tornar sua mulher no civil e no religioso, em cerimônia na igreja de Madeleine. O prazo para que ela se decidisse ia até as 11 horas da noite seguinte. E não seria prorrogado. Nas palavras do monstro, a decisão era entre se ouvir a missa de casamento ou a dos mortos.

E Érik tinha dito essa frase que Christine não havia entendido bem: "Sim ou não; se for não, todo mundo estará morto e *enterrado*!

Pessoalmente, entendi muito bem a frase, que se encaixava no meu assustador pressentimento.

— Pode nos dizer onde Érik se encontra? — perguntei.

Ela respondeu que provavelmente tinha saído da casa.

— Tem como confirmar isso?

— Não! Estou amarrada. Não posso fazer movimento algum.

Foi um grande desapontamento para o sr. de Chagny e para mim. Nossa tripla salvação dependia da sua liberdade de movimentos.

Era preciso soltá-la, chegar até lá!

— Mas onde vocês estão? — perguntou ainda Christine. — Há apenas duas portas no quarto, no quarto Luís Felipe de que lhe falei, Raoul. Uma porta por onde Érik entra e sai, e outra que ele nunca abriu na minha frente e me proibiu de atravessar por ser, pelo que disse, a mais perigosa das portas... a porta dos suplícios!

— Estamos justamente do outro lado dessa porta!

— Estão na câmara dos suplícios?

— Estamos, mas não vemos a porta.

— Se eu conseguisse chegar até ela... Poderia bater, e vocês a descobririam.

— É uma porta com fechadura? — perguntei.

— É, tem uma fechadura.

Pensei: ela se abre do outro lado com uma chave, como qualquer porta, mas do lado de cá, só com uma engrenagem e um contrapeso, que serão difíceis de descobrir.

— É absolutamente preciso — disse eu — que a senhorita abra essa porta.

— Mas como? — respondeu a voz lamentosa da pobre moça.

Ouvimos um corpo que se debatia, tentando evidentemente se livrar das amarras.

— Só conseguiremos pela astúcia — disse eu. — É preciso conseguir a chave dessa porta.

— Sei onde ela está — respondeu Christine, que parecia esgotada com o esforço que acabava de fazer. — Mas estou bem amarrada... Miserável!

Ouviu-se um choro.

— Onde está a chave? — perguntei, pedindo ao sr. de Chagny que se calasse e me deixasse fazer as perguntas, pois não tínhamos tempo a perder.

— No quarto, ao lado do órgão, junto com outra, de bronze e bem pequena, na qual também fui proibida de mexer. Estão as duas num saquinho de couro onde ele diz *guardar as decisões sobre a vida e a morte*... Raoul, Raoul!... Fuja! Tudo aqui é misterioso e terrível... Érik vai enlouquecer completamente... E vocês na câmara dos suplícios! Saiam por onde entraram! Certamente não é à toa que esse lugar é chamado assim!

— Christine! Sairemos daqui juntos ou juntos morreremos! — disse o rapaz.

— Só depende de nós sair daqui sãos e salvos, mas temos de nos manter lúcidos — recomendei. — Por que ele a amarrou? Não tem como sair daqui sozinha, e ele sabe disso!

— Tentei me matar! O monstro, depois de me trazer para cá desacordada com clorofórmio, saiu. Pelo que disse quando chegou, *tinha ido ver o seu gerente de banco!* Encontrou-me com o rosto todo sujo de sangue... eu tinha tentado me matar, batendo a cabeça nas paredes.

— Christine! — gemeu Raoul, que começou a chorar.

— Ele então me amarrou... só tenho o direito de morrer às 11 horas da noite de amanhã.

Toda essa conversa pela parede era bem mais "picada" e muito mais cuidadosa do que se tem a impressão quando transcrita. Às vezes parávamos no meio de uma frase, com a impressão de ouvir algum estalido, passo ou movimento inesperado... Ela nos tranquilizava:

— Não, não é ele! Ele saiu, realmente saiu! Ouvi o barulho que faz o muro do lago ao se fechar.

— Christine — chamei. — O monstro a amarrou e é quem pode desamarrá-la. Basta que represente bem um papel! Não se esqueça de que ele a ama!

— Pobre de mim! E como poderia esquecer... — lamentou-se ela.

— Lembre-se disso para sorrir... Peça... Diga que as amarras estão machucando...

Ela me interrompeu e disse:

— Psss! Estou ouvindo o muro do lago! É ele! Tratem de ir embora! Saiam daqui!

— Não podemos, mesmo que quiséssemos! — insisti com a jovem. — Não temos como sair, e estamos na câmara dos suplícios...

— Não falem mais! — disse baixinho Christine.

Calamo-nos todos.

Passadas pesadas e lentas ecoaram do outro lado da parede. Depois pararam e novamente fizeram o piso ranger.

Em seguida ouviu-se um suspiro formidável, um grito de horror de Christine e afinal a voz de Érik:

— Peço que me desculpe por me mostrar assim. Estou num belo estado, não é? Foi culpa do *outro*! Por que tocou a campainha? Por acaso pergunto a quem passa que horas são? Ele, em todo caso, não perguntará a ninguém mais! Foi culpa da sereia...

Outro suspiro, mais profundo e formidável, vindo do fundo do abismo de uma alma.

— Por que gritou, Christine?

— Porque isto está doendo, Érik.

— Achei que tinha se assustado comigo...

— Érik, solte as cordas... já não estou presa aqui?

— Pode querer se matar...

— Você me deu até as 11 horas da noite de amanhã, Érik.

Novas passadas percorreram o piso.

— Já que devemos morrer juntos... e tenho tanta pressa quanto você... Pois também estou cheio desta vida, entende? Espere, não se mexa, vou soltá-la... Você precisa dizer só uma palavra: *não!* E tudo acaba logo. *Para todo mundo...* Você está certa, está certa! Por que esperar até a noite de amanhã? Só porque seria mais bonito! Sempre tive essa mania do espetáculo... do grandioso... é infantil! A gente, na vida, tem que pensar só em si mesmo... na própria morte... O resto pouco importa... *Está olhando o quê, só por eu estar molhado?* Ah, meu bem, é que eu não devia ter saído... Está um tempo horrível! Além disso, Christine, acho que estou tendo alucinações... Sabe, o sujeito que chamou ainda há pouco a sereia... vai saber se ainda está chamando no fundo do lago. Pois bem, ele parecia... Vire um pouco... Contente? Está solta! Santo Deus! Olhe só os seus pulsos, Christine! Machuquei-a? Só por isso já mereceria morrer... Aliás, falando em morte, *preciso cantar uma missa para ele*!

Ouvindo isso, não pude evitar uma terrível sensação... Eu também tinha uma vez tocado a campainha do monstro... sem saber disso, é claro! Devo ter acionado algum dispositivo elétrico... E me lembrei dos dois braços emergindo das águas escuras como tinta... Quem seria o coitado perdido por ali?

Pensar no pobre infeliz quase não me deixou aproveitar a alegria pela astúcia de Christine. Enquanto o visconde de Chagny murmurava no meu ouvido essas palavras mágicas, "ela está livre", eu me perguntava quem seria o *outro*, aquele por quem ouvíamos agora a missa dos mortos...

Um canto sublime e furioso! A casa do lago inteira ressoava... As profundezas da terra tremiam. Tínhamos encostado nossos ouvidos no espelho da parede para ouvir a atuação de Christine Daaé pela nossa salvação, mas toda a nossa atenção se voltava agora para a missa dos mortos. Estava mais para missa das almas condenadas... Ela produzia, nas entranhas da terra, uma ronda de demônios.

Lembro-me que o *Dies irae* que Érik cantou se abateu sobre nós como um temporal. De verdade, sentimos raios e trovões à nossa volta... Eu já o ouvira, é claro, cantar antes... Ele conseguia que até as carrancas de pedra dos meus touros com cabeça humana das paredes do palácio de Mazendarão cantassem… Mas cantar dessa maneira nunca… nunca se viu! Ele cantava como o deus do trovão.

De repente, voz e órgão pararam tão bruscamente que o visconde de Chagny e eu nos afastamos da parede, preocupados… Subitamente mudada, aquela mesma voz distintamente pronunciou estas sílabas metálicas:

— *O que você fez com o saquinho?*

Capítulo XXIV

Começam os suplícios

Continuação da narrativa do Persa

A frase foi repetida com furor:

— O que você fez com o saquinho de couro?

Christine Daaé provavelmente tremia tanto quanto nós.

— Foi para isso que me fez soltá-la, não é?

Ouviram-se passos alvoroçados, Christine correndo de volta para o quarto Luís Felipe, como se quisesse se proteger junto da nossa parede.

— Está fugindo de quê? — gritava a voz raivosa, indo atrás dela. — Devolva o saquinho! Não sabe que ele guarda a vida e a morte?

— Ouça, Érik — suspirou a jovem. — Já que vamos viver juntos... que diferença faz? Tudo o que é seu é meu.

Isso foi dito de forma insegura e vacilante, de dar pena. A pobre moça devia estar usando o que lhe restava de energia para controlar o terror. Mas não seriam artifícios assim tão infantis, ditos com os dentes batendo, que enganariam Érik.

— Você sabe que dentro tem apenas duas chaves. Por que quis pegá-las? — perguntou ele.

— Quis ver esse quarto que está sempre trancado... Curiosidade feminina — acrescentou ela, com um tom que se pretendia descontraído, mas que só deve ter servido para aumentar a desconfiança do outro, de tanto que soou falso.

— Não gosto de gente curiosa! Deveria ter aprendido alguma coisa com a história de Barba Azul... Devolva o que pegou, devolva! Largue essa chave, sua enxerida!

Ele riu, enquanto Christine dava um grito de dor. Érik acabava de tomar de volta o saquinho.

Nesse momento, desesperado por nada poder fazer, o visconde também deu um grito, que não consegui interromper a tempo...

— Ah! — exclamou o monstro. — O que foi isso? Não ouviu, Christine?

— Não, não ouvi nada! — respondeu ela aflita.

— Alguém gritou!

— Alguém gritou? Está ficando louco, Érik? Quem estaria gritando aqui no fundo dessa casa? Fui eu que gritei, porque está me machucando! Não ouvi nada!

— A maneira como está dizendo isso... e tão trêmula... Está bem nervosa! E mentindo! Alguém gritou, alguém gritou! Alguém na câmara dos suplícios... Entendi tudo!

— Não tem ninguém, Érik!

— Sei...

— Ninguém!

— O seu noivo, talvez...

— Não tenho noivo! Você sabe que não!

Outra risada sarcástica.

— Aliás, é fácil saber, minha Christinezinha querida... nem precisamos abrir a porta para ver o que há na câmara dos suplícios. Você quer ver? Quer ver? É simples, se houver alguém, se realmente houver alguém, você vai ver se iluminar lá em cima, perto do teto, a janela invisível... Basta puxar a cortina negra e depois apagar aqui... Pronto... Apagado! Não tenha medo do escuro, está com seu maridinho...

Ouviu-se a voz de Christine em agonia:

— Não! Estou com medo! Eu já disse que tenho medo no escuro. A câmara não me interessa mais. É você que me causa medo o tempo todo, como a uma criança, com essa câmara dos suplícios! Foi o que me deu curiosidade, mas ela realmente não me interessa mais, verdade!

E o que eu acima de tudo temia começou *automaticamente*... De repente, a câmara se iluminou toda! Foi como se a parede atrás de nós se incandescesse. O visconde, que não esperava nada assim, ficou tão surpreso que não sabia o que pensar. E a voz raivosa explodia ao lado:

— Não disse que havia alguém? Está vendo agora a janela? A janela iluminada! Lá no alto! Quem está do outro lado dessa parede não vê. Mas suba por essa escada ali, é para isso que ela serve. Tantas vezes me perguntou... Pois agora sabe! É para olhar pela janela da câmara dos suplícios... Não é curiosa?

— Por que suplícios? Que suplícios acontecem ali? Érik, diga que está só querendo me assustar... Se me ama, diga, Érik. Não há suplícios, não é? São coisas para assustar crianças!

— Vá ver, querida! Suba para olhar pela janelinha.

Não sei se o visconde, a meu lado, ouvia ainda a voz chorosa de Christine, assombrado com o espetáculo extraordinário que começava a se apresentar em volta de nós... Eu próprio, como infelizmente já havia algumas vezes assistido àquilo pela janelinha de *Horas cor-de-rosa de Mazendarão*, prestava atenção apenas no que se dizia no quarto ao lado, procurando o que fazer, qual decisão tomar.

— Vá ver, vá olhar pela janelinha! E me diga! Diga *como o nariz dele é*!

Ouviu-se a escada ser movida e encostada na parede.

— Suba! Não, é melhor não! Subo eu, querida!

— Pode deixar que eu vou!

— Ah, querida! Minha querida! Como você é boa! Procurando me evitar esse esforço, na minha idade! Diga como o nariz dele é. Se as pessoas pudessem imaginar a felicidade que é ter um nariz... um nariz seu... Elas nunca viriam se meter na câmara dos suplícios!

Nesse instante, ouvimos distintamente acima das nossas cabeças essas palavras:

— Meu amigo, não tem ninguém aqui!

— Ninguém? Tem certeza?

— Tenho. Não vejo ninguém.

— Fico mais tranquilo... Mas o que há? Qual o problema? Não vá se sentir mal... Já que não tem ninguém... *O que acha da paisagem?*

— Boa...

— Ah, que bom! Não é? Que bom que esteja tudo bem... Nada que impressione... Mas é uma casa engraçada, não é?, em que se veem paisagens assim...

— É sim, parece até o museu Grévin! E não tem suplícios... Puxa, você me assustou...

— Por quê, já que não tem ninguém?

— Você que fez esse quarto, Érik? É muito bonito! Você é realmente um grande artista, Érik.

— É verdade, um grande artista "à minha maneira".

— Mas por que chama esse quarto de câmara dos suplícios?

— É bem simples. Para começar, o que está vendo?

— Uma floresta.

— E o que há numa floresta?

— Árvores.

— E o que há numa árvore?

— Passarinhos.

— Está vendo passarinhos?

— Não.

— Então o que está vendo? Olhe bem. Está vendo galhos. E o que tem num deles? — perguntou ele com sua voz mais terrível. — *Uma forca!* E é por isso que chamo essa minha floresta de câmara dos suplícios... Está vendo, é só maneira de falar! Só para fazer graça! Nunca falo como todo mundo. Nem faço como todo mundo... Mas estou cansado... muito cansado! Estou cheio de ter uma floresta em casa, você entende?, e uma câmara dos suplícios. E de morar como um charlatão num caixote com fundo falso. Estou cheio! Cheio! Quero ter um apartamento tranquilo, com portas e janelas normais, e uma mulherzinha direita lá dentro, como todo mundo. Você devia entender isso, Christine, e eu não deveria ter que repetir o tempo todo... Uma mulherzinha como todo mundo. Que eu amaria, levaria para passear aos domingos e faria rir a semana inteira. Ah, você gostaria muito da vida comigo. Tenho mais do que um truque na manga, sem falar dos truques com as cartas do baralho... Ah, posso fazer para você uns truques com cartas. Vão ajudar a passar o tempo, esperando as 11 horas da noite de amanhã. Minha Christinezinha, minha Christinezninha... Está ouvindo? Não me rejeita mais? Sim? Você me ama! Não, não ama ainda, mas tudo bem, vai acabar me amando. Até pouco tempo atrás você nem podia olhar minha máscara, por saber o que tem por trás. E agora você olha e esquece o que ela esconde, já não me rejeita. A gente se habitua a tudo, quando quer... com boa vontade. Quantos jovens se casam sem se amarem e acabam se adorando! Ah, nem sei mais o que estou dizendo... Mas você vai se divertir muito na minha companhia. Não há nada como eu, juro por Deus, esse mesmo Deus diante do qual vamos nos casar, se você for sensata; nada igual a mim, por exemplo, como ventríloquo! Sou o maior ventríloquo do mundo... Está rindo? Não acredita? Ouça só!

O miserável (que de fato era o maior ventríloquo do mundo) distraía a jovem (eu perfeitamente me dava conta) para desviar sua atenção da câmara dos suplícios. Era tolice, pois Christine só se preocupava conosco. Ela várias vezes repetiu o pedido, no tom mais afetuoso que pôde e da forma mais calorosa:

— Escureça a janelinha, Érik, apague-a!

Pois ela achava que a luz, surgida de repente na janelinha e da qual o monstro havia falado de forma tão ameaçadora, tinha sua terrível razão de ser... A única coisa que naquele momento a tranquilizava era ter nos visto, do outro lado da parede, no meio de um magnífico abrasamento, de pé e bem dispostos... Mas sem dúvida se sentiria mais sossegada se a luz fosse desligada.

O outro já começava a fazer seu número de ventríloquo e dizia:

— Vou afastar um pouco a máscara... não tenha medo, só um pouquinho. Pode ver meus lábios? O que tenho de lábios. Não estão se mexendo, a boca está fechada... essa espécie de boca que é a minha... No entanto, está ouvindo minha voz! Estou falando com a barriga, com o ventre... É natural... por isso se chama ventriloquia! Todo mundo sabe. Ouça minha voz, para onde você quer que ela se dirija? Para a sua orelha esquerda? Para a direita? Para as caixas de ébano junto da lareira? Ah, está surpresa, minha voz está nas caixas da lareira! Quer que ela pareça distante? Próxima? Vibrante? Aguda? Anasalada?

Minha voz vai aonde quiser. A qualquer lugar! Ouça, querida, a caixa à direita da lareira, o que ela diz: *É para girar o escorpião?...* E agora, crac! Ouça o que ela diz na caixa da esquerda: "É para girar o gafanhoto?..." E, agora, crac! Está no saquinho de couro... dizendo o quê? "Sou *o saquinho da vida e da morte!*" E, agora, crac! Ela foi para a garganta da Carlotta, está no fundo daquela garganta de ouro, a garganta de cristal da grande Carlotta, puxa! E dizendo o quê? Dizendo: "Sou eu, o sr. sapo! Sou eu que canto: *Entendo essa voz solitária... cuac!...que canta em meu cuac!...*" E, agora, crac, minha voz chegou numa poltrona do camarote do Fantasma e diz: "Dona Carlotta está cantando esta noite, é *de fazer despencar o lustre!...*" E, agora, crac! Rá, rá, rá, rá!... Cadê a voz de Érik? Ouça, Christine querida, ouça, ela está atrás da porta da câmara dos suplícios! Ouça, sou eu que estou na câmara dos suplícios. E o que estou dizendo? Estou dizendo: "Pobres dos que gozam da felicidade de ter um nariz, um nariz próprio, e vêm se meter na câmara dos suplícios! Rá, rá, rá!"

Maldita voz de ventríloquo! Estava por todo, todo o lugar! Passava pela janelinha invisível... pelas paredes, andava a nosso redor... entre nós... Érik estava ali, falava conosco! Fizemos um gesto como se quiséssemos agarrá-lo, mas a voz, mais rápida, mais fugidia que o eco, tinha pulado para o outro lado da parede!

Em pouco tempo não pudemos ouvir mais nada, e conto como isso se passou:

A voz de Christine:

— Érik, está me cansando com essa sua voz... Pare com isso, Érik! Não acha que está quente aqui?

— É mesmo — ouvimos a voz de Érik. — Um calor insuportável.

E outra vez a voz aflita de Christine:

— O que está acontecendo? A parede está quente! Está queimando!

— É por causa da "floresta ao lado", querida!

— Como assim a floresta?

— Não notou que é uma floresta do Congo?

O riso do monstro cresceu de forma tão terrível que não ouvíamos mais os pedidos suplicantes de Christine. O visconde de Chagny gritava e batia nas paredes como louco... Eu não tinha mais como controlá-lo. Só ouvia o riso do monstro... e ele mesmo provavelmente só ouvia o próprio riso. Em seguida houve um barulho rápido de luta, um corpo caiu no chão e foi arrastado, uma porta bateu com toda a força... Depois mais nada, mais nada em volta, a não ser o silêncio abrasador do meio-dia... numa floresta da África!

Capítulo XXV

Barris, barris! Quem tem barris para vender?

Continuação da narrativa do Persa

Já contei que o quarto em que o visconde de Chagny e eu nos encontrávamos tinha forma hexagonal e era coberto de espelhos. Montados sobretudo para exposições, depois surgiram ambientes absolutamente idênticos a esse quarto denominados "casa das miragens" ou "palácio das ilusões". Mas a invenção foi de Érik, que construiu o primeiro espaço desse tipo em *Horas cor-de-rosa de Mazendarão*, do qual fui testemunha. Basta colocar nos cantos algum detalhe decorativo, como uma coluna, por exemplo, para imediatamente se ter, por efeito dos espelhos, um palácio com mil colunas, e assim o quarto original se multiplica por seis outros, igualmente hexagonais, que novamente se multiplicam... ao infinito. Naquele tempo, para divertir "a jovem sultana", ele havia montado algo assim, a que chamou "o templo do incalculável". A jovem sultana, no entanto, logo se cansou dessa ilusão ingênua, e Érik transformou sua invenção na câmara dos suplícios. No lugar do ornamento arquitetônico dos cantos, ele colocou uma árvore de ferro. Por que essa árvore, que imitava perfeitamente a vida, com folhas pintadas, era de ferro? Era preciso ser resistente o bastante para aguentar os ataques do "paciente" trancado na câmara dos suplícios. Veremos como, por duas vezes, o cenário assim obtido instantaneamente se transformava sucessivamente em dois outros, graças à rotação automática dos cilindros tripartidos moldados nos ângulos dos espelhos, sustentando, cada um, os temas decorativos que se sucediam.

As paredes desse estranho aposento não apresentavam qualquer saliência em que o paciente pudesse se agarrar, uma vez que, além do motivo decorativo extremamente resistente, elas eram forradas de espelhos, espelhos bem espessos e nada vulneráveis à fúria do pobre coitado que era lançado ali descalço e sem nada nas mãos.

Além disso, nenhum móvel. O teto era luminoso. Um engenhoso sistema de aquecimento elétrico que em seguida foi muito imitado permitia que se aumentasse à vontade a temperatura das paredes, dando assim ao cômodo o clima desejado...

Insisto nesses detalhes precisos da invenção — que era bem natural, mas podendo dar uma ilusão sobrenatural, com seus galhos pintados, de uma floresta equatorial sob o sol abrasador do meio-dia — para que ninguém ponha em dúvida o atual equilíbrio do meu cérebro... para que ninguém diga: "Esse cara está louco", "Está inventando coisas" ou "O sujeito acha que somos imbecis".*

Se eu tivesse simplesmente dito "Descendo ao subsolo, caímos numa floresta equatorial abrasada pelo sol do meio-dia", conseguiria um belo efeito de surpresa maravilhada, mas não é o que procuro ao escrever estas linhas, pois quero apenas contar o que aconteceu ao visconde de Chagny e a mim naquela aventura terrível que, por um momento, abalou a justiça desse país.

Retomo então os fatos onde os deixei.

Quando o teto se acendeu e a floresta à nossa volta se iluminou, o espanto do visconde foi além de tudo o que se possa imaginar. O surgimento daquela floresta impenetrável, com troncos e galhos incontáveis a nos envolver *ao infinito*, mergulhou-o num estado de espírito assustador. Ele passou as mãos na testa, como se quisesse afastar uma visão de pesadelo, e os olhos piscaram como se tivessem dificuldade, ao acordar, de recuperar o senso de realidade das coisas. Por um instante, ele se esqueceu *de ouvir*!

A mim a aparição da floresta não surpreendeu e pude continuar prestando atenção, por nós dois, no que acontecia no quarto ao lado.

---

* Era compreensível que o Persa tomasse tanto cuidado contra a incredulidade na época em que escreveu a narrativa. Hoje em dia, no entanto, todo mundo já viu esse tipo de espaço e não teria mais por que duvidar.

Resumindo, mantive-me preso nem tanto ao cenário, no qual procurava não pensar, mas ao espelho propriamente dito que o produzia. E o espelho *estava trincado* em alguns pontos.

Exato, não propriamente rachado, mas com aquelas riscas centrífugas causadas por uma pancada, apesar da espessura. Para mim, isso provava que a câmara dos suplícios em que nos encontrávamos *já fora usada*!

Algum infeliz, com pés e mãos menos despidos que os dos condenados de *Horas cor-de-rosa de Mazendarão*, havia provavelmente caído naquela "ilusão mortal" e, louco de raiva, atacara os espelhos, que, apesar dos arranhões, nem por isso deixavam de refletir sua agonia! Consolação suprema, o galho de árvore em que tivera fim o seu suplício fora disposto de maneira que, antes de morrer, ele visse mil outros enforcados balançarem!

Sim, com certeza Joseph Buquet havia passado por ali...

Morreríamos como ele?

Eu achava que não, pois tínhamos algumas horas pela frente, que eu poderia empregar de maneira mais útil do que fora capaz nosso antecessor.

Além disso, eu conhecia profundamente os "truques" de Érik... não seria então o momento de me servir disso?

Primeira atitude, não pensei mais em voltar pela abertura que nos levara àquela câmara maldita. Não perdi tempo procurando como acionar de dentro a pedra que fechava a passagem. E por uma simples razão: não havia como! Tínhamos saltado de um ponto alto demais para o interior da câmara dos suplícios e não contávamos com móvel algum que nos ajudasse a alcançar aquela altura — nem um galho da árvore de ferro ou mesmo o ombro de um de nós como escada seria suficiente.

A única saída possível era a que dava para o quarto Luís Felipe, onde se encontravam Érik e Christine Daaé. Essa passagem, porém, pelo lado de lá se mostrava como uma porta comum, mas era invisível do lado de cá. Era preciso então tentar abri-la sem saber onde estava, o que não era coisa fácil.

Uma vez certo de não poder mais contar com qualquer ajuda de Christine Daaé, pois ouvira o seu algoz levá-la, ou melhor, arrastá-la para fora do quarto, *evitando que ela perturbasse nosso suplício*, resolvi me pôr imediatamente a trabalhar, quer dizer, a procurar como abrir a porta.

Mas primeiro foi preciso acalmar o jovem companheiro, que andava como um alucinado pela clareira, resmungando coisas incoerentes. Os trechos de conversa que ele conseguira apreender, apesar da confusão entre Christine e seu carcereiro, tinham contribuído bastante para deixá-lo fora de si. Se acrescentarmos a isso a floresta mágica e o infernal calor que fazia pingar suor do nosso rosto, é fácil entender que seu estado de espírito começava a ficar um tanto exaltado. Apesar dos meus pedidos, Chagny não demonstrava mais qualquer cuidado.

Ele ia e vinha à toa, corria até um espaço inexistente, achando entrar numa alameda que o levaria a algum lugar, e batia com a testa, logo adiante, no reflexo da sua ilusão de floresta!

O tempo todo gritava: "Christine! Christine..." e agitava a pistola. Chamava o mais alto que podia o Anjo da Música, desafiando-o para um duelo de morte, e xingava de todos os nomes a falsa floresta. Era um dos efeitos que o suplício podia produzir num espírito desavisado. Eu fazia o possível para acalmar o pobre amigo e, da maneira mais tranquila do mundo, o forçava a tocar nos espelhos, na árvore de ferro, nos galhos e nos cilindros rotativos, explicando, pelas leis da física, a ilusão óptica que nos cercava e da qual não podíamos, como qualquer ignorante, ser vítimas!

— Estamos num quarto, um quarto pequeno, repita isso o tempo todo... e sairemos daqui quando encontrarmos a porta. Temos então que procurá-la!

Prometi que, se não me perturbasse gritando e caminhando como louco, em menos de uma hora eu descobriria como abrir a porta.

Ele então se deitou no chão, como se estivesse num bosque, e declarou que esperaria se abrir a porta da floresta, já que não tinha mais o que fazer! E acrescentou que, de onde estava, "a vista era esplêndida". O suplício, apesar de tudo que eu tinha dito, agia no seu estado psicológico.

Eu próprio, *deixando de lado a floresta*, escolhi um dos painéis de espelho e passei a tateá-lo em todos os sentidos, *procurando o ponto fraco* que seria necessário pressionar para fazer a porta girar, de acordo com o sistema de portas e alçapões basculantes de Érik. Esse ponto fraco podia talvez ser uma simples mancha no espelho, do tamanho de um grão de ervilha, e sob a qual se encontraria o dispositivo de disparo. Procurei... procurei! Tateei até a altura que minhas mãos podiam chegar. Érik era mais ou menos do meu tamanho e não o teria colocado mais alto do que ele próprio poderia alcançar... era apenas uma hipótese, mas a única a me deixar alguma esperança. Eu estava então decidido a percorrer, sem desanimar e com toda a minúcia, as seis paredes de espelho, para depois examinar também o piso, com todo o cuidado.

Ao mesmo tempo que examinava atentamente as paredes, eu tentava não perder um minuto, pois o calor incomodava cada vez mais e estávamos sendo literalmente cozidos naquela floresta abrasadora.

Há meia hora me dedicava a isso e já havia percorrido três painéis quando a má sorte me levou a olhar para o visconde, que acabava de dizer:

— Estou sem ar... Esses espelhos transmitem um ao outro um calor infernal! Vai demorar a encontrar esse seu dispositivo? Se não fizer isso rápido, vamos ser assados aqui!

Foi até um alívio ouvi-lo falar assim. Não mencionara a floresta, e achei que seu bom senso era capaz ainda de lutar contra o suplício. Mas ele acrescentou:

— O que me consola é que o bandido deu a Christine até as 11 horas da noite de amanhã. Se não pudermos sair daqui e ajudá-la, pelo menos morreremos antes! A missa de Érik vai servir para todo mundo!

E aspirou uma boa quantidade de ar quente, o que quase o fez desmaiar...

Como eu não tinha as mesmas razões desesperadas que o jovem enamorado para aceitar a morte, apenas disse algumas palavras de consolo e voltei à minha busca, mas havia cometido o erro de dar alguns passos enquanto falava e, na incrível confusão da floresta ilusória, não sabia mais em que parede estava! Seria obrigado a recomeçar. Não pude deixar de compartilhar o problema, e o visconde, ao entender que voltávamos à estaca zero, se abalou:

— Nunca vamos sair desta floresta!

O desespero cresceu ainda mais e, com isso, ele voltou também a se esquecer de que eram espelhos o que tínhamos em volta, acreditando realmente estar numa floresta.

Eu, porém, procurava... tateando... A febre igualmente me invadia... e eu nada encontrava... absolutamente nada. No quarto ao lado, reinava o mesmo silêncio. Estávamos mesmo perdidos numa floresta... sem saída... sem bússola... sem guia... sem nada. Se ninguém nos socorresse ou não fosse encontrado o dispositivo para abrir a porta, o que nos aguardava era óbvio... E, por mais que procurasse, só encontrava galhos... admiráveis e belos galhos que se alinhavam retos à minha frente ou graciosamente se curvavam acima da minha cabeça... sem, porém, proporcionar sombra! Era normal, aliás, pois estávamos numa floresta equatorial, com o sol a pino lá no alto... uma floresta do Congo...

Várias vezes o visconde e eu tiramos e recolocamos o paletó, achando que nos aumentava o calor e depois, pelo contrário, que nos protegia.

Do ponto de vista psicológico, eu ainda resistia, mas Chagny já parecia completamente "ausente". Dizia estar há três dias e três noites andando naquela floresta atrás de Christine Daaé. De vez em quando, achava tê-la visto atrás de um tronco de árvore ou encoberta pelos galhos e gritava por ela de maneira a me partir o coração:

— Christine, Christine! — chamava ele. — Por que está fugindo? Não me ama? Não somos noivos? Christine, pare! Não vê como estou morto de cansaço? Christine, por favor! Vou morrer na floresta... longe de você...

Ou, de repente, num tom delirante:

— Ai, que sede!

Eu também estava com sede; minha garganta ardia.

Mesmo assim, agora agachado no chão, a procura continuava... continuava... Procurar o dispositivo que abriria a porta invisível... ainda mais porque a floresta, ao anoitecer, traria novos perigos... e a tarde já começava a cair... bem rápida, como acontece nos climas equatoriais... bruscamente, quase sem crepúsculo.

A noite, em florestas assim, é sempre perigosa, sobretudo para quem não tem com que acender uma fogueira e afastar os animais ferozes. Parando por um minuto a minha busca, bem que tentei quebrar uns galhos para queimar, usando a minha lanterna, mas esbarrei nos malditos espelhos, e isso me lembrou, a tempo, de que eram apenas imagens de galhos...

O dia tinha acabado, mas não o calor, pelo contrário... Estava ainda mais quente sob a luz azulada da lua. Disse ao visconde que tivesse sempre as armas prontas para disparar e não se afastasse do acampamento, enquanto eu continuava a procurar o dispositivo.

De repente, ouvimos um rugido de leão, a poucos passos, maltratando nossos ouvidos.

— Shhh! — exclamou baixinho o visconde. — Ele não está longe! Consegue vê-lo? Ali, entre aquelas árvores, naquele mato! Se rugir de novo, eu atiro!

Houve um novo rugido, ainda mais formidável. Ele atirou, mas não creio que tenha acertado o animal. Em todo caso, quebrou um espelho, como constatei ao amanhecer. Devemos ter andado um bocado durante a noite, pois estávamos agora à beira de um deserto, um imenso deserto de areia, pedras e rochedos. De que servia sair da floresta para cair num deserto? Cansado, eu tinha me estendido no chão ao lado do visconde, desistindo de procurar algo que não encontrava.

Estava realmente surpreso (e comentei com o companheiro) que a noite tivesse sido relativamente calma. Em geral, depois do leão vinham o leopardo e o zumbido de moscas tsé-tsé... Eram efeitos fáceis e expliquei isso a Chagny, enquanto descansávamos antes de atravessar o deserto: o rugido de leão, Érik conseguia com uma espécie de tamborim comprido que tinha uma das aberturas coberta por uma pele de burro. A essa pele se fixava uma corda de tripa, à qual se prendia outra do mesmo tipo, percorrendo o tambor por todo seu comprimento. Esfregando a corda com uma luva molhada numa resina, era fácil para ele imitar um leão, um leopardo ou mesmo o zumbido da mosca tsé-tsé.

Pensar que Érik podia estar no quarto ao lado, manejando as trucagens, me levou a tentar um diálogo, pois, é claro, tinha de desistir da possibilidade de surpreendê-lo. E agora ele já devia saber quem eram os hóspedes da câmara dos suplícios. Gritei "Érik! Érik!", o mais forte que pude pelo deserto, mas ninguém respondeu ao meu apelo... Ao redor, apenas o silêncio e a imensidão nua do deserto *pedregoso*... O que seria de nós naquela horrível solidão?

Começávamos a literalmente morrer de calor, de fome e de sede. De sede principalmente. Pouco depois o visconde de Chagny se apoiou num cotovelo e mostrou alguma coisa no horizonte. Ele acabava de descobrir um oásis!

Isso mesmo. Longe, bem longe, um oásis no deserto... um oásis com água... água límpida como gelo... o gelo que espelhava a árvore de ferro... Ah! Era o quadro da *miragem*, logo o reconheci. O mais terrível era que ninguém tinha conseguido passar por ele... ninguém... Concentrei-me para guardar o bom senso... *e não esperar pela água*. Sabia que, na expectativa da água, a água refletida pela árvore de ferro, frustrada a esperança, o que se encontrava era o espelho, e daí restaria apenas uma coisa a fazer: enforcar-se na árvore de ferro!

Por isso gritei:

— É miragem... É miragem! Não acredite na água. É mais um truque de espelho!

O visconde literalmente me mandou às favas, e que levasse junto meu truque do espelho, meus dispositivos que abririam portas basculantes e meu palácio de miragens! Com raiva, disse que eu estava louco ou cego para imaginar que toda aquela água correndo logo ali, entre belas e inúmeras árvores, não era água de verdade. O deserto era de verdade! Como a floresta! Ninguém haveria de enganá-lo... era um homem viajado... por muitos países.

E se arrastava repetindo:

— Água! Água!

Com a boca aberta, como se estivesse bebendo... e também me vi de boca aberta, como se bebesse.

Pois não somente víamos, mas também *ouvíamos*... Ouvíamos a água correr... chapinhar... Entende tudo que a palavra *chapinhar* encobre? É uma palavra que se ouve com a língua! A língua se estende fora da boca para ouvi-la melhor...

Veio enfim o suplício mais intolerável de todos, ouvia-se chover e não chovia! Era realmente uma invenção demoníaca! Eu até sabia muito bem como fazer. Érik enchia de pedrinhas um recipiente bem fino e comprido, compartimentado por madeira e metal. Caindo, as pedrinhas batem nessas divisórias e se chocam umas nas outras, produzindo sons irregulares que lembram muito a queda de granizo numa chuva tempestuosa.

Com a língua de fora, nos arrastando para a margem marulhante... *nossos olhos e ouvidos estavam cheios d'água, mas a língua continuava seca!*

Chegando ao espelho, Chagny lambeu-o... e eu também...

Estava pegando fogo!

Rolamos no chão, com roncos de desespero. O visconde levou ao ouvido a pistola que ainda estava carregada e olhei, a meus pés, o laço do Pendjab.

No cenário em que estávamos, o terceiro, a árvore de ferro tinha voltado, eu sabia por quê.

A árvore de ferro me esperava.

Olhando fixamente o laço do Pendjab, vi algo que me fez estremecer de tal maneira que o visconde suspendeu o movimento suicida, já tendo inclusive murmurado:

— Adeus, Christine!

Segurei-lhe o braço. Tomei a pistola e me arrastei de joelhos até o que havia visto.

Acabava de ver, perto do laço do Pendjab, numa ranhura do piso, a cabeça escura de um prego; e sabia qual era a sua função...

Eu finalmente havia descoberto o dispositivo... o dispositivo de abertura da porta! Que nos daria a liberdade! Que nos entregaria Érik!

Encostei o dedo no prego. Meu rosto brilhava. O prego de cabeça escura cedeu à pressão...

E...

... Não foi uma porta que se abriu na parede, mas um alçapão, no piso.

Por esse buraco escuro, entrou um ar úmido. Debruçamo-nos nele como se fosse uma fonte de água pura. Com o rosto mergulhado no seu frescor, nós o bebíamos.

Dependurávamo-nos cada vez mais no alçapão aberto. O que poderia haver naquele buraco, naquele subsolo que acabava de misteriosamente abrir sua porta no chão?

Água, talvez?

Água de beber...

Estiquei o braço no escuro e encontrei uma pedra. Depois outra e mais outra... uma escada... uma escada escura que descia ainda mais.

O visconde queria já se lançar no buraco!

Lá dentro, mesmo que não houvesse água, pelo menos estaríamos fora da prisão radiosa dos infames espelhos.

Quebrei o ímpeto do visconde, temendo mais alguma monstruosidade e, com a lanterna acesa, tomei a frente.

A escada descia em caracol às mais profundas trevas. Ah, o adorável frescor das pedras e da escuridão.

Essa sensação provavelmente vinha nem tanto do sistema de ventilação que Érik forçosamente teria instalado, mas da própria terra, que parecia, no nível em que nos encontrávamos, saturada de água. Além disso, o lago não devia estar longe.

Chegamos ao final da escada. Os olhos começavam a se acostumar com o escuro, a distinguir formas à nossa volta... formas arredondadas, para as quais dirigi o foco da lanterna...

Barris!

Estávamos na adega de Érik!

Era onde ele guardava vinho, mas também, quem sabe, água potável...

Érik, eu sabia, era grande apreciador de bons vinhos...

Hum! Tinha o bastante para beber por um bom tempo!

O visconde de Chagny passava a mão pelas formas arredondadas e repetia incansavelmente:

— Quantos barris! Quantos barris!

Havia uma boa quantidade deles, alinhados simetricamente em duas fileiras, entre as quais nos encontrávamos.

Eram barris pequenos, e imaginei que Érik os tivesse escolhido desse tamanho pela dificuldade de transportar qualquer material para a casa do lago.

Examinamos sucessivamente vários deles, procurando um com a torneirinha já enfiada, um que de vez em quando fosse usado.

Mas todos estavam hermeticamente fechados.

Escolhi então um qualquer e, depois de erguê-lo um pouco e confirmar que estava cheio, nos agachamos para, com um canivete que eu tinha no bolso, arrancar fora o tampão.

Nesse momento, tive a impressão de ouvir, como se viesse de muito longe, uma espécie de pregão monótono, num ritmo familiar, que se ouvia frequentemente nas ruas de Paris:

— Barris! Barris! Quem tem barris para vender?

Parei o que estava fazendo. O visconde também tinha ouvido e disse:

— Que estranho! Parecia vir do barril...

A mesma voz retomou, mais distante ainda:

— Barris! Barris! Quem tem barris para vender?

— Posso jurar — insistiu Chagny. — A ladainha se distancia *dentro* dele!

Levantamo-nos e fomos olhar atrás do barril.

— É lá dentro — continuou ele. — É lá dentro!

Mas não ouvimos mais nada e culpamos o mau estado, a real perturbação em que se encontravam nossos sentidos.

Voltamos ao tampão. O visconde colocou embaixo as duas mãos juntas e, com esforço, fiz saltar o tampo.

— O que é isso? — espantou-se ele. — Não é água!

Aproximou as duas mãos cheias da lanterna... Debrucei-me para ver e rapidamente afastei-a, mas tão assustado e tão bruscamente que ela caiu e apagou... Estava perdida para nós.

O que eu acabava de ver nas mãos do visconde de Chagny... era pólvora!

Capítulo XXVI

É para girar o escorpião?
É para girar o gafanhoto?

Final da narrativa do Persa

Descendo então ao fundo dos subsolos, cheguei também ao fundo do meu mais assustador pressentimento. O miserável não blefava com suas vagas ameaças a muitos da raça humana! Fora da humanidade, ele construíra para si, longe dos homens, um esconderijo de animal subterrâneo, decidido a tudo explodir, em formidável catástrofe, se o mundo da superfície quisesse desentocá-lo do antro em que refugiara a sua monstruosa feiura.

A recente descoberta causou uma aflição que nos levava a esquecer as dificuldades passadas e até os sofrimentos presentes... Nossa incrível situação, em comparação àquela que nos pusera à beira do suicídio, não se mostrava ainda sob sua forma mais pavorosa. Mas começávamos a compreender tudo o que o monstro quisera dizer e dissera a Christine Daaé com a frase: "*Sim ou não; se for não, todo mundo estará morto e enterrado!*" Pois era exatamente isso, estariam todos enterrados sob os escombros do que fora a grande Ópera de Paris! Pode-se imaginar pior crime para se despedir do mundo, numa apoteose do horror? Preparada para a proteção do seu esconderijo pela mais pavorosa fera a ter um dia vagado sob o céu, a catástrofe serviria de vingança para simples frustrações amorosas! "Amanhã, 11 horas da noite, é o último prazo!" A hora fora bem escolhida! Teria público na festa! Muitos da raça humana... lá em cima, nos andares resplandecentes da casa da Música! Que melhor companhia se poderia escolher para a própria morte? Ele desceria à tumba com as mais belas pessoas do mundo, cobertas de joias... Na noite de amanhã, às 11 horas. Tudo voaria pelos ares em plena apresentação… se Christine Daaé dissesse *não*! Amanhã, às 11 horas da noite. E como Christine Daaé deixaria de dizer *não*? Provavelmente acharia melhor se casar com a própria morte no lugar daquele cadáver vivo. Por acaso não sabia que da sua recusa ou aceitação dependia a sorte de muitos da raça humana? Amanhã, às 11 horas da noite…

Andando nas trevas, longe da pólvora, tentávamos voltar aos degraus de pedra. Acima de nossas cabeças, o alçapão da câmara dos espelhos também tinha se apagado… e repetíamos: amanhã, às 11 horas da noite!

Finalmente a escada… mas parei na posição em que estava logo no primeiro degrau, pois uma ideia terrível tomou conta do meu cérebro:

— *Que horas são?*

Que horas são? Que horas? Pois, afinal, amanhã talvez já seja hoje e talvez já sejam agora 11 horas da noite! Quem pode nos dizer que horas são? Tenho a impressão de estarmos trancados nesse inferno há dias e mais dias… há anos… desde o princípio do mundo… E tudo talvez exploda agora mesmo! Ah, um barulho! Um estalido! Você ouviu? Ali, naquele canto… Deus do céu!… Um ruído mecânico! Outra vez! Ah, uma luz… Talvez a mecânica faça tudo saltar pelos ares… Estou dizendo, um estalido… É surdo?

O visconde e eu começamos a gritar como loucos… Apressados pelo medo… subimos a escada tropeçando nos degraus… O alçapão talvez estivesse fechado lá no alto! Talvez por isso esteja tão escuro. Sair do escuro, sair do escuro… Voltar à claridade mortal da câmara dos espelhos!

Conseguimos enfim chegar ao alto da escada… Não, o alçapão não estava fechado, mas a câmara dos espelhos se mostrava agora tão escura quanto o lugar de onde vínhamos. Mas finalmente estávamos de volta… nos arrastamos no chão da câmara dos suplícios… um chão que nos separava daquele paiol… Que horas são? Gritamos, chamamos… O visconde, com forças recobradas, berrava:

— Christine! Christine!

E eu chamava Érik. Lembrava ter salvado sua vida. Não tivemos, nem um, nem outro, qualquer resposta… Nada, além do nosso desespero… da nossa loucura… Que horas são? “Amanhã, às 11 horas da noite!" Falamos disso, tentávamos saber quanto tempo tinha se passado... não éramos mais capazes de qualquer raciocínio... Se pudéssemos ver um relógio, um relógio com ponteiros se deslocando... O meu tinha parado há muito tempo, mas o do visconde ainda funcionava. Ele disse ter dado corda enquanto se preparava para ir à Ópera... Tentamos deduzir daí alguma pista que nos permitisse achar que não tínhamos chegado ao minuto fatal...

Qualquer ruído entrando no alçapão, que não consegui mais fechar, nos lançava na mais terrível ansiedade... Que horas podiam ser? Não tínhamos mais fósforos... E era absolutamente necessário saber. Chagny teve a ideia de quebrar o vidro do relógio para sentir com o dedo os ponteiros. O aro da corrente serviu como ponto de referência... Pela posição dos ponteiros, ele primeiro achou serem exatamente 11 horas.

Mas depois teve a impressão de já ter passado esse horário que nos fazia tremer... Talvez fossem 11h10, e teríamos então 12 horas pela frente.

De repente, pedi:

— Silêncio!

Achei ter ouvido passos no quarto ao lado.

De fato, houve ainda um barulho de portas e passos precipitados. Bateram na parede. Ouvimos a voz de Christine:

— Raoul! Raoul!

Todos passamos a gritar ao mesmo tempo, dos dois lados da parede. Christine chorava, não sabia se encontraria o visconde ainda vivo! Érik tinha sido terrível... Parecia delirar e não se acalmaria até ela dizer o *sim* que não conseguia dizer... Mas se comprometeu a isso se fosse levada à câmara dos suplícios! Ele recusou, fazendo ameaças tremendas à raça humana. Depois de horas nesse inferno, o monstro acabava de sair, deixando-a sozinha para pensar mais um pouco.

— Isso durou horas? Que horas são? Que horas são, Christine?

— São 11 horas! Faltam cinco minutos para as 11!

— Quais 11 horas?

— As 11 horas que devem decidir a vida e a morte! Ele acabou de repetir isso mais uma vez antes de sair. É horrível! Ele está louco, tirou a máscara, e os olhos de ouro lançavam faíscas. E ri o tempo todo! Disse, como um demônio bêbado: "Cinco minutos! Deixo-a sozinha, respeitando ainda esse seu conhecido pudor. Não quero vê-la ruborizar como uma noivinha tímida dizendo *sim*! Ora, sei como lidar com as pessoas!" É como um demônio bêbado! Abriu o saquinho de couro da vida e da morte, e explicou: "Veja essa chavezinha de bronze que abre as caixas de ébano da lareira no quarto Luís Felipe... Numa delas há um escorpião e na outra um gafanhoto. São cópias perfeitas em bronze, feitas no Japão, de animais que dizem sim e não! Basta girar o escorpião no seu eixo, na posição contrária à dele... isso significará, quando eu entrar, ser o quarto Luís Felipe o quarto de núpcias, pois você disse *sim*. Já o gafanhoto, se você fizer o mesmo, o quarto Luís Felipe, quando eu entrar, será o quarto da morte, e entenderei que disse *não*!" O demônio bêbado ria enquanto eu, de joelhos, pedia a chave da câmara dos suplícios, prometendo que, se me concedesse isso, seria para sempre sua mulher... Ele respondeu que essa chave perdera a utilidade e seria jogada no lago! Depois, sempre rindo, o demônio bêbado saiu, dizendo que voltaria em cinco minutos, por saber o quanto um homem galante deve respeitar o pudor das mulheres... E gritou ainda: "Tome cuidado com o gafanhoto, os gafanhotos não só giram, mas saltam... saltam... *saltam nos ares!*

Tentei aqui reproduzir com frases, termos vagos e exclamações o sentido das palavras delirantes de Christine, que tinha, naquelas 24 horas, chegado ao fundo da dor humana... Talvez tenha sofrido mais do que nós. Ela se interrompia e nos interrompia o tempo todo para perguntar: "Raoul, você está bem?" E passava a mão nas paredes, que agora estavam frias, sem entender por que tinham estado tão quentes. Os cinco minutos se passaram, e na minha pobre cabeça se agitavam as patas do escorpião e do gafanhoto...

Restava-me, no entanto, lucidez suficiente para compreender que, se o gafanhoto fosse girado, ele saltava... e com ele muitos da raça humana! O gafanhoto acionava uma corrente elétrica que explodiria o paiol! Às pressas o visconde — que, ao ouvir a voz da amada, pareceu ter recuperado o equilíbrio emocional — explicou em qual situação extraordinária nos encontrávamos todos, e também o prédio inteiro da Ópera. *Christine devia girar o escorpião*, imediatamente...

O escorpião, que significava o *sim* tão esperado por Érik, acionava algo que impediria a catástrofe.

— Corra, Christine, minha mulher adorada! — pediu ele.

Houve um silêncio.

— Christine, onde você está? — perguntei.

— Junto do escorpião.

— Não toque nele!

Conhecendo Érik como eu conhecia, tive a súbita intuição de que poderia ter enganado a jovem. Talvez o escorpião fizesse tudo saltar pelos ares. Afinal, por que ele não estava ali? Os tais cinco minutos há muito tempo haviam passado... sem que ele voltasse. Tinha provavelmente procurado um lugar seguro! De onde pudesse esperar a formidável explosão. Era o que ele queria. Nem ele podia imaginar que Christine fosse aceitar ser sua... Por que não estava ali? Não se devia tocar no escorpião!

— Ele! — exclamou Christine. — Estou ouvindo... chegou!

De fato, ouvimos passos que se aproximavam do quarto Luís Felipe. Ele foi até Christine sem nada dizer...

Eu então ergui a voz:

— Érik, sou eu! Está me ouvindo?

A resposta veio num tom incrivelmente amistoso:

— Ah! Então não morreram aí dentro? Pois tratem de ficar bem calmos.

Quis interrompê-lo, mas ele continuou com tanta frieza que me mantive estático junto à parede.

— Não diga mais nada, *daroga*, ou faço tudo explodir!

E imediatamente acrescentou:

— A responsável por isso é a senhorita aqui presente! Não tocou no escorpião — (com que tranquilidade ele falava!) — e não tocou no gafanhoto — (com que assustador sangue-frio!) —, mas não é tarde demais para isso. Veja, posso abrir sem chave, pois sou especialista em alçapões, abro e fecho tudo que quiser, como quiser... Abro as caixas de ébano... que bonitos bichinhos... Uma excelente imitação... e como parecem inofensivos... mas quem vê cara não vê coração! — (Tudo isso dito com voz neutra, uniforme.) — Se girarmos o gafanhoto, explodimos todos, senhorita... Sob os nossos pés há pólvora suficiente para mandar pelos ares um quarteirão inteiro de Paris. Se girarmos o escorpião, toda essa pólvora é inundada! A senhorita, com nossas núpcias, vai estar dando um belo presente a centenas de parisienses que nesse momento aplaudem uma medíocre obra-prima de Mayerbeer... Estará garantindo a vida dessa gente... pois com suas lindas mãos a senhorita — (que voz cansada, a sua) — vai girar o escorpião! E felizes, felizes nos casaremos!

Houve um silêncio e, em seguida, ele continuou:

— Se em dois minutos a senhorita não girar o escorpião, e lembre-se que meu relógio funciona muito bem, eu próprio girarei o gafanhoto... e o gafanhoto *salta nos ares tão bem quanto o meu relógio funciona!*

Novo silêncio, mais assustador que todos os assustadores silêncios anteriores juntos. Eu sabia que, quando Érik assumia aquele tom amistoso e tranquilo, mas também cansado, era por estar farto de situação, capaz do mais titânico crime ou da mais absurda dedicação, e que uma única sílaba desagradável a seu ouvido podia desencadear o furacão. O visconde de Chagny se dera conta de nada mais poder fazer, além de rezar, e então rezava, de joelhos... No meu caso, o sangue batia com tanta força no coração que instintivamente pressionei o peito com a mão, com medo de que estourasse... Pois da pior maneira sentíamos o que se passava, naqueles segundos supremos, na cabeça aflita de Christine Daaé... percebia-se sua hesitação em girar o escorpião... e lembremos que o escorpião podia perfeitamente fazer tudo explodir, caso Érik tivesse resolvido nos levar a todos com ele!

Mas finalmente o ouvimos dizer de forma meiga, quase angelical:

— Os dois minutos já passaram... Adeus, senhorita. Que salte o gafanhoto!

— Érik! — exclamou Christine, que provavelmente se jogara na direção da mão dele, para impedi-lo. — Você jura, seu monstro, jura por seu amor infernal, ser o escorpião que devo girar?

— Isso! Para que saltemos às nossas núpcias...

— Está vendo? Vamos explodir!

— De prazer, inocente criatura! O escorpião abre a festa! Mas chega! Não quer o escorpião? Fico com o gafanhoto!

— Érik!

— Chega!

Eu juntara meus gritos aos de Christine. O visconde, de joelhos, continuava a rezar...

— Érik, girei o escorpião!

Que instante passamos!

Na expectativa.

Achando que viraríamos poeira, entre trovoadas e ruínas...

Sentimos estalar sob nós no abismo aberto... algo... algo que podia ser o início apoteótico do horror... pois pelo alçapão aberto à escuridão, goela aberta às trevas, um assovio inquietante começava, como o primeiro zunir de fogos de artifício prestes a estourar.

Primeiro bem fino, depois mais volumoso e, em seguida, bem forte.

Ouça, ouça e segure com as mãos o seu peito, que vai explodir, como o de muitos da raça humana.

Não era o assovio do fogo.

Não parecia mais o zunir da água?

Para o alçapão! Para o alçapão!

Ouça! Ouça!

Está agora fazendo glu-glu... glu-glu...

Para o alçapão! Para o alçapão! Para o alçapão!

Que frescor!

Água! Água! Toda a nossa sede, que havia desaparecido com o medo, voltou mais forte com o barulho.

Água! Água! Água que se espalhava!

Espalhava-se no subsolo, cobrindo os barris, todos os barris de pólvora (barris, barris, quem tem barris para vender?). Água, para a qual descemos com gargantas ardentes... água que subia até o nosso queixo... até nossa boca...

E bebemos... no subsolo, bebemos a água que continuava a subir...

Retomamos no escuro a escada, degrau a degrau, nós, que tínhamos descido para ir ao encontro da água e agora fugíamos dela.

Realmente, a pólvora estava perdida, bem alagada! Com muita água! Bom trabalho! Não se economizava água na casa do lago! Se aquilo continuasse, o lago inteiro ia se esvaziar naquele subsolo...

Pois, na verdade, não se sabia mais onde tudo aquilo ia parar...

Saímos dali, e a água continuava a subir...

Ela nos acompanhou, se espalhando pelo chão da câmara dos espelhos... A casa do lago inteira acabaria inundada. O piso já formava um laguinho que encobria nossos pés. Chega dessa água! É preciso fechar a torneira: Érik! Érik! Basta de água para a pólvora! Gire a torneira! Feche o escorpião!

Ele, no entanto, não respondia... Só se ouvia a água subindo... e já chegava à metade das nossas pernas!

— Christine! Christine! A água está subindo! Chegou aos nossos joelhos — gritou o visconde.

Christine também não respondia... Só se ouvia a água subindo.

Nada! Nada no quarto ao lado... Ninguém mais ali, ninguém para fechar a torneira, girar o escorpião!

Estávamos sozinhos, no escuro, com aquela água negra nos inundando, subindo por nós, nos gelando! Érik! Érik! Christine! Christine!

Como não dava mais pé, rodamos na água, impelidos pela irresistível rotação, pois a água girava, nos enviava de encontro aos espelhos, que nos mandavam de volta... e nossas gargantas, procurando se manter acima do turbilhão, berravam...

Morreríamos ali? Afogados na câmara dos suplícios? Isso nunca se vira. No tempo de *Horas cor-de-rosa de Mazendarão*, Érik nunca me mostrou algo assim pela janelinha invisível! Érik! Érik! Salvei a sua vida! Lembre-se disso! Você tinha sido condenado! Ia morrer! Abri para você as portas da vida! Érik!

Girávamos na água como gira o lixo jogado fora.

Mas pude por acaso me agarrar ao tronco da árvore de ferro! Chamei o visconde... Estávamos os dois pendurados no galho da árvore de ferro...

Com a água que continuava a subir!

Ah! Tentemos nos lembrar... Quanto espaço havia entre o galho da árvore de ferro e o teto em ogiva da câmara dos espelhos? Tentemos nos lembrar! Quem sabe, a água vai parar... estabilizar-se num nível... Pronto, acho que parou! Não! Não! Não parou! A nado! A nado! Nossos braços se esbarravam, estávamos nos afogando, nos debatendo na água negra, já sem conseguir respirar direito o ar negro acima da água negra... Ar que escapava, que ouvimos escapar acima da nossa cabeça por não sei qual sistema de ventilação... Vamos girar, girar até encontrarmos a entrada de ar... colar nossa boca à boca da ventilação... Minhas forças começavam a me abandonar, e eu tentava me agarrar às paredes. Ah, como são escorregadias as paredes de espelhos! Continuávamos a girar! Afundávamos... Um último esforço! Um último grito! Érik! Christine! ... Glu-glu-glu nos ouvidos! Glu-glu-glu no fundo da água negra, em nossas orelhas, glu-glu! E tive ainda a impressão de ouvir, antes de perder totalmente os sentidos, entre dois glu-glus:

— Barris! Barris! Quem tem barris para vender?

Capítulo XXVII

Fim dos amores do Fantasma

Assim terminou a narrativa *escrita* que o Persa me deu. Apesar do horror de uma situação que parecia definitivamente levá-los à morte, o visconde de Chagny e ele foram salvos pela sublime dedicação de Christine Daaé. Todo o restante da aventura foi o próprio *daroga* que me contou.

Quando fui vê-lo, ele continuava morando no mesmo pequeno apartamento da rua de Rivoli, de frente para o jardim das Tulherias. Estava bem doente, e foi preciso todo o meu entusiasmo de repórter-historiador a serviço da verdade para fazê-lo reviver o formidável drama. O velho e fiel Darius ainda o servia e me conduziu até o dono da casa. Fui recebido junto a uma janela abrindo-se para o jardim, e o *daroga* estava numa confortável poltrona, esforçando-se para manter ereto o tronco, que parecia ter sido bastante forte. Os olhos eram ainda magnificamente vivos, mas o pobre rosto se mostrava bem cansado. Tinha a cabeça totalmente raspada e continuava a usar seu gorro de astracã. Vestia uma túnica solta e bem simples, com mangas compridas nas quais ele, sem se dar conta, ficava girando os polegares. E continuava perfeitamente lúcido.

O velho chefe de polícia não podia relembrar aqueles episódios antigos sem se emocionar, e foi somente aos poucos que consegui saber do seu surpreendente e estranho desfecho. Às vezes, era preciso insistir muito para que respondesse minhas perguntas, mas outras vezes, abalando-se com as lembranças, ele espontaneamente evocava, com força impressionante, a imagem horrível de Érik e as terríveis horas que o visconde de Chagny e ele tinham passado na casa do lago.

Era preciso ver a ansiedade com que descreveu seu despertar no quarto Luís Felipe depois do drama das águas... Conto então o final daquela terrível história, tal como ele contou, para completar a narrativa escrita que me foi generosamente oferecida:

Ao abrir os olhos, o *daroga* se viu deitado numa cama e o sr. de Chagny num sofá, ao lado de um guarda-roupas com porta de espelho. Um anjo e um demônio velavam por eles...

Depois das miragens e ilusões da câmara dos suplícios, os detalhes burgueses daquele quartinho tranquilo pareciam também inventados para transtornar a mente do pobre temerário que se aventurasse naquela região de pesadelos vivos. A cama em seu estilo encurvado, as cadeiras de mogno encerado, a cômoda, os ornamentos de cobre, o cuidado com que quadrados de renda cobriam o encosto das poltronas, o relógio de pêndulo e, junto à lareira, as caixas com aparência tão inofensiva... e ainda a estante cheia de conchas, almofadinhas vermelhas para alfinetes, barquinhos de madrepérola e um enorme ovo de avestruz... tudo isso discretamente iluminado por um abajur em cima de uma mesinha... um mobiliário de aprazível, bem-comportada e comovente feiura doméstica, *no fundo do subsolo da Ópera*, confundia a imaginação mais do que todas as fantasmagorias passadas.

E o homem de máscara, na obscuridade daquele ambiente arrumadinho e limpo, parecia ainda mais absurdo. Ele se curvou na altura do ouvido do Persa e perguntou baixinho:

— Está melhor, *daroga*? Curioso com meus móveis? Foi tudo o que restou da minha pobre mãe...

E disse outras coisas, que foram esquecidas. No entanto, e era o que ao Persa parecia mais singular e mais ficara em sua lembrança, naquele cenário velhusco do quarto Luís Felipe, apenas Érik falava. Cristine Daaé nada dizia, movia-se calada, como uma irmã de caridade que tivesse feito voto de silêncio... E trouxe numa bandeja uma bebida alcoólica e chá quente...

O visconde, enquanto isso, dormia...

Derramando um pouco de rum na xícara do Persa e apontando para ele, o homem da máscara disse:

— Recuperou os sentidos antes que pudéssemos saber se viveriam ainda um dia, *daroga*. Mas está muito bem... dormindo... É melhor não acordá-lo.

Por um momento, Érik deixou o quarto, e o Persa, se apoiando num cotovelo, olhou em volta... Viu, sentada junto à lareira, Christine Daaé, de quem percebia apenas o vulto claro. Tentou dizer alguma coisa... chamou... mas estava ainda muito fraco e voltou a cair no travesseiro. Ela se aproximou, encostou a mão em sua testa e se afastou. Tudo isso sem qualquer olhar na direção do visconde, que, é bem verdade, dormia bem tranquilamente. A jovem voltou à poltrona perto da lareira, como uma irmã de caridade que tivesse feito voto de silêncio...

Érik entrou com vidrinhos que foram deixados numa mesinha e, bem silencioso para não acordar Chagny, disse ao convalescente, sentando-se à sua cabeceira e tomando-lhe o pulso:

— Agora estão salvos. E vou em breve levá-lo de volta à superfície, *para agradar à minha mulher*.

Sem maiores explicações ele se levantou e mais uma vez se foi.

O Persa passou a observar o perfil tranquilo de Christine Daaé sob a claridade da lamparina, lendo um livrinho com a beira das páginas douradas, como são frequentemente os livros religiosos. *A imitação de Cristo* tem edições assim. Mas, sobretudo, no seu ouvido ainda ressoava a maneira natural como o outro tinha dito "para agradar à minha mulher"...

Em voz baixa o Persa chamou novamente Christine, que parecia *estar muito longe* e não ouviu.

Érik voltou... deu ao *daroga* uma poção para beber, recomendando que não procurasse mais falar com "sua mulher" nem com ninguém, *pois isso poderia ser muito perigoso para a saúde de todo mundo*.

Depois disso, o Persa se lembrava ainda do vulto sombrio de Érik e da silhueta clara de Christine passando mansamente pelo quarto, se debruçando sobre o sofá em que dormia Chagny. Ele se sentia muito fraco ainda, e qualquer barulho, a porta do armário rangendo ao ser aberta, por exemplo, o fazia sentir uma pontada na cabeça. Depois ele dormiu, tal como o visconde.

Acordou já em casa, sendo cuidado pelo fiel Darius, que disse tê-lo encontrado na noite anterior diante da porta de entrada, deixado ali por um desconhecido que teve a delicadeza de tocar a campainha antes de se retirar.

Assim que recuperou as forças e o senso de responsabilidade, ele mandou buscar notícias do companheiro de aventura na casa do conde Philippe.

Soube então que o rapaz não voltara e o conde Philippe tinha morrido. Seu cadáver fora encontrado junto ao lago da Ópera, no lado que dá para a rua Scribe. O Persa se lembrou da missa fúnebre ouvida na câmara dos espelhos e não teve mais dúvida quanto ao crime e quanto ao criminoso. Conhecendo Érik, sem dificuldade pôde reconstituir o drama. Depois de achar que o irmão havia sequestrado Christine Daaé, Philippe partira atrás deles pela estrada de Bruxelas, sabendo ser o caminho da fuga, previamente preparado. Sem encontrar traços dos jovens, voltou à Ópera, lembrando-se das estranhas confidências de Raoul sobre o fantástico rival. Soube das tentativas do visconde para entrar nos subsolos do teatro e do seu desaparecimento, deixando a cartola no camarim da cantora ao lado de uma caixa vazia de pistolas. Sem ter mais qualquer dúvida quanto à loucura do irmão, Philippe por sua vez se lançou no infernal labirinto subterrâneo. E isso perfeitamente explicava, na visão do Persa, que o cadáver do conde fosse encontrado à beira do lago, cuja travessia era impedida pelo canto da sereia, a sereia de Érik, a sentinela do lago dos Mortos.

O Persa não teve qualquer hesitação. Horrorizado com o crime, sem poder continuar na incerteza quanto ao destino do visconde e de Christine Daaé, ele resolveu contar à Justiça o que sabia.

A instrução do processo estava a cargo do juiz Faure, que foi a quem ele se dirigiu. Pode-se imaginar de que maneira um espírito cético, terra a terra, superficial (digo apenas o que penso) e nada preparado para tal confidência recebeu o depoimento. O juiz achou que perdia tempo com um louco.

Sem mais esperança de ser ouvido, ele passou a escrever. Já que a Justiça dispensava o seu testemunho, a imprensa talvez se interessasse.

Certa noite, ele acabava de traçar a última linha da narrativa que fielmente transcrevi quando Darius foi lhe dizer que um desconhecido, que não dissera o nome e do qual não se percebia o rosto, o queria ver, tendo declarado que não sairia dali sem ter falado com o *daroga*.

Adivinhando imediatamente quem podia ser o excêntrico visitante, o Persa pediu que o deixasse entrar.

E não se enganara.

Era o Fantasma, Érik!

Parecia num estado de extrema fraqueza, se apoiando na parede como se fosse cair... Quando tirou o chapéu, a testa parecia de cera, de tão descorada. Ao restante do rosto, a máscara cobria.

De pé, o Persa o recebeu interpelando:

— Assassino do conde Philippe, o que fez do irmão dele e de Christine Daaé?

Érik estremeceu, ficou por um momento em silêncio, se aproximou de uma poltrona e se sentou pesadamente, com um suspiro. Dali, com frases curtas e ofegantes, ele disse:

— *Daroga*, não me fale do conde... Ele estava morto... já quando saí de casa... estava morto quando a sereia cantou... foi um acidente... um triste e lamentável acidente... Caiu no lago por pura e simples imperícia com o bote!

— Mentira! — reagiu o Persa.

Érik curvou a cabeça e continuou:

— Não vim aqui para... falar do conde Philippe... mas para dizer... que estou morrendo.

— Onde estão Raoul de Chagny e Christine Daaé?

— Estou morrendo...

— Raoul de Chagny e Christine Daaé?

— ... de amor, *daroga*... morrendo de amor... eu a amava tanto!... E ainda amo, *daroga*, tanto que estou morrendo... Não imagina como foi bonito quando ela me deixou beijá-la viva, por sua salvação eterna... Foi a primeira vez, *daroga*, a primeira vez, ouviu bem?, que beijei uma mulher... Viva, beijei-a viva, e ela estava bonita como se estivesse morta!

O Persa se levantou e chegou a tocar em Érik, sacudindo-lhe o braço.

— Vai me dizer ou não se ela está viva?

— Por que me sacode assim? — continuou Érik com dificuldade. — Estou dizendo que vou morrer... Isso, beijei-a viva...

— E agora? Está morta?

— Beijei-a na testa... e ela não a afastou da minha boca... Ah, é uma boa moça! Quanto a estar morta, não creio, mesmo que isso não tenha mais a ver comigo... Não, não está morta! E, se eu souber que tocaram num fio de cabelo seu, ai do culpado. É uma boa e corajosa moça, que ainda por cima salvou sua vida, *daroga*, num momento em que eu não dava um centavo por essa sua pele de persa. No fundo, ninguém se interessava por você. A troco de que estava ali com aquele meninote? Ia morrer! Ela implorava pelo jovenzinho, e eu lembrei que, ao girar o escorpião, me tornara, por livre escolha, seu noivo. E, bem, ela não precisava de dois noivos, é claro. Já você não existia, não existia mais, repito, e ia morrer com o outro noivo!

"Mas aconteceu, *daroga*, que enquanto gritavam como doidos por causa da água, Christine se aproximou de mim com seus belos olhos azuis bem abertos e jurou, por sua salvação eterna, aceitar *ser minha mulher viva*! Até então, no fundo daqueles olhos, *daroga*, eu sempre tinha visto minha mulher morta. Era a primeira vez que via *minha mulher viva*. Estava sendo sincera, por sua salvação eterna. Não se mataria. Negócio fechado. Meio minuto depois, as águas voltaram ao lago e puxei a sua língua para fora, *daroga*, pois achava mesmo que não escaparia... Bem... Foi isso! O que combinamos! Eu devia levá-lo para a sua casa. Depois então de me livrar da sua presença no meu quarto Luís Felipe, voltei para lá sozinho."

— E o visconde de Chagny, o que fez dele? — interrompeu o Persa.

— Ah, com ele não podia ser igual, o *daroga* precisa entender, eu não podia levá-lo logo para a superfície... Era um refém... Mas também não podia deixá-lo na morada do lago, por causa de Christine, então tranquei-o muito confortavelmente, bem amarrado (o extrato de Mazendarão o deixara molengo como um trapo) na caverna da Comuna, na parte mais deserta do mais distante subsolo da Ópera, abaixo do quinto andar inferior, aonde ninguém vai e de onde ninguém nos ouve. Estava tudo bem, e voltei para Christine, que me esperava...

Nesse ponto da narrativa, o Persa contou que o Fantasma se levantou tão solenemente que ele próprio se sentiu obrigado a fazer o mesmo, pois era impossível ficar sentado num momento tão imponente, e tirou o gorro de astracã, apesar da cabeça raspada (ele mesmo contou o detalhe).

— Ela me esperava — retomou Érik, que começou a tremer como uma folha ao vento, a tremer por verdadeira e profunda emoção —, ela me esperava bem de pé, viva, como verdadeira noiva viva, por sua salvação eterna... E quando cheguei bem perto, mais tímido que um menino, ela não recuou... não... permaneceu ali... esperou... e acho até, *daroga*, que ligeiramente... é verdade, não muito, mas um pouco, como uma noiva viva, ofereceu o rosto... E... e eu a beijei!... Eu! Eu mesmo... E ela não morreu! Ficou com naturalidade ao meu lado depois que a beijei... assim... na testa... Ah, *daroga*, como é bom beijar alguém! Não pode imaginar... Mas eu, eu! Nem minha mãe, *daroga*, nunca deixou que eu a beijasse... Afastava-se... pedia que eu colocasse a máscara!... Mulher alguma... nunca... nunca! Ah! É normal, diante de tal felicidade, não é? Chorei. Caí a seus pés chorando. Beijei seus pezinhos chorando... Você também está chorando, *daroga*, e ela também chorou... O Anjo chorou!

Contando essas coisas, Érik chorava, e o Persa, de fato, também não pôde conter as lágrimas diante daquele homem com máscara, cujos ombros sacudiam, com as mãos no peito, sufocando de dor e de emoção.

— Ah, *daroga*, senti suas lágrimas pingarem na minha cabeça! Na minha cabeça! Lágrimas mornas... tão doces! Desciam sob minha máscara, misturavam-se às minhas próprias, nos meus olhos, e seguiam até minha boca. Ah, lágrimas dela, em mim! Ouça, *daroga*, ouça o que fiz... Arranquei a máscara para não perder nenhuma daquelas preciosas gotas... E ela não se afastou! E não estava morta, mas viva, chorando...

em cima de mim... comigo... Choramos juntos! Deus do céu, tive toda felicidade que se pode ter no mundo!

Não aguentando mais, Érik caiu na poltrona aos soluços:

— Ah, não vou morrer já! Não tão rápido! Deixe-me chorar!

Passado um momento, ele continuou:

— Ouça, *daroga*, ouça bem... enquanto estava a seus pés, a ouvi dizer "Pobre e infeliz Érik!" *e ela pegou minha mão!...* Eu nada mais era senão um cachorrinho, você entende?, disposto a morrer por ela... literalmente, *daroga*!

"Imagine que eu tinha comigo um anel, a aliança de ouro que tinha dado a ela... que se perdera... e que encontrei... uma simples aliança... Que coloquei na sua mão e disse: 'Pronto, fique com isso!... para você... e para ele... Será meu presente de casamento... o presente do *pobre e infeliz Érik*. Sei que ama o jovenzinho... Não chore mais!' Com voz bem doce, Christine perguntou o que eu estava querendo dizer, e não foi difícil entender, eu era apenas um cachorro, pronto para morrer... e ela podia se casar com quem quisesse, por ter chorado comigo... Ah, *daroga*! Dizer isso, você pode imaginar, era simplesmente partir em pedaços meu coração, mas ela havia chorado comigo... tinha dito 'Pobre e infeliz Érik'!"

Sua emoção era tamanha que ele pediu que o dono da casa não olhasse, pois precisaria tirar a máscara, tentando se recuperar. O Persa disse ter de fato ido à janela, abrindo-a, arrasado de pena, mas tomando todo o cuidado para só olhar o cimo das árvores, evitando a todo o custo ver o rosto do monstro.

— Fui soltar o jovem visconde — continuou Érik — e disse que ele fosse comigo até onde estava Christine... Eles se beijaram na minha frente, no quarto Luís Felipe... Christine estava com meu anel... Fiz com que jurasse que, à minha morte, entrando pelo lago da rua Scribe, iria em segredo me enterrar com o anel, devendo ele estar no seu dedo até esse instante. Expliquei como encontraria meu corpo e o que fazer... Christine, então, pela primeira vez me beijou, também na testa... na minha testa!... (não olhe, *daroga*) e os dois se foram... Christine não chorava mais... somente eu chorava... *daroga*, *daroga*... se Christine mantiver sua palavra, não vai demorar a vir me enterrar!

Érik se calou. O Persa não fez mais perguntas. Estava tranquilo quanto a Raoul de Chagny e Christine Daaé, e ninguém da raça humana poria em dúvida a palavra de Érik depois de vê-lo chorar naquela noite.

O monstro recolocou a máscara e juntou forças para ir embora. Disse ainda que, sentindo próximo o seu fim, enviaria ao *daroga*, agradecendo a consideração demonstrada em tempos passados, o que ele tinha de mais caro no mundo: cartas de Christine Daaé escritas para Raoul por ocasião de toda aquela aventura e que ela deixara na morada do lago, assim como alguns objetos pessoais — dois lenços, um par de luvas e um laço de sapato. Respondendo ao Persa, ele contou que os dois jovens, assim que se viram livres, tinham decidido procurar um padre em algum lugar muito isolado onde viveriam felizes, tendo então se dirigido à "estação do Norte do Mundo". Concluindo, Érik contava com o Persa para, assim que recebesse as relíquias e as cartas, participasse a sua morte ao casal com um anúncio na seção de obituários do jornal *l'Époque*.

Nada mais.

O Persa levou o visitante até a porta do apartamento, e Darius o acompanhou até a calçada, sustentando-o com o braço. Um fiacre esperava, e Érik ocupou seu lugar. Da janela, o Persa o ouviu dizer ao cocheiro:

— Praça da Ópera.

O fiacre desapareceu na noite. Foi a última vez que o Persa viu o pobre e infeliz Érik.

Três semanas depois, o jornal *l'Époque* publicou na seção de obituários: "Érik morreu."

Epílogo

Esta foi a verídica história do Fantasma da Ópera. Como disse logo no início deste livro, não se pode mais duvidar da sua real existência. Suficientes provas estão hoje à disposição de todos, e é possível *concretamente* seguir seus passos ao longo de todo o drama dos Chagny.

Não preciso repetir o quanto esse caso apaixonou a cidade. Uma grande artista sequestrada, um conhecido aristocrata morto em circunstâncias excepcionais, seu irmão desaparecido e o simultâneo "desmaio" de três técnicos de iluminação da Ópera! Quantos dramas, quantas paixões e quantos crimes em torno do idílio de Raoul com a doce e encantadora Christine! O que teria acontecido com a sublime e misteriosa cantora da qual o mundo nunca, nunca mais ouviria falar? Imaginaram-na vítima da rivalidade dos irmãos Chagny, e ninguém soube dizer o que de fato aconteceu. O casal simplesmente se afastou para desfrutar uma felicidade que era melhor não tornar pública depois da morte incompreensível do conde Philippe. Raoul e Christine um dia pegaram um trem na estação Norte do Mundo e se foram... Também eu, quem sabe, tomarei em breve o mesmo trem e irei procurar em volta dos teus lagos, ó Noruega! ó silenciosa Escandinávia!, as pegadas talvez ainda vivas do casal, mas também da viúva Valérius, que igualmente desapareceu na mesma época! Quem sabe um dia ouvirei com meus próprios ouvidos o eco solitário do Norte do Mundo repetir o canto de quem conheceu o Anjo da Música!

Por bastante tempo, mesmo depois de arquivado o processo tão bem "desinstruído" pelo juiz Faure, de vez em quando a imprensa ainda tentava esclarecer algo daquele mistério... se perguntando quem teria preparado e executado tantas incríveis catástrofes (o crime e o desaparecimento).

Um jornal sensacionalista que acompanhava as intrigas dos lugares da moda e o disse me disse dos bastidores foi o único a noticiar: "É coisa do Fantasma da Ópera."

Mas naturalmente fez isso de forma irônica.

Apenas o Persa, a quem não quiseram ouvir, sabia a verdade, mas depois da visita de Érik ele não mais insistiu.

No entanto, dispunha das principais provas, tendo em mãos as relíquias de que falara o fantasma....

Coube a mim, com a ajuda do *daroga*, completar aquelas provas. Eu o informava diariamente sobre minhas buscas, e ele as guiava. Há muitos anos tinha deixado de frequentar a Ópera, mas guardara do edifício uma lembrança extremamente precisa, e não havia melhor guia para me levar aos recantos mais ocultos. Foi também quem indicou as fontes que eu podia consultar e a quem entrevistar. Ele que me animou a procurar o sr. Poligny, num momento em que o pobre homem já estava quase em agonia. Eu não o imaginava tão mal e nunca esquecerei o efeito que causaram minhas perguntas sobre o Fantasma. O ex-diretor olhou para mim como se visse o diabo e conseguiu articular apenas algumas frases descosidas, que, no entanto, comprovavam (era o mais importante) o quanto o F. da Ó. havia, naquele período, perturbado a sua vida, por si só já bastante tumultuada (Poligny tinha uma "vida intensa", como se diz).

Quando contei ao Persa o escasso resultado da visita, ele deu um vago sorriso e disse:

— Poligny nunca se deu conta do quanto o extraordinário crápula — às vezes ele se referia a Érik como um deus, outras vezes como um canalha da pior espécie — se aproveitou dele. Era supersticioso, e o outro sabia disso. Como sabia também de muita coisa sobre os negócios públicos e privados da Ópera.

Quando Poligny ouviu uma voz misteriosa dizer ao pé do seu ouvido, no camarote nº 5, não só o que ele fazia dos seus dias, mas também como abusava da confiança de Debienne, não quis mais saber de coisa alguma. Impressionado com aquela voz sobrenatural, primeiro achou ser a perdição da sua alma, mas depois, como o que se exigia era dinheiro, acabou vendo se tratar de um chantagista, do qual o sócio igualmente fora vítima. A dupla de diretores, já cansada do trabalho por outros motivos, se demitiu, sem procurar mais a fundo entender a personalidade do estranho F. da Ó., que tinha feito chegar às mãos deles seu singular Caderno de Encargos. Transmitiram o mistério a seus sucessores com um suspiro de alívio, livres de algo que os tinha intrigado, sem, no entanto, fazer nenhum dos dois achar graça.

Foi como o Persa falou dos srs. Debienne e Poligny. Aproveitando a oportunidade, mencionei a dupla que os sucedeu, estranhando que em *Memórias de um diretor* Moncharmin mencionasse tanto o F. da. Ó. na primeira parte e nem um pouco na segunda. O Persa, que conhecia *Memórias* como se ele próprio as tivesse escrito, observou que eu teria a explicação para o caso inteiro se prestasse atenção em certas linhas da segunda parte, justamente quando o autor novamente citava o Fantasma. Essas linhas nos interessam muito e as transcrevo, pois contam também, de forma simples, como terminou o intrigante episódio dos vinte mil francos:

A respeito do F. da Ó., de quem já narrei, no início dessas Memórias, alguns singulares caprichos, digo apenas mais uma coisa: ele compensou com um belo gesto todos os incômodos que causou ao meu colaborador e, devo confessar, a mim mesmo. O F. da Ó. deve provavelmente ter percebido haver limite para toda brincadeira, sobretudo quando custa tão caro e quando a polícia "se envolve". De fato, logo que, poucos dias depois do desaparecimento de Christine Daaé, combinamos um encontro com o delegado Mifroid em nosso escritório para contar a história toda, deparamos com um belo envelope na mesa de Richard em que se lia, com tinta vermelha: "Da parte do F. da Ó." O envelope continha as importantes somas que ele momentaneamente conseguira, de forma bastante lúdica, tirar da caixa dos diretores. Richard imediatamente achou que devíamos aceitar e dar aquilo por encerrado. Com alívio, concordei. Tudo está bem quando acaba bem. Não acha o mesmo, meu caro F. da Ó?

É claro, sobretudo com a restituição do dinheiro, Moncharmin continuou achando ter sido, por um momento, vítima da imaginação burlesca de Richard, assim como este último, por sua vez, não deixou de acreditar que Moncharmin, para se vingar de algumas brincadeiras, inventara todo aquele caso do F. da Ó.

Não seria o momento, para mim, de perguntar ao Persa qual truque o Fantasma havia usado para subtrair os vinte mil francos do bolso de Richard, apesar do alfinete de fralda? Ele disse não ter se aprofundado na questão, achando insignificante esse detalhe, mas, se eu quisesse realmente averiguar, provavelmente encontraria a chave do enigma no próprio escritório dos diretores. Não devia, nesse caso, esquecer que Érik não à toa era denominado *senhor dos alçapões*. Resolvi me dedicar, assim que tivesse tempo, a essas investigações, pois poderiam ser úteis. Desde já adianto aos leitores que o resultado dessa busca foi dos mais satisfatórios. Na verdade, nunca pensei encontrar tantas provas cabais da autenticidade dos fenômenos atribuídos ao Fantasma.

É bom dizer que os escritos do Persa e os de Christine Daaé, assim como os depoimentos de antigos auxiliares dos srs. Richard e Moncharmin, da pequena Meg (tendo já morrido, infelizmente, a excelente sra. Giry) e de Sorelli, hoje em dia aposentada e vivendo na cidade de Louveciennes, todo esse material, insisto, foi comprovado por várias descobertas importantes que fiz e das quais posso me orgulhar. São peças documentais da existência do Fantasma e serão todas doadas aos arquivos da Ópera.

Não consegui localizar a morada do lago, tendo Érik definitivamente condenado todos os acessos secretos (mas com firmeza acredito que seria fácil encontrá-la se for esvaziado o lago, como várias vezes pedi ao Ministério de Belas-Artes),* mas descobri o corredor clandestino

---

* Quarenta e oito horas antes do lançamento deste livro ainda falei disso com o sr. Dujardin-Beaumetz, nosso simpático subsecretário de Estado de Belas-Artes, que me deu algumas esperanças. Insisti ser dever do governo acabar com a lenda do Fantasma e reconstituir de forma indiscutível a tão curiosa história de Érik. Donde a necessidade — e seria o coroamento dos meus trabalhos pessoais — de encontrar a morada do lago, na qual talvez se descubram tesouros para a arte da música. Não há mais dúvida quanto a Érik ter sido um artista incomparável. Quem sabe não será encontrada, na morada do lago, a partitura de *Don Juan triunfante*?

dos insurgentes da Comuna, com sua lateral de tábuas que em alguns pontos já apodreceu e caiu. Igualmente localizei o alçapão que o Persa e Raoul usaram para descer ao subsolo do teatro. Identifiquei, na masmorra da Comuna, muitas iniciais inscritas nas muralhas pelos infelizes que lá foram presos, entre as quais um R e um C. RC, não acham significativo? Raoul de Chagny! Essas letras estão até hoje bem visíveis ali. Mas não fiquei nisso! No primeiro e no terceiro subsolos, coloquei em funcionamento dois alçapões de sistema rotativo, desconhecidos dos maquinistas, que em geral só operam alçapões correndo na horizontal.

Para terminar, com conhecimento de causa posso dizer ao leitor: visite um dia a Ópera e peça que o deixem sozinho, sem nenhum guia idiota. Entre no camarote nº 5 e bata, com a bengala ou o punho, na enorme coluna que o separa do proscênio... Ouça e comprovará: *a coluna é oca!* Dentro dela, há espaço para dois homens, e não surpreende que a voz do Fantasma a tenha habitado. Caso estranhe o fato de ninguém ter suspeitado dessa coluna por ocasião dos fenômenos do camarote nº 5, repare que ela tem aspecto de mármore maciço e que a voz ali fechada parecia vir do lado oposto (uma vez que a voz do Fantasma ventríloquo partia de onde ele quisesse). A coluna é toda trabalhada, esculpida, escavada e talhada pelo buril do artista. Não perdi a esperança de um dia descobrir o detalhe, nos ornamentos, que devia de alguma maneira abrir uma janelinha, possibilitando a misteriosa correspondência do Fantasma com a sra. Giry, assim como as gorjetas e os presentinhos. É claro, tudo isso que pude ver, sentir e apalpar nada é perto daquilo que um ser enorme e fabuloso como Érik deve ter criado no mistério de um monumento como a Ópera, mas trocaria todas essas descobertas pela que fiz na presença do próprio administrador da instituição, na sala do diretor, a poucos centímetros da sua cadeira: um alçapão acompanhando a tábua do assoalho, com o comprimento de um antebraço, não mais... Um alçapão que se abre como a tampa de uma caixa e do qual posso quase ver emergir a mão que habilmente se movimenta pelas abas de um fraque, bem ao lado...

Foi por onde passaram os quarenta mil francos... E também por onde, graças a algum outro meio, foram devolvidos.

Com animação bem compreensível, contei isso ao Persa e perguntei:

— Já que os quarenta mil francos voltaram, será então que Érik apenas se divertia com o tal Caderno de Encargos?

Ele afirmou:

— Com certeza não! Érik precisava de dinheiro. Vendo-se excluído da humanidade, não se sentia impedido por qualquer escrúpulo moral e usava os extraordinários dons de habilidade e criatividade que recebeu da Natureza, em compensação à atroz feiura que ela lhe dera, para explorar as pessoas. E às vezes da forma mais artística do mundo, já que a concepção do golpe frequentemente valia seu peso em ouro. Ele por iniciativa própria devolveu os quarenta mil francos de Richard e Moncharmin certamente por *não precisar mais de dinheiro!* Tinha desistido do casamento com Christine Daaé. Tinha desistido das coisas e dos prazeres do mundo da superfície.

Segundo o Persa, Érik era francês, de uma cidadezinha nas proximidades de Rouen. Seu pai era do ramo da construção civil. Ele cedo fugiu de casa, onde sua feiura era objeto de horror e de vergonha para os pais. Por algum tempo, foi exibido em feiras, apresentado como "morto-vivo". De feira em feira, atravessou a Europa e completou sua estranha educação de artista e de mágico na própria origem da arte e da mágica, entre os ciganos. Esse período da existência de Érik se manteve bastante obscuro. Voltamos a ter notícia dele na feira de Nijni-Novgorod, já se apresentando com todo o seu horrível esplendor. Cantava como ninguém no mundo jamais cantou, exibia-se como ventríloquo e fazia truques formidáveis de malabarismo, comentados em todos os caminhos percorridos por caravanas que voltavam da Ásia. Foi como a sua fama chegou ao palácio de Mazendarão, onde a jovem sultana favorita do xá se entediava. Um mercador de peles, no caminho entre Nijni-Novgorod e Samarcanda, contou os milagres que tinha visto na tenda de Érik. Foi levado ao palácio e interrogado pelo *daroga* local, que, em seguida, foi encarregado de encontrar e levar Érik à cidade. Na Pérsia, ele só faltou fazer chover, como se diz. Cometeu também muitos horrores, pois parecia não diferenciar o bem do mal. Cooperou com alguns belos assassinatos políticos tão tranquilamente quanto combateu, com invenções diabólicas, o emir do Afeganistão, em guerra com o Império. O xá se tornou seu amigo. Foi como surgiu *Horas cor-de-rosa de Mazendarão*, de que já sabemos um pouco pela narrativa do Persa. Como o forasteiro tinha ideias muito particulares em matéria de arquitetura e imaginava um palácio como um prestidigitador imaginaria um cofre com fechaduras cheias de segredos o xá encomendou a ele uma construção desse tipo, que foi bem executada e de forma tão engenhosa que nela Sua Majestade podia andar por onde quisesse sem que ninguém a visse e desaparecer sem que se soubesse como. Depois de se sentir em pleno domínio da obra, o xá ordenou, como já fizera certo tzar ao genial arquiteto de uma igreja da praça Vermelha de Moscou, que fossem furados os olhos de ouro de Érik. Depois o rei pensou que, mesmo cego, ele poderia ainda construir para um soberano rival outra moradia igualmente incrível. Isso sem contar que, com Érik vivo, o xá não seria o único a possuir o segredo do maravilhoso palácio. Decidiu-se então pela morte do construtor, assim como a de todos os operários que tinham trabalhado sob suas ordens. O *daroga* de Mazendarão foi encarregado da execução. Érik tinha prestado alguns favores a ele e o havia muitas vezes feito rir. Deixou-o então escapar e ainda organizou seus meios de fuga. Mas quase pagou com a própria cabeça por essa generosidade. A sorte é que encontraram a tempo, numa margem do mar Cáspio, um cadáver semidevorado por pássaros marinhos que foi apresentado como sendo o de Érik, pois alguns cúmplices o haviam vestido com roupas do foragido. Mas o *daroga* propriamente dito perdeu privilégios e bens, sendo obrigado ao exílio. Como, no entanto, era de linhagem real, o Tesouro persa garantiu-lhe uma pequena renda de algumas centenas de francos mensais, o que permitiu que ele se refugiasse em Paris.

Érik, por sua vez, depois de atravessar a Ásia Menor, chegou a Istambul e rapidamente passou a prestar serviços ao sultão. É fácil compreender o quanto foi útil a um soberano que vivia aterrado pelos mais diversos temores. Foi ele que construiu todos os famosos alçapões, quartos secretos e caixas-fortes misteriosos encontrados no palácio de Yildiz depois da revolução turca. Foi também quem imaginou fabricar autômatos vestidos como o monarca e com a sua aparência, criando a ilusão de estar o líder espiritual ativo em determinado lugar enquanto repousava em outro.*

Érik precisou, é claro, abandonar o serviço do sultão pelas mesmas razões que já o tinham levado a fugir da Pérsia, isto é, por saber demais. Cansado daquela aventureira, formidável e monstruosa vida, sonhou ser *como todo mundo*. Tornou-se mestre de obras, um mestre de obras comum, que constrói casas para pessoas comuns com material de construção comum. Engajou-se nos trabalhos de fundação da Ópera. Nos subsolos de tão imenso teatro, sua natureza artística, criativa e mágica voltou a falar mais alto. Aliás, não continuava horrivelmente feio? Pensou então em criar um esconderijo isolado do mundo que para sempre escondesse sua feiura.

Pode-se adivinhar o resto. Que resultou nesta incrível e, no entanto, verídica aventura. Pobre e infeliz Érik! Devemos ter pena? Raiva? Tudo que quis foi ser alguém como todo mundo! Mas era feio demais! Precisou esconder sua genialidade e aplicar golpes, enquanto, se tivesse uma aparência normal, seria um dos mais nobres espécimes da raça humana. Era dono de um coração capaz de conter o mundo inteiro, e teve, afinal, que se contentar com um subterrâneo. Realmente, não podemos ter raiva do Fantasma da Ópera!

Apesar dos crimes perpetrados, rezei por ele e esperei que Deus o tivesse perdoado. Por que teria Deus feito um homem tão feio?

Por tudo isso, tenho certeza de que foi junto ao seu cadáver que rezei outro dia, quando o descobriram no lugar em que seriam armazenados os registros das "vozes vivas". Era o seu esqueleto. Não foi pela feiura da caveira que o reconheci, mas pela aliança de ouro que certamente Christine Daaé colocou no seu dedo antes de enterrá-lo, conforme prometera.

O esqueleto estava bem perto da pequena fonte, no lugar em que pela primeira vez o Anjo da Música teve em seus braços trêmulos Christine Daaé desmaiada.

---

* Extraído da entrevista de Mohamed-Ali bey para o enviado especial do jornal *Matin*, após a entrada das tropas de Salonica em Istambul.

E, agora, o que vão fazer do esqueleto? Jogá-lo na vala comum? Insisto: o lugar desse esqueleto, do Fantasma da Ópera, é no acervo da Academia Nacional de Música, pois não é um esqueleto qualquer.

Direção editorial
Daniele Cajueiro

Editora responsável
Ana Carla Sousa

Produção editorial
Adriana Torres
Carolina Rodrigues

Revisão de tradução
Guilherme Bernardo

Revisão
Luana Luz de Freitas

Capa
Thiago Lacaz
Leonardo de Vasconcelos

Diagramação
Filigrana

Este livro foi impresso em 2019
para a Nova Fronteira.